देवेंद्र सत्यार्थी

की

लोकप्रिय कहानियाँ

देवेंद्र सत्यार्थी

की

लोकप्रिय कहानियाँ

प्रभात पेपरबैक्स
प्रभात प्रकाशन
ISO 9001 : 2008 प्रकाशक का उद्यम
www.prabhatbooks.com

प्रकाशक

प्रभात पेपरबैक्स

4/19 आसफ अली रोड, नई दिल्ली–110002

फोन : 23289555 • 23289666 • 23289777 ❖ फैक्स : 23253233

इ–मेल : prabhatbooks@gmail.com ❖ वेब ठिकाना : www.prabhatbooks.com

संस्करण

प्रथम, 2015

मूल्य

एक सौ पचास रुपए

अ.मा.पु.स. 978-93-5186-291-8

मुद्रक

आर–टेक ऑफसेट प्रिंटर्स, दिल्ली

———— ★ ————

DEVENDRA SATYARTHI KI LOKPRIYA KAHANIYAN

₹ 150.00

Published by **Prabhat Paperbacks** (A Division of Prabhat Prakashan)
4/19 Asaf Ali Road, New Delhi-2

ISBN 978-93-5186-291-8

भूमिका

पूरे बीस बरस तक लोकगीतों की तलाश में गाँव-गाँव भटककर हिंदुस्तान के चप्पे-चप्पे की धूल छान लेनेवाले देवेंद्र सत्यार्थी जितने बड़े लोक-साधक हैं, उतने ही बड़े कहानीकार भी। सच तो यह है कि उनकी अथक लोक-यात्राओं ने ही उन्हें बड़ा कहानीकार बनाया। लोक साहित्य पर लिखे गए उनके लेखों में तो सर्जनात्मक भाषा का रूप, लोक-संवेदना की कसक, पीड़ा और एक अछूता रस-माधुर्य था ही, बाद में चलकर उन्होंने कहानियाँ लिखनी शुरू कीं तो उनके कथा-साहित्य की खासी धूम मच गई। उस जमाने में उर्दू में मंटो, बेदी, कृश्न चंदर और इस्मत चुगताई के साथ सत्यार्थीजी की कहानियाँ खूब धज से छपती थीं और जोरों से उनकी चर्चा होती थी। बगैर सत्यार्थीजी की कहानियों के उस दौर की कहानियों की ऊर्जा, शक्ति और संवेदना को जाना ही नहीं जा सकता और न कहानी के इतिहास की चर्चा की जा सकती है। सत्यार्थीजी उस समय सुर्खियों में थे और कहानी की बड़ी से बड़ी पत्रिका उनकी कहानियों को पाकर धन्य होती थी।

यह दीगर बात है कि सत्यार्थीजी के लिए इसके कुछ खास मानी न थे। न प्रसिद्धि की लालसा उनके मन में कभी थी और न उन्होंने उसे कभी महत्त्व दिया। लोकगीतों की खोज हो या एक से एक मर्मस्पर्शी कहानियों का सृजन, यह सब सत्यार्थीजी की दीवानगी और आवेग भरी यात्राओं की उपलब्धि थी। इस लिहाज से वे बीसवीं सदी के हिंदी जगत् के अनोखे घुमंतू साहित्यकार थे, जिनकी किसी से तुलना हो ही नहीं सकती।

आखिर सत्यार्थीजी ने लोक साहित्य के मर्मज्ञ के रूप में चतुर्दिक् ख्याति पा लेने के बाद कहानियाँ लिखने का फैसला क्यों किया? एक बार पूछने पर उन्होंने एक दिलचस्प वाकया बताया। हुआ यह कि वे उन दिनों राजेंद्रसिंह बेदी के पास ठहरे थे, जो तरक्कीपसंद कहानीकार के रूप में मशहूर हो चुके थे और सत्यार्थीजी

को उनकी कहानियाँ बेहद प्रिय थीं। लोकयात्री सत्यार्थी लाहौर में उनके साथ रोजाना घूमने जाया करते थे और रास्ते में अपनी यात्राओं के अजीबोगरीब अनुभव और संस्मरण सुनाया करते थे। वे जब भी कोई घटना सुनाते, बेदी झट कह उठते, अरे, यह तो कहानी हो गई! बस इसी बात से उत्प्रेरित होकर कहानी की राह पर चल निकले तो फिर पीछे मुड़कर देखना उन्होंने पसंद नहीं किया।

यों सत्यार्थीजी ने कहानियाँ लिखी नहीं, समय ने उन्हें खुद-ब-खुद कहानीकार बनाया। सत्यार्थीजी की कहानियों में जीवन की घुमक्कड़ी के इतने बीहड़, कठोर और दुस्साहसी अनुभव हैं कि वे जल्दी ही जीवन के खुले विस्तार और ऊष्मा से सराबोर कहानीकार के रूप में पहचाने जाने लगे। उनकी कहानियों में लोकगीतों का आस्वाद और रस-माधुर्य ही नहीं, फसलों की लहलहाती गंध, खेतों की मिट्टी की खुशबू, गरीब किसान-मजदूरों के लहू और पसीने की गंध, शोषण की आकुल पुकारें तथा दुख और पीड़ाओं का सैलाब भी है। वाल्ट व्हिट्मैन की तरह वे जनता के अनंत सुख-दुःख को बाँहों में बाँधे, उसके साथ-साथ हँसते-रोते और गाते हैं। सत्यार्थीजी के पास दुस्साहसी अनुभवों का जो अकूत खजाना था तथा उनके स्वभाव में जो गर्मजोशी और खुलापन था, वह रह-रहकर उनकी कहानियों में छलकता और फिर देखते-ही-देखते वे अपने समकालीन कहानीकारों की प्रथम पंक्ति में आ गए।

खुद सत्यार्थीजी कहानीकार के रूप में अपने मन पर पड़ने वाले दबावों और सृजनात्मक प्रेरणा का जिक्र करते हुए बड़ी शिद्दत से कहते हैं, हवा के कंधों पर जैसे धूल के कण उड़ते फिरते हैं, ऐसे ही मैंने जिन व्यक्तियों को बहुत समीप से देखा, वे मेरी कल्पना को छू-छू जाते हैं। उन्हें मैं भुला तो सकता नहीं और यदि मैं कहानियों में उनके चित्र प्रस्तुत करते हुए अपने हृदय और मस्तिष्क को हलका न करूँ, तो मैं लोकगीत संबंधी अपने कार्य में भी पूरी रुचि से नहीं जुटा रह सकता।

ये सचमुच सीधे हृदय से निकली मार्मिक पंक्तियाँ हैं, जिसके पीछे का निश्छल गहरा व्यक्तित्व और तकलीफ साफ दिखाई देती है।

'कुंगपोश' सत्यार्थीजी की पहली कहानी थी, जो 'चट्टान से पूछ लो' में संगृहीत है। इसमें कश्मीर के केसर के खेतों और वहाँ के अछूते यौवन की सुंदरता एवं मादकता का गहरा रंग है। इस दौर की उनकी सबसे महत्त्वपूर्ण कहानियाँ हैं 'जन्मभूमि' और 'कबरों के बीचोबीच', जिनकी खूब चर्चा हुई और हिंदी कथा-साहित्य के इतिहास में उनकी एक खास जगह है। 'जन्मभूमि' देश-विभाजन पर लिखी गई एक मार्मिक कहानी है, जिसकी करुणा आज भी हमें भीषण दंगों और

रक्तपात में मारे गए हजारों बेगुनाहों की याद के साथ थरथरा देती है। 'कबरों के बीचोबीच' बंगाल के अकाल पर लिखी गई स्तब्ध कर देने वाली कहानी है। ये दोनों ही सही मायने में सत्यार्थीजी की कालजयी कहानियाँ हैं।

इसके बाद के संग्रहों 'चाय का रंग', 'सड़क नहीं', 'बंदूक' और 'नए धान से पहले' में सत्यार्थीजी कहानियाँ ज्यादा खुलकर अपनी बात कहती नजर आती हैं। यथार्थ के न सिर्फ नए-नए स्तर, बल्कि बात कहने की नई-नई शैलियाँ और भाषा की बारीक अर्थ-छवियाँ भी यहाँ नजर आती हैं। 'इकन्नी' जैसी छोटी और मार्मिक कथा में सत्यार्थीजी के निजी जीवन का कोई पृष्ठ उघड़ पड़ा है तो 'चाय का रंग' उनकी लंबी महत्त्वाकांक्षी कहानी है। 'अन्न देवता' में लोकतत्त्व को प्रतीक के अर्थ में एक नई अर्थभूमि दी गई है तो ब्रह्मचारी में ऐंद्रिय अनुभवों की मांसलता है, जो सौंदर्य के बड़े बारीक आवरण में झाँकती है। 'ऑटोग्राफ बुक', 'टिकुली खो गई', 'नए देवता', 'लीलारूप' उस दौर के हिसाब से बहुत आगे की, यानी नए रंग-ढंग की कलात्मक कहानियाँ हैं। इनमें 'नए देवता' और 'लीलारूप' की चर्चा उस दौर में इसलिए भी काफी हुई कि नए देवता मंटो पर लिखी गई एक तेज कहानी है और 'लीलारूप' के पीछे से अज्ञेय का आभिजात्य रह-रहकर झाँकता है। मजे की बात यह है कि 'नए देवता' पढ़कर मंटो कई साल तक सत्यार्थी से नाराज रहे थे। और फिर उनकी शर्त के मुताबिक एक होटल में दावत देकर उन्हें मनाया जा सका।

सत्यार्थीजी की तमाम कहानियाँ बार-बार रेखाचित्र और संस्मरण की हदों को छूने लगती हैं। यह बात उन्हें दूसरे कहानीकारों से अलगाती है। साथ ही सत्यार्थीजी की कहानियाँ लोक-चेतना और लोक-तत्त्वों से हिल-मिलकर चलने के कारण अपने समकालीनों में सबसे अलग दिखाई पड़ती हैं। इसीलिए मंटो ने बड़ी हसरत के साथ उन्हें पत्र लिखा था—काश, मैं खुशिया होता और आपके साथ-साथ यात्रा करता! लोक-तत्त्वों का इतना अधिक, सार्थक और जीवंत प्रयोग उनके समकालीन तो क्या, हिंदी के संभवतः भारतीय भाषाओं के किसी और साहित्यकार ने नहीं किया। खास बात यह है कि उनके यहाँ लोकचेतना और सामाजिक यथार्थ मिलकर या एकरूप होकर जिस तरह सामने आते हैं, उससे पूरी कहानी प्रतीक के स्तर पर संक्रमित हो उठती है। 'अन्न देवता' इस लिहाज से सत्यार्थीजी की सबसे अलग और याद रह जाने वाली कहानियों में से है। इसमें एक ओर गाँव में छूट गए परिवार की गरीबी की पीड़ा तो दूसरी ओर रेलगाड़ी में बैठकर शहर चले गए अन्न देवता की ढिठाई की कहानियाँ समांतर चलती हैं। यह

इस कहानी की शक्ति ही है कि इतने बरसों बाद भी इसके प्रभाव की गिरफ्त से बच पाना कठिन लगता है।

सत्यार्थीजी की कहानियों की सबसे बड़ी ताकत यह है कि वे किसी खास रूप-रंग या फॉर्मेट में ढली कहानियाँ नहीं हैं। वे आलीशान बँगले में रखे खूबसूरत गमले की तरह कटी-तराशी कहानियाँ नहीं, बल्कि आदिम जंगल की तरह फैलती और नित नए-नए रूपों में ढलती कहानियाँ हैं। जैसे जिंदगी का कोई एक बना-बनाया रूप नहीं है, ऐसे ही सत्यार्थीजी की कहानियाँ हर बार नए-नए दमदार रूपों में सामने आती हैं और उनमें बसी धरती एवं खानाबदोशी की गंध हमारे दिलों में छा जाती है। तब लगता है, ये कहानियाँ सिर्फ एक लोकयात्री की कहानियाँ ही हो सकती हैं, जिसने धरती को बड़ी शिद्दत से प्यार किया है और जिंदगी के नए-नए रूपों की तरह अपनी कहानियों को भी नित नए रूपों में सामने आने के लिए खुला छोड़ दिया है।

यही वजह है कि सत्यार्थीजी की कहानियाँ औरों से इतनी अलग हैं और वे बीसवीं शताब्दी के समूचे इतिहास तथा लोक-जीवन को अपने आप में समोए, अपने समय के अनमोल दस्तावेज सरीखी हैं। यह अकारण नहीं है कि एक दिग्गज कथाकार के रूप में सत्यार्थीजी आज हमें बार-बार याद आते हैं और उनकी कहानियों को पढ़ना अपने समय और इतिहास की गूँजती आवाजों को सुनने की मानिंद है।

545, सेक्टर-29, **—प्रकाश मनु**

फरीदाबाद-121008 (हरियाणा)

अनुक्रम

जन्मभूमि

: एक :

गाड़ी हरबंसपुरा के स्टेशन पर खड़ी थी। इसे यहाँ रुके पचास घंटे से ऊपर हो चुके थे। पानी का भाव पाँच रुपए गिलास से एकदम पचास रुपए गिलास तक चढ़ गया, और पचास रुपए गिलास के हिसाब से पानी खरीदते समय लोगों को बड़ी नरमी से बात करनी पड़ती थी। वे डरते थे कि पानी का भाव और न चढ़ जाए। कुछ लोग अपने दिल को तसल्ली दे रहे थे कि जो इधर हिंदुओं पर बीत रही है, वही उधर मुसलमानों पर भी बीत रही होगी, उन्हें भी पानी इससे सस्ते भाव पर नहीं मिल रहा होगा, उन्हें भी नानी याद आ रही होगी।

प्लेटफार्म पर खड़े-खड़े मिलिटरी वाले भी तंग आ चुके थे। ये लोग सवारियों को हिफाजत से नए देश में ले जाने के लिए जिम्मेवार थे, पर उनके लिए पानी कहाँ से लाते? उनका अपना राशन भी कम था। फिर भी बचे-खुचे बिस्कुट और मूँगफली के दाने डिब्बों में बाँटकर उन्होंने हमदर्दी जताने में कोई कसर नहीं उठा रखी थी। इसपर सवारियों में छीना-झपटी देखकर उन्हें आश्चर्य होता और वे बिना कुछ कहे-सुने परे को घूम जाते।

जैसे सवारियों के मन में यमदूतों की कल्पना उभर रही हो, और जन्म-जन्म के पाप उनकी आँखों के सामने नाच रहे हों। जैसे जन्मभूमि से प्रेम करना ही उनका सबसे बड़ा दोष हो। इसीलिए तो वे जन्मभूमि को छोड़कर भाग निकले थे। कहकहे और हँसी-ठिठोले जन्मभूमि ने अपने पास रख लिये थे। गोरी स्त्रियों के चेहरों पर जैसे किसी ने काले-नीले धब्बे डाल दिए हों। अभी तक उन्हें अपने सिरों पर चमकती हुई छुरियाँ लटकती महसूस होती थीं। युवतियों के कानों में गोलियों की सनसनाहट गूँज उठती, और वे काँप-काँप जातीं। उनकी कल्पना में विवाह के गीत बलवाइयों के नारों और मारधाड़ के शोर में हमेशा के लिए दब गए

थे। पायल की झंकार घायल हो गई थी। उनके गालों की लालिमा मटमैली होती चली गई। जीवन का संगीत मृत्यु की खाइयों में भटककर रह गया। कहकहे शोक में डूब गए और हँसी-ठिठोलों पर मानो श्मशान की राख उड़ने लगी। पाँच दिनों की यात्रा में सभी के चेहरों की रौनक खत्म हो गई थी।

यह सब क्यों हुआ, कैसे हुआ? इसपर विचार करने की किसे फुरसत थी? यह सब कैसे हुआ कि लोग अपनी ही जन्मभूमि पर बेगाने हो गए? हर चेहरे पर खौफ था, त्रास था। बहुतों को इतना इतमीनान जरूर था कि जान पर आ बनने के बाद वे भाग निकलने में सफल हो गए। एक ही धरती पर अन्न खानेवाले लोग कैसे एक-दूसरे के खून से हाथ रँगने लगे? यह सब क्यों हुआ, कैसे हुआ?

नए देश की कल्पना उन्हें इस गाड़ी में ले आई थी। अब यह गाड़ी आगे क्यों नहीं बढ़ती? सुनने में तो यहाँ तक आया था कि स्टेशन पर बलवाइयों ने गाड़ी की पूरी-की-पूरी सवारियों के खून से हाथ रँग लिये थे, पर अब हालत काबू में थी। यद्यपि कुछ लोग पचास रुपए गिलास के हिसाब से पानी बेचनेवालों को बदमाश बलवाइयों के शरीफ भाई मानने के लिए तैयार न थे। नए देश में ये सब मुसीबतें तो न होंगी। वहाँ सब एक-दूसरे पर भरोसा कर सकेंगे, पर जब प्यास के मारे होंठ सूखने लगते और गले में प्यास के मारे साँस अटकने लगती तो वे तड़पकर रह जाते।

इनमें ऐसे लोग भी थे, जिनके घर जला दिए गए थे। वे बिलकुल खामोश थे। जैसे उनके दिल बुझ गए हों, दिमाग बुझ गए हों। कुछ ऐसे भी थे, जिनकी हालत पर झट यह कहा जा सकता था कि न आषाढ़ में हरे, न सावन में सूखे।

जन्मभूमि में हाथ हमेशा खाली रहे। अब नए देश में भी कौन से उनके हाथ भर जाएँगे? वे बढ़-बढ़कर बातें करने लगते। उनके बोल सौ से छूटते ही लाखों पर आकर रुकते, पर प्यास के मारे उनका बुरा हाल था।

खचाखच भरे हुए डिब्बे पर आलुओं की बोरी का गुमान होता था। एक अधेड़ आयु की स्त्री, जो बहुत दिनों से बीमार थी, एक कोने में बैठी थी। उसके तीन बच्चे थे। एक लड़की सात बरस की थी, एक पाँच बरस की, और तीसरा बच्चा अभी दूध पीता था। यह गोद का बच्चा ही उसे बुरी तरह परेशान कर रहा था। कभी-कभी तंग आकर वह उसका मुँह झटक देती। उस स्त्री का पति कई बार बच्चे को अपनी बाँहों में थामकर खड़ा हो जाता और अपनी पत्नी की आँखों में झाँककर यह कहना चाहता कि यह तीसरा बच्चा पैदा ही न हुआ होता तो बहुत अच्छा होता।

बच्चे को अपनी गोद में लेते हुए बीमार स्त्री का पति कह उठा, "तुम घबराओ मत। तुम ठीक हो जाओगी। बस, अब थोड़ा सा फासला और रह गया है।"

बीमार स्त्री खामोश बैठी रही। शायद वह कहना चाहती थी कि यदि गाड़ी और रुकी रही तो बलवाई आ पहुँचेंगे और ये गिनती के मिलिटरी वाले भला कैसे हमारी जान बचा सकेंगे? जैसे ये सब सवारियाँ लाशें हों और गिद्ध इनकी बू सूँघ सकते हों।

पास से किसी ने पूछ लिया, "बहनजी को क्या कष्ट है?"

"उस गाँव में कोई डॉक्टर नहीं था, जहाँ मैं पढ़ाता था।" बीमार स्त्री का पति कह उठा।

"तो आप स्कूल मास्टर हैं?"

"यह कहिए कि स्कूल मास्टर था," बीमार स्त्री के पति ने एक लंबी आह भरते हुए कहा, "अब भगवान् जाने, नए देश में हम पर क्या बीतेगी।"

: दो :

वह अपने मन को समझाता रहा। जरा गाड़ी चले तो सही। वे बहुत जल्द अपने राज्य में पहुँचने वाले हैं। वहाँ डॉक्टरों की कमी न होगी। कहीं-न-कहीं उसे स्कूल मास्टर की जगह मिल ही जाएगी। उसकी आमदनी पहले से बढ़ जाएगी। वह अपनी पत्नी से कहना चाहता था कि जो चीज जन्मभूमि में आज तक नहीं मिल सकी, उसकी कुछ कमी अब नए देश और जनता के राज्य में न होगी।

बड़ी लड़की कांता ने बीमार माँ के समीप सरककर पूछा, "माँ, गाड़ी कब चलेगी?"

छोटी लड़की शांता खिड़की के बाहर झाँक रही थी।

कांता और शांता का भैया ललित पिता की बाँहों में बराबर रोए जा रहा था।

स्कूल मास्टर को अपने स्कूल का ध्यान आ गया, जहाँ वह पिछले दस बरस से हेडमास्टर था। टैक्सला के समीप के इस गाँव को शुरू-शुरू में यह स्वीकार्य न था कि वहाँ स्कूल ठहर सके। उसने बड़े प्रेम से लोगों को समझाया था कि यह गाँव टैक्सला से दूर नहीं—टैक्सला, जिसका प्राचीन नाम तक्षशिला है और जहाँ एशिया का सबसे बड़ा विश्वविद्यालय था और जहाँ दूर-दूर के देशों के विद्यार्थी शिक्षा पाने आया करते थे। यह विचार आते ही उसकी कल्पना को झटका सा लगा, क्योंकि इस युग के लोगों ने एक-दूसरे के खून से हाथ रँगने की कसमें

खाईं और अत्याचार की ये घटनाएँ ढोलों और शहनाइयों के संगीत के साथ-साथ हुईं। शिक्षित लोग भी बलवाइयों के संग-संगाती बनते चले गए। शायद उन्हें भूलकर भी खयाल न आया कि अभी तो प्राचीन तक्षशिला की खुदाई के बाद हाथ आनेवाले मूर्तिकला के बहुमूल्य नमूने भी बराबर अपना संदेश सुनाए जा रहे थे। यह कैसी जन्मभूमि थी? इस जन्मभूमि पर किसे गर्व हो सकता था, जहाँ कत्लेआम के लिए ढोल और शहनाइयाँ बजाना जरूरी समझा गया।

इतिहास पढ़ाते समय उसने अनेक बार विद्यार्थियों को बताया कि यही वह उनकी जन्मभूमि है, जहाँ कभी कनिष्क का राज्य था, जहाँ अहिंसा का मंत्र फूँका गया था, जहाँ भिक्षुओं ने त्याग, शांति और निर्वाण के उपदेश दिए और अनेक बार गौतम बुद्ध के बताए हुए मार्ग की ओर अँगुली उठाई। आज उसी धरती पर घर जलाए जा रहे थे, और शायद ढलती बर्फों के शीतल जल से भरपूर नदियों के साथ-साथ गरम-गरम खून की नदी बहाने का मनसूबा बाँधा जा रहा था।

डिब्बे में बैठे हुए लोगों के कंधे झिंझोड़-झिंझोड़कर वह कहना चाहता था कि गौतम बुद्ध को संसार में बार-बार आने की आवश्यकता नहीं। अब गौतम बुद्ध कभी जन्म नहीं लेगा, क्योंकि उसकी अहिंसा का सदा के लिए अंत हो गया। अब लोग निर्वाण नहीं चाहते। उन्हें दूसरों की आबरू उतारने में आनंद आता है।

अब तो नग्न स्त्रियों और युवतियों के जुलूस निकालने की बात किसी के टाले टल नहीं सकती। आज जन्मभूमि को ग्रहण लग गया। आज जन्मभूमि के भाग्य फूट गए। आज जन्मभूमि अपनी संतानों की लाशों से पटी पड़ी है। अब यह इनसान के मांस और रक्त की सड़ाँध कभी खत्म नहीं होगी।

नन्हा ललित रो-रोकर सो गया था। कांता और शांता बराबर सहमी-सहमी निगाहों से कभी माँ की तरफ और कभी खिड़की के बाहर देखने लगती थीं। एक-दो बार उनकी निगाह ललित की तरफ भी उठ गई। वे चाहती थीं कि थोड़ी देर और उनका पिता ललित को उठाए खड़ा रहे, क्योंकि उसकी जगह उन्हें आराम से टाँगें फैलाने का अवसर मिल गया था।

शांता ने कांता के बाल नोच डाले और कांता रोने लगी। पास से माँ ने शांता को चपत दे मारी, और इसपर शांता भी रोने लगी। उधर ललित भी जाग उठा और वह बेसुरे अंदाज में रोने-चीखने लगा।

स्कूल मास्टर के विचारों का क्रम टूट गया। प्राचीन तक्षशिला के विश्व-विद्यालय और भिक्षुओं के उपदेश से हटकर वह यह कहने के लिए तैयार हो गया कि कौन कहता है कि इस देश में कभी गौतम बुद्ध का जन्म हुआ था। वह कांता

और शांता से कहना चाहता था कि रोने से कुछ लाभ नहीं। नन्हा ललित तो बेसमझ है, इसीलिए बार-बार रोने लगता है। तुम तो समझदार हो। तुम्हें तो बिलकुल नहीं रोना चाहिए, क्योंकि यदि तुम इसी तरह रोती रहोगी तो बताओ, तुम्हारे चेहरों पर कमल के फूल कैसे खिल सकते हैं? पास से किसी की आवाज आई, ''यह सब फिरंगी की चाल है। जिन बस्तियों ने बड़े-बड़े हमलावरों के हमले बरदाश्त किए, अनगिनत सदियों से अपनी जगह पर कायम रही, आज वे भी लुट गईं।''

''ऐसे-ऐसे कत्लेआम तो उन हमलावरों ने भी न किए होंगे। हमारे स्कूलों में झूठा और मनगढ़ंत इतिहास पढ़ाया जाता रहा है!'' एक और मुसाफिर ने ज्ञान बघारा।

स्कूल मास्टर ने चौंककर उस मुसाफिर की तरफ देखा। वह कहना चाहता था कि तुम सच कहते हो। मुझे मालूम न था, नहीं तो मैं कभी इस झूठे मनगढ़ंत इतिहास का समर्थन न करता। वह यह भी कहना चाहता था कि इसमें उसका तो कोई दोष नहीं, क्योंकि सभ्यता के चेहरे से सुंदर खोल साँप की केंचुली की तरह अभी-अभी उतरा है, और अभी-अभी मालूम हुआ है कि मानव ने कुछ भी उन्नति नहीं की, बल्कि यह कहना होगा कि उसने पतन की तरफ ही तेजी से पग बढ़ाए हैं।

''जिन्होंने बलवाइयों और हत्यारों का साथ दिया और मानवता की परंपरा का अपमान किया,'' स्कूल मास्टर ने साहस दिखाते हुए कहा, ''जिन्होंने नग्न स्त्रियों और युवतियों के जुलूस निकाले, जिन्होंने अपनी इन माताओं और बहनों की आबरू पर हाथ डाला, जिन्होंने माताओं के दूध भरे स्तन काट डाले और जिन्होंने बच्चों की लाशों को नेजों पर उछालकर कहकहे लगाए, उनकी आत्माएँ सदा अपवित्र रहेंगी। और फिर यह सबकुछ यहाँ भी हुआ और वहाँ भी, जन्मभूमि में भी और नए देश में भी!''

इसके उत्तर में सामनेवाला मुसाफिर चुप बैठा रहा। उसकी खामोशी ही उसका उत्तर था। शायद वह कहना चाहता था कि इन बातों से क्या लाभ? ऊपर से उसने इतना ही कहा, ''हमें यह कैसी आजादी मिली है?''

: तीन :

कांता और शांता के आँसू थम गए थे। ललित भी कुछ क्षणों के लिए खामोश हो गया। स्कूल मास्टर की निगाहें अपनी बीमार पत्नी, जो खिड़की के

बाहर देख रही थी, की ओर गईं। शायद वह पूछना चाहती थी कि जन्मभूमि छोड़ने पर हम क्यों मजबूर हुए, या क्या यह गाड़ी यहाँ इसीलिए रुक गई है कि हमें फिर से अपने गाँव लौट चलने का विचार आ जाए।

स्कूल मास्टर के होंठ बुरी तरह सूख रहे थे। उसका गला बुरी तरह खुश्क हो चुका था। उसे यह महसूस हो रहा था कि कोई उसकी आत्मा में काँटे चुभो रहा है। एक हाथ सामनेवाले मुसाफिर के कंधे पर रखते हुए वह बोला—

"सरदारजी, बताओ तो सही कि कल का इनसान उस अन्न को भला कैसे अपना भोजन बनाएगा, जिसका जन्म उस धरती की कोख से होगा, जिसे अनगिनत मासूम बेगुनाहों की लाशों की खाद प्राप्त हुई?"

सरदारजी का चेहरा तमतमा उठा। जैसे वह ऐसे विचित्र प्रश्न के लिए तैयार न हों। किसी कदर सँभलकर उन्होंने भी प्रश्न कर डाला, "आप बताओ, इसमें धरती का क्या दोष है?"

"हाँ-हाँ, इसमें धरती का क्या दोष है?" स्कूल मास्टर कह उठा, "धरती को तो खाद चाहिए। चाहे वह कहीं से भी मिले।"

सरदारजी प्लेटफार्म की ओर देखने लगे। बोले, "यह गाड़ी भी अजीब ढीठ है, चलती ही नहीं। बलवाई जाने कब आ जाएँ!"

स्कूल मास्टर के मन में अनगिनत लाशों का दृश्य घूम गया, जिनके बीचोबीच बच्चे रेंग रहे हों। वह इन बच्चों के भविष्य पर विचार करने लगा। यह कैसी नई पौध है? वह पूछना चाहता था। यह नई पौध भी कैसी सिद्ध होगी? उसे उन अनगिनत युवतियों का ध्यान आया, जिनकी इज्जत पर हाथ डाला गया था। पुरुष की दहशत के सिवा इन युवतियों की कल्पना में और क्या उभर सकता है? उनके लिए निश्चय ही यह आजादी बरबादी बनकर आई। वे निश्चय ही आजादी के नाम पर थूकने से भी नहीं कतराएँगी। उसे उन कन्याओं का ध्यान आया, जो अब माताएँ बननेवाली थीं। ये कैसी माताएँ बनेंगी? वह पूछना चाहता था। ये घृणा के बीज भला क्या फल लाएँगे? उसने सोचा, इस प्रश्न का उत्तर किसी के पास न होगा। वह डिब्बे में एक-एक व्यक्ति का कंधा झिंझोड़कर कहना चाहता था कि मेरे इस प्रश्न का उत्तर दो। नहीं तो यदि यह गाड़ी पचास-पचपन घंटों तक रुकने के बाद आगे चलने के लिए तैयार भी होगी तो मैं जंजीर खींचकर गाड़ी को रोक लूँगा।

"हे भगवान्, क्या यह गाड़ी अब आगे नहीं जाएगी?" बीमार स्त्री ने अपने चेहरे से मक्खियाँ उड़ाते हुए पूछ लिया।

"निराश होने की क्या जरूरत है? गाड़ी आखिर चलेगी ही।" स्कूल मास्टर कह उठा।

स्कूल मास्टर खिड़की से सिर निकालकर बाहर की ओर देखने लगा। एक-दो बार उसका हाथ जेब की तरफ बढ़ा, अंदर गया और फिर बाहर आ गया। इतना महँगा पानी खरीदने का साहस उसे न हुआ। जाने क्या सोचकर उसने कहा, "गाड़ी अभी चल पड़े तो नए देश की सीमा में घुसते इसे देर न लगेगी। फिर पानी की कुछ कमी नहीं होगी। ये कष्ट के क्षण बहुत जल्द बीत जाएँगे।"

: चार :

कंधे पर पड़ी हुई फटी-पुरानी चादर को वह बार-बार सँभालता था। इसे वह अपनी जन्मभूमि से बचाकर लाया था। बलवाइयों के अचानक गाँव में आ जाने के कारण वह कुछ भी तो नहीं निकाल सका था। बड़ी कठिनाई से वह अपनी बीमार पत्नी और बच्चों के साथ भाग निकला था। अब इस चादर पर अँगुलियाँ घुमाते हुए उसे गाँव का जीवन याद आने लगा। एक-एक घटना मानो एक-एक तार थी और इन्हीं तारों की सहायता से समय के जुलाहे ने जीवन की चादर बुन डाली थी। इसी चादर पर अँगुलियाँ घुमाते हुए उसे मानो उस मिट्टी की सुगंध आने लगी, जिसे वह वर्षों से सूँघता आया था। जैसे किसी ने उसे जन्मभूमि की कोख से जबरदस्ती उखाड़कर इतनी दूर फेंक दिया। अब न जाने कब गाड़ी चलेगी?

अब यह जन्मभूमि नहीं रह गई। देश का बँटवारा हो गया। अच्छा चाहे बुरा। जो होना था, सो हो गया। अब देश के बँटवारे को झुठलाना सहज नहीं, पर क्या जीवन का बँटवारा भी हो गया?

अपनी बीमार पत्नी के समीप झुककर वह उसे दिलासा देने लगा, "इतनी चिंता नहीं किया करते। नए देश में पहुँचने भर की देर है। एक अच्छे से डॉक्टर से तुम्हारा इलाज कराएँगे। मैं फिर किसी स्कूल में पढ़ाने लगूँगा। तुम्हारे लिए फिर से सोने की बालियाँ गढ़ा दूँगा।" कोई और समय होता तो वह अपनी पत्नी से उलझ जाता कि भागते समय इतना भी न हुआ कि चुड़ैल अपनी सोने की बालियाँ ही उठा लाती, बल्कि वह उस कजलौटी तक के लिए झगड़ा खड़ा कर देता, जिसे वह दर्पण के समीप छोड़ आई थी—कजलौटी, जिसकी सहायता से वह इस अधेड़ आयु में भी कभी-कभी अपनी आँखों में बीते सपनों की याद ताजा कर लेती थी।

कांता ने झुककर शांता की आँखों में कुछ देखने का प्रयास किया, जैसे वह

पूछना चाहती हो कि बता पगली, हम कहाँ जा रहे हैं?

"मेरा झुनझुना?" शांता ने पूछ लिया।

"मेरी गुड़िया!" कांता ने पूछा।

"यहाँ न झुनझुना है, न गुड़िया!" स्कूल मास्टर ने अपनी आँसू भरी आँखों से अपनी बच्चियों की ओर देखते हुए कहा, "मेरी बेटियो! झुनझुने बहुतेरे, गुड़िया बहुतेरी, नए देश में हर चीज मिलेगी।"

पर रह-रहकर उसका मन पीछे की तरफ मुड़ने लगता। यह कैसा आकर्षण है? यह जन्मभूमि का आकर्षण है! जैसे वह स्वयं ही उत्तर देने का प्रयास करता। जन्मभूमि पीछे रह गई। अब नया देश समीप है। गाड़ी चलने भर की देर है। उसने झुँझलाकर इधर-उधर देखा। जैसे वह डिब्बे में बैठे हुए एक-एक व्यक्ति से पूछना चाहता हो कि बताओ, गाड़ी कब चलेगी।

"जन्मभूमि हमेशा के लिए छूट रही है!" उसने अपने कंधों पर पड़ी हुई चादर को बाएँ हाथ की अँगुलियों से सहलाते हुए कहना चाहा। जैसे इस चादर के भी कान हों, और वह सब सुन सकती हो। खिड़की से सिर निकालकर उसने पीछे की तरफ देखा और उसे यों लगा, जैसे जन्मभूमि अपनी बाँहें फैलाकर उसे बुला रही हो। जैसे वह कह रही हो कि मुझे यों छोड़कर चले जाओगे, मेरा आशीर्वाद तो तुम्हारे लिए हमेशा था और हमेशा रहेगा!

स्कूल मास्टर की बीमार पत्नी ने नन्हे ललित से समझौता कर लिया था। इस दूध की एक-एक बूँद पर पचासों रुपए निछावर किए जा सकते थे। यह दूध पचास रुपए गिलास के हिसाब से बिकनेवाले दूध से अवश्य महँगा था।

चादर पर दाएँ हाथ की अँगुलियाँ फेरते हुए स्कूल मास्टर को जन्मभूमि की धरती का ध्यान आ गया, जो शताब्दियों से रुई की खेती के लिए विख्यात थी। उसकी कल्पना में कपास के दूर तक फैले हुए खेत उभरे। यह इसी कपास का जादू ही तो था कि जन्मभूमि रुई के अनगिनत ढेरों पर गर्व कर सकती थी।

जन्मभूमि में रुई से कैसे-कैसे बारीक तार निकाले जाते थे। घर-घर चरखे चलते थे। सजीव चरखा कातनेवालियों की रँगीली महफिलें—वे 'त्रिंजन'! वह बढ़-बढ़कर सूत कातने की होड़! वे सूत की अंटियाँ तैयार करनेवाले हाथ! वे जुलाहे जो परंपरागत कथाओं में मूर्ख समझे जाते थे, पर जिनकी अँगुलियों को महीन-से-महीन कपड़ा बुनने की कला आती थी। जैसे जन्मभूमि पुकार-पुकारकर कह रही हो—तुम कद के लंबे हो और शरीर के गठे हुए। तुम्हारे हाथ-पाँव मजबूत हैं। तुम्हारा सीना कितना चौड़ा है। तुम्हारे जबड़े इतने सख्त हैं कि पत्थर

तक चबा जाओ। यह सब मेरे कारण ही तो है। देखो, तुम मुझे छोड़कर मत जाओ···स्कूल मास्टर ने झट खिड़की के बाहर देखना बंद कर दिया; उसकी आँखें अपनी बीमार पत्नी के चेहरे पर जम गईं।

: पाँच :

वह कहना चाहता था कि ललित की माँ, मुझे वे दिन अभी तक याद हैं, जब तुम्हारी आँखें काजल के बिना ही काली-काली और बड़ी-बड़ी नजर आया करती थीं। मुझे याद हैं वे दिन, जब तुम्हारे शरीर में हिरनी की-सी मस्ती थी। उन दिनों तुम्हारे चेहरे पर चाँद की चाँदनी थी, सितारों की चमक थी। मुसकान, हँसी, कहकहा—तुम्हारे चेहरे पर खुशी के तीनों रंग थिरक उठते थे। तुम पर जन्मभूमि कितनी दयालु थी। तुम्हारे सिर पर वे काले घुँघराले केश! उन सावन के काले काले मेघों को अपने कंधों पर सँभाले, तुम मटक मटककर चला करती थीं—गाँव की गलियों में, और पगडंडियों पर! घुर-घुर धाँ-भाँ—जैसे मटकी में गिरते समय ताजा दुहे जानेवाला दूध बोल उठे। स्कूल मास्टर को यों लगा, जैसे अभी कुछ बाकी हो।

जैसे वह वर्षों के घूमते हुए भँवर में चमकती हुई किरण के दिल की बात भाँपकर कह सकता हो कि बीते सपने कल्पना के कला-भवन में सदैव थिरकते रहेंगे। जैसे वह ताक में पड़ी सुराही से कह सकती हो—ओ सुराही, तेरी गरदन टेढ़ी है, भला मैं वे दिन कैसे भूल सकता हूँ, जब तुम इस घर में नई-नई आई थीं।

वह चाहता था कि गाड़ी जल्द-से-जल्द नए देश की सीमा में प्रवेश कर जाए। फिर उसके सब कष्ट मिट जाएँगे। पत्नी का इलाज भी हो सकेगा। जन्मभूमि पीछे रह जाने के विचार से कुछ उलझन सी अवश्य महसूस हुई, पर उसने तुरंत अपने मन को समझा लिया। वह यह प्रयास करने लगा कि नए देश में जन्मभूमि की कल्पना कायम कर सके। आखिर एक गाँव को तो जन्मभूमि नहीं कहते—जन्मभूमि तो बहुत विशाल है, बहुत महान् है। उसकी महिमा का गान तो देवता भी पूरी तरह नहीं कर सकते। जिधर से गाड़ी यहाँ तक आई थी, और जिधर गाड़ी को जाना था, दोनों तरफ एक जैसी भूमि दूर तक चली गई थी। उसे विचार आया कि भूमि तो सब जगह एक जैसी है। जन्मभूमि और नए देश की भूमि में बहुत अधिक अंतर तो नहीं हो सकता। वह चाहता था कि जन्मभूमि की वास्तविक कल्पना कायम करे। पौ फटने से पहले का दृश्य—दूर तक फैला हुआ क्षितिज—किनारे-किनारे पहाड़ियों की झालर—आकाश पर बगलों की पंक्ति खुली कैंची के रूप में उड़ती हुई—पूरब की ओर उषा का उजाला!···

धरती ऐसी, जैसी किसी युवती की गरदन के नीचे ऊँची घाटियों के बीचोबीच ताजा श्वेत मक्खन दूर तक फैला हुआ हो। वह चिल्लाकर कहना चाहता था कि जन्मभूमि का यह दृश्य नए देश में भी जरूर नजर आएगा। अपने कंधे पर पड़ी हुई चादर को वह दाएँ हाथ की अँगुलियों से सहलाने लगा, मानो वह इस चादर के मुख से अपना समर्थन चाहता हो। लटकती डालियाँ, महकती कलियाँ, इंद्रधनुष के रंग, आकाश-गंगा का दूधिया सौंदर्य, युवतियों के कहकहे, नव कुलवधुओं की लाज—जन्मभूमि का रूप इन्हीं पर कायम था।

अपने खमीर पर, अपनी तासीर पर जन्मभूमि मुसकराती आई और मुसकराती रहेगी। वह कहना चाहता था कि नए देश में भी जन्मभूमि का रूप किसी से कम थोड़े ही होगा, वहाँ भी गेहूँ के खेत दूर तक फैले हुए नजर आएँगे। जन्मभूमि का यह दृश्य नए देश में भी उसके साथ-साथ जाएगा, उसे विश्वास था।

उसके बाएँ हाथ की अँगुलियाँ बराबर कंधे पर पड़ी हुई फटी-पुरानी और मैली चादर से खेलती रहीं। जैसे ले-देकर आज यही चादर जन्मभूमि की प्रतीक बन गई हो।

"फिरंगी ने देश का नक्शा बदल डाला," सरदारजी कह रहे थे। पास से कोई बोला, "यह उसकी पुरानी चाल।"

एक बुढ़िया ने कहा, "फिरंगी तो बहुत दिनों से इस देश में बस गया था। मैं कहती थी न कि हम बुरा कर रहे हैं जो फिरंगी को उनके बँगलों से निकालने की सोच रहे हैं? मैं कहती थी न कि फिरंगी का सराप लगेगा?"

दूसरी बुढ़िया बोली, "यह सब फिरंगी का सराप ही तो है, बहनजी!"

स्कूल मास्टर को पहली बुढ़िया पर बहुत क्रोध आया। उसकी आवाज में जन्मभूमि के संदेह बोल उठे, उसने सोचा। दूसरी बुढ़िया उससे भी कहीं अधिक मूर्ख थी जो बिना सोचे हाँ में हाँ मिलाए जा रही थी।

परे कोने में एक कन्या चीथड़ों में लिपटी हुई बैठी थी। जैसे उसकी सहमी-सहमी निगाहें इस डिब्बे के प्रत्येक यात्री से पूछना चाहती हों—क्या ये मेरे आखिरी घाव हैं? उसकी बाईं तरफ उसकी माँ बैठी थी, जो शायद फिरंगी से कहना चाहती थी कि मेरी गुलामी मुझे लौटा दो, क्योंकि गुलामी में मेरी बिटिया की आबरू नहीं लुटी थी।

डिब्बे में बैठे हुए जो लोग भीड़ के कारण बेहद भिंचे हुए थे, उनकी आँखों में भय की यह दशा थी कि वे प्रतिक्षण बड़े वेग से बुड्ढे हो रहे थे। सरदारजी बोले, "इतनी लूट तो बाहर से आनेवाले हमलावरों ने भी न की होगी।"

पास से किसी ने कहा, "इतना सोना लूट लिया गया कि सौ-सौ पीढ़ियों

तक खत्म नहीं होगा।''

''लूट का सोना ज्यादा दिन नहीं ठहरता।'' एक और यात्री बोल उठा।

सरदारजी का चेहरा तमतमा उठा। बोले, ''पुलिस के सिपाही भी तो सोना लूटनेवालों के साथ रहते थे, पर लूट का सोना उन सिपाहियों के पास भी कितने दिन ठहरेगा? आज भी दुनिया सतगुरु नानक देवजी महाराज की आज्ञा पर चले तो शांति हो सकती है।''

: छह :

छप्पन, सत्तावन, अट्‍ठावन—इतने घंटों से गाड़ी हरबंसपुरा के स्टेशन पर रुकी खड़ी थी। अब तो प्लेटफार्म पर खड़े-खड़े मिलिटरीवालों के तने हुए शरीर भी ढीले पड़ गए थे। किसी में इतनी हिम्मत न थी कि डिब्बे से नीचे जाकर देखे कि आखिर गाड़ी रुकने का कारण क्या है। डिब्बे में हर किसी का दम घुटा जा रहा था और हर कोई चाहता था कि और नहीं तो इस डिब्बे से निकलकर किसी दूसरे डिब्बे में कोई अच्छी सी जगह ढूँढ़ ले, पर यह डर भी तो था कि कहीं यह न हो कि न इधर के रहें, न उधर के और गाड़ी चल पड़े।

''फिरंगी का सराप खत्म हाने पर ही चलेगी गाड़ी!'' पहली बुढ़िया बोली।

''सच है, बहनजी!'' दूसरी बुढ़िया कह उठी।

स्कूल मास्टर ने उड़नेवाले पक्षी के समान बाँहें हवा में उछालते हुए कहा, ''फिरंगी को दोष देते रहने से तो न जन्मभूमि का भला होगा, न नए देश का।''

पहली बुढ़िया ने रूखी हँसी हँसते हुए कहा, ''फिरंगी चाहे तो गाड़ी अभी चल पड़े।''

कांता ने खिड़की से झाँककर दूसरे डिब्बे की खिड़की में किसी को पानी पीते देख लिया था। वह भी पानी के लिए मचलने लगी। उसकी बीमार माँ ने कराहती हुई आवाज में कहा, ''पानी का तो अकाल पड़ रहा है, बिटिया!''

अब शांता भी पानी की रट लगाने लगी। सरदारजी ने जेब में हाथ डालकर कुछ नोट निकाले और पाँच-पाँच रुपए के पाँच नोट स्कूल मास्टर की तरफ बढ़ाते हुए कहा, ''इससे आधा गिलास पानी ले लिया जाए।''

स्कूल मास्टर ने झिझकते हाथों से नोट स्वीकार किए। आधा गिलास पानी की कल्पना से उसकी आँखें चमक उठीं। खाली गिलास उठाकर वह पानी की तलाश में नीचे प्लेटफार्म पर उतर गया। अब 'हिंदू पानी' और 'मुसलिम पानी' का भेद नहीं रह गया था। बड़ी कठिनाई से एक व्यक्ति के पास पानी नजर आया।

बावन रुपए गिलास के हिसाब से पच्चीस रुपए का पानी आधे गिलास से

कुछ कम ही आना चाहिए था। पानी बेचनेवाले ने पेशगी रुपए वसूल कर लिये और बड़ी मुश्किल से एक-तिहाई गिलास पानी दिया।

डिब्बे में आकर सरदारजी के गिलास में थोड़ा पानी उड़ेलते समय जल्दी में कोई एक घूँट पानी फर्श पर गिर गया। झट से पानी का गिलास कांता के मुँह पर थमाते हुए उसने कहा, "पी ले बेटा!"

उधर से शांता ने हाथ बढाए।

स्कूल मास्टर ने कांता के मुँह से गिलास हटाकर उसे शांता के मुँह पर थमा दिया।

फिर काँपते हाथों से यह गिलास उसने अपनी बीमार पत्नी के होंठों की तरफ बढ़ाया, जिसने आँखों-ही-आँखों में अपने पति से कहा कि पहले आप भी अपने होंठ गीले कर लेते, पर पति इसके लिए तैयार न था।

कांता और शांता ने मिलकर जोर से गिलास पर हाथ मारे। बीमार माँ के कमजोर हाथों से छूटकर गिलास फर्श पर गिर पड़ा। स्कूल मास्टर ने झट लपककर गिलास उठा लिया। बड़ी मुश्किल से इसमें एक घूँट पानी बच पाया था। यह एक घूँट पानी उसने झट अपने गले में उड़ेल लिया।

सरदारजी कह रहे थे, "इतना कुछ होने पर भी इनसान जिंदा है और जिंदा रहेगा।"

स्कूल मास्टर कह उठा, "इनसानियत जन्मभूमि का सबसे बड़ा वरदान है। जैसे एक पौधे को एक स्थान से उठाकर दूसरे स्थान पर लगाया जाता है, वैसे ही नए देश में जन्मभूमि का पौधा लगाएँगे। हमें इसकी देखभाल करनी पड़ेगी और इस पौधे को नई जमीन में जड़ पकड़ने में कुछ समय अवश्य लगेगा।"

यह कहना कठिन था कि बीमार औरत के गले में कितने घूँट पानी गुजरा होगा, पर इतना तो प्रत्यक्ष था कि पानी पीने के बाद उसकी अवस्था और भी डाँवाँडोल हो गई। अब उसमें इतनी शक्ति न थी कि बैठी रह सके। सरदारजी ने न जाने क्या सोचकर कहा, "दरिया भले ही सूख जाए, पर दिलों के दरिया तो सदा बहते रहेंगे। दिल दरिया समुंदरों डूबें!"[1]

: सात :

स्कूल मास्टर कह उठा, "कभी ये दिलों के दरिया जन्मभूमि में बहते थे। अब ये दरिया नए देश में बहा करेंगे।"

---

1. दिलों के दरिया तो समुद्र से भी गहरे हैं।

बीमार स्त्री बुखार से काँपने लगी। सरदारजी बोले, ''यह अच्छा होगा कि इसे थोड़ी देर के लिए नीचे प्लेटफार्म पर लिटा दिया जाए। बाहर की खुली हवा इसके लिए अच्छी रहेगी।''

स्कूल मास्टर ने एहसान भरी निगाहों से सरदारजी की तरफ देखा और बीमार पत्नी को उनकी मदद से डिब्बे से उतारकर प्लेटफार्म पर लिटा दिया।

सरदारजी फिर अपनी जगह पर जा बैठे और स्कूल मास्टर अपनी पत्नी के चेहरे पर रूमाल से पंखा करने लगा। वह धीरे-धीरे उसे दिलासा देने लगा, ''तुम अच्छी हो जाओगी। हम बहुत जल्द नए देश में पहुँचनेवाले हैं। वहाँ मैं अच्छे-अच्छे डॉक्टरों से तुम्हारा इलाज करवाऊँगा।''

बीमार औरत के चेहरे पर दबी-दबी सी मुसकान उभरी, पर उसके मुख से एक भी शब्द न निकला, मानो उसकी खुली-खुली आँखें कह रही हों—मैं जन्मभूमि को नहीं छोड़ सकती। मैं नए देश में नहीं जाना चाहती। मैं इस धरती की कोख से जनमी और इसी में समा जाना चाहती हूँ!

उसकी साँस जोर-जोर से चलने लगी। उसकी आँखें पथराने लगीं। स्कूल मास्टर घबराकर बोला, ''यह तुम्हें क्या हो रहा है? गाड़ी अब और नहीं रुकेगी। नया देश समीप ही तो है। अब जन्मभूमि का विचार छोड़ दो। हम आगे जाएँगे।''

खिड़की से कांता और शांता फटी-फटी आँखों से देख रही थीं। उनकी समझ में कुछ नहीं आ रहा था। सरदारजी ने खिड़की से सिर बाहर निकालकर पूछा, ''अब बहनजी का क्या हाल है?''

स्कूल मास्टर बोला, ''यह अब जन्मभूमि में ही रहेंगी।''

सरदारजी बोले, ''कहो तो थोड़ा पानी खरीद लें।''

बीमार औरत ने बुझते दीप की तरह साँस लिया और उसके प्राण-पखेरू उड़ गए।

लाश के समीप खड़े-खड़े मास्टर ने बड़े ध्यान से देखा और कहा, ''अब वह पानी नहीं पीएगी।''

उधर इंजन ने सीटी दी और गाड़ी धीरे-धीरे प्लेटफार्म के साथ-साथ रेंगने लगी। उसने एक बार पत्नी की लाश की तरफ देखा, फिर उसकी निगाहें गाड़ी की तरफ उठ गईं। खिड़की से कांता और शांता उसकी तरफ देख रही थीं। लाश के साथ रह जाए या लपककर डिब्बे में जा बैठे, यह प्रश्न बिजली की कौंध की तरह उसके हृदय और मस्तिष्क को चीरता चला गया।

उसने अपने कंधे से झट वह फटी-पुरानी मैली चादर उतारी, जिसे वह

जन्मभूमि से बचाकर लाया था और जिसके धागे–धागे में अभी तक जन्मभूमि साँस ले रही थी।

इस चादर को उसने अपने सामने पड़ी हुई लाश पर फैला दिया और गाड़ी की तरफ लपका। कांता की आवाज एक क्षण के लिए वातावरण में लहराई, ''माँ!''

गाड़ी तेज हो गई थी, कांता की आवाज हवा में उछलकर रह गई थी। स्कूल मास्टर ने शांता को गोद में उठा लिया और पलटकर लाश की तरफ न देखा।

(चट्टान से पूछ लो)

□

कुंग पोश

: एक :

और सब फूल वसंत में खिलते हैं, पर केसर पतझड़ में खिलती है। वह मटमैली अबाबील, जो अभी-अभी उस टीले से पंख फैलाकर उड़ गई थी, शायद केसर को जी भरकर देखने के लिए ही इधर आ बैठी है। क्या यह धरती कभी इतनी बाँझ हो जाएगी कि केसर का उगना बंद हो जाएगा?

कितनी चहल-पहल है यहाँ। ये लड़कियाँ हैं या रंगों की परियाँ? इनको देखता हूँ, तो ऐसा लगता है कि एक बहुत बड़ा दुपट्टा है, जिसमें ये रंग की धारियाँ बनकर लहरा रही हैं। वे केसर के फूल चुन रही हैं। उनके सुडौल शरीर देखता हूँ, तो उस बुत-तराश को दाद दिए बिना नहीं रह सकता, जिसने मांस में पत्थर की-सी नोक-पलक पैदा की।

रंग की इन लहरों में मेरा दिल, जो पहले अमीराकदल पुल के नीचे से गुजरनेवाला शांत और बेरंग जेहलम[1] था, अब उछलने लगा है। क्या कश्मीर की सभी स्त्रियाँ एक सी सुंदर हैं? नहीं तो। न तो सभी एक सी कोमल हैं और न एक सी सूक्ष्म और मदमाती ही। रंग अलग बात है, रूप अलग।

ठेकेदार ललकार रहा है, 'जल्दी हाथ चलाओ, जल्दी।'

लड़कियाँ खुशी-खुशी फूल चुन रही हैं। पहले वे ठेकेदार की कड़क सुनकर सहम जाती हैं, पर फिर बातों का वही सिलसिला शुरू हो जाता है। जैसे भूत, वर्तमान और भविष्य का सारा सौंदर्य इस खेत में जमा हो गया है। ये गोरी-गोरी गरदनें; काली-काली आँखें—काली-काली बदलियों सी—जिनमें बिजली चमक रही हो। होंठ—कार्तिक के शहद से कहीं रसीले और चमकीले। बातें करती

1. हिंदी में प्राय: 'जेहलम' को 'झेलम' लिखते हैं, जो अशुद्ध है।

हैं, तो होंठों के कोने हिलते हैं और मेरे दिल पर रंगीन फुहार पड़ती है।

कुछ बूढ़ी स्त्रियाँ भी फूल चुन रही हैं। साल के साल केसर चुनते-चुनते उनकी जवानी बीत गई है। जब वे दुलहनें बनी इधर आ निकली थीं, तब भी ये खेत इसी तरह केसर पैदा करते थे। वह लाल फिरन[1] वाली युवती, जो किसी बच्चे की माँ बननेवाली है, फूल चुनती-चुनती थक जाती है, जैसे लाले की टहनी वर्षा के बोझ से झुक जाए। मेरी निगाह घूम-फिरकर उस बिन-ब्याही अल्हड़ लड़की पर आ ठहरती है, जिसने हरा ऊनी फिरन पहन रखा है। उसकी नरगिसी आँखों में लाज है, झिझक है और कुछ-कुछ डर भी। उसके चेहरे पर बचपन की नटखट लाली गंभीरता की ओर पहला कदम उठा रही है। यह नहीं कि उसने मुझे देखा नहीं। देखने में तो कुछ बुराई नहीं और यदि इसमें कुछ बुराई है, तो मैं उससे पूछना चाहता हूँ कि कनखियों से किसी अपरिचित की ओर देखना और फिर पलकें झुका लेना क्या कम अन्याय है? उसकी बाँहों की तराश देखूँ या उसकी पतली-पतली अँगुलियाँ? ठेकेदार के बोल डाँट रहे हैं, झिंझोड़ रहे हैं और जब वह लाल-पीला होकर कह उठता है, "और फुरती से—और फुरती से", तब हर एक का चेहरा पीला पड़ जाता है, बूढ़ी स्त्रियों का भी।

फूलों की पत्तियाँ बैगनी रंग की हैं। हर एक फूल में छह-छह तार हैं—तीन पीले और तीन नारंगी। फूल चुनने के बाद उन्हें धूप में सूखने के लिए डाल दिया जाएगा। फिर नारंगी तार, जो असल केसर है, अलग कर लिये जाएँगे। पीले तार फेंक दिए जाने चाहिए; पर या तो वे यों ही केसर में मिल जाएँगे या उसका वजन बढ़ाने के लिए जान-बूझकर उसमें मिला दिए जाएँगे।

पिछले सप्ताह जब मैं अपनी पत्नी और पुत्री के साथ चाँदनी रात में केसर के फूल देखने आया था, तो केसर के तार सोने की तरह चमक रहे थे। कभी मैं ऊपर आकाश पर तारों को देखता रहा था और कभी केसर के तारों को। मेरे मन में एक सुंदर चित्र बन गया है। उस हरे फिरन वाली अल्हड़ लड़की ने फिर एक बार मेरी ओर देख लिया है। सात वर्ष पहले भी मैं कश्मीर आया था। जो चित्र उस समय मेरे मन में अपने-आप बन गया था, वह भी तो कायम है। यह दूसरी बात है कि उसमें केसर का खेत मौजूद नहीं, पर वह कमी इस समय पूरी हो रही है।

केसर चुनती-चुनती कुमारियाँ मिलकर एकाएक ऐसा गीत गाने लगी हैं, जिसे सुनकर ठेकेदार के बुड्ढे गले में भी सुर खुरखुराने लगे हैं—

1. कश्मीरी स्त्री की पोशाक।

यार गोमय पांपोर वते कुंग पोशव रुटनालमते,
सुछम तते बछुम यते बार सायबो बोजतम जार!

अर्थात्—'मेरा प्रीतम पांपुर की तरफ चला गया। (और वहाँ) केसर के फूलों ने उसे गले लगा लिया। (आह!) वह वहाँ है और मैं यहाँ! ओ खुदा! मेरी विनती सुन।'

वह हरे फिरन वाली शरमीली लड़की बड़ी होकर शायद इस गीत में अपने जीवन का कोई फीका पड़ा हुआ रंग उभारने का यत्न करेगी।

यह ऊँची-नीची धरती है। यह कुछ जेहलम के किनारे-किनारे और कुछ उससे दूर हटती गई है। कितने ही छोटे-छोटे अलग-अलग टीले से नजर आ रहे हैं।

मैं ठेकेदार से पूछता हूँ, "इन टीलों को इधर क्या कहते हैं?"

वह उत्तर देता है, "वुडर या करेवा।"

ठेकेदार का चेहरा, जिस पर गहरी झुर्रियाँ नजर आ रही हैं, और भी शांत हो गया है, मानो वह भी एक जरूरी आदमी है और जैसे इस प्रश्न का उत्तर वही दे सकता है। उसने मुझे अपने पास खाट पर बिठा लिया है। वह मुझे बता रहा है कि ये वुडर या करेवा सबके सब बारानी धरती के टुकड़े हैं; पर हैं बड़े उपजाऊ।

"तो क्या इन सभी वुडरों में केसर पैदा होती है?"

"नहीं तो। केसर तो पांपुर के वुडरों में ही पैदा होती है। इस बारह हजार बीघा धरती पर खुदा का बड़ा फजल है।...यहाँ मिट्टी केसर पैदा करती है।"

उसने मुझे यह भी बताया कि यह जमीन महाराज की निजी मिलकियत है। जो भी इसे ठेके पर लेता है, इसकी आधी केसर अपने नीचे खेती करनेवालों में बाँट देता है और आधी स्वयं ले लेता है, जिसमें से उसे ठेके का रुपया चुकाना होता है।

"आधी छटाँक केसर तैयार करने के लिए चार हजार तीन सौ बारह फूल चाहिए।"—वह बड़े गर्व से कह रहा है, जैसे उसके बाप-दादा सदा केसर का ठेका लेते रहे हैं। उसकी कुशल आँखें, जिनमें कुछ आत्मप्रशंसा भी झलकती है, मस्त हो उठी हैं—जैसे उसने केसर का यह भेद मुझे बताकर कभी-न-कभी केसर का ठेका लेने के लिए उकसा दिया है।

: दो :

केसर से मुझे प्यार हो गया है। मैं इसे सब जगह देखना चाहता हूँ। हिंदुस्तान के नक्शे पर मैं हर जगह केसर छिड़क देना चाहता हूँ।

"धन्य है वह धरती, जहाँ केसर ने जन्म लिया है," यह कहते हुए कल

एक दुकानदार ने मेरे लिए पाँच रुपए की केसर तौल दी थी। जेब से रुपए निकालता हुआ मैं सोच रहा था कि कौन जाने श्रीनगर के इस दुकानदार की पत्नी का नाम केसर हो और वह रात में घर आकर उसके सामने भी कह उठे, "धन्य है वह धरती, जहाँ केसर ने जन्म लिया!" और वह स्त्री यह समझे कि उसके सौंदर्य की प्रशंसा हो रही है, यह नहीं कि उसके पति ने एक खानाबदोश लेखक के पास थोड़ी केसर बेचकर एक-आध रुपया कमा लिया है।

मेरे मन की सारी कविता सिमट-सिमटकर केसर के इर्दगिर्द घूमने लगी है। मेरी पत्नी ने केसरिया साड़ी पहन रखी है। माँ की देखादेखी मेरी पुत्री ने भी केसरिया फ्राक पहन लिया है। और मैं खुश हूँ।

काश! उस शरमीली लड़की ने केसर के खेत में केसरिया फिरन पहना होता, तो उसका गोरा रंग एक सुनहरी झलक ले उठता। वह मुझे और भी सुंदर दिखाई देती। मैं सोचता कि वह केसर के खेत की बेटी है या फिर केसर की देवी है।

शफक की केसरिया प्रसन्नता देखता हूँ, तो सोचता हूँ कि उषा ने मेरी भावना समझ ली है, पर यह रंग तो उसे सदा से प्यारा है। नित नए हैं केसरिया उषा के चाव और वे सब रंगीन भाव, जो सदा से कवियों और लेखकों से होली खेलते आए हैं। क्या केसरिया उषा की ओर देखकर उस शरमीली अल्हड़ लड़की को यह ध्यान नहीं आया कि उसी की तरह वह भी केसरिया फिरन पहन ले? या क्या वह प्रतिदिन दिन चढ़े जागती है? उषा को न सही, केसर चुनती-चुनती केसर की तार तो वह देखती ही है और उन्हें देखकर खो सी जाती होगी। यहीं से वह केसरिया फिरन का खयाल बड़ी आसानी से ले सकती थी; पर कौन बताए उसे कि वह सफेद ऊनी फिरन, जिसे उसने बड़े शौक से सिलवाया है, या सिलवाना है, जरूर केसरिया रँगा ले?

पांपुर श्रीनगर से बहुत दूर नहीं है। ताँगा जाता है वहाँ, पर जो आनंद पैदल जाने में है वह ताँगे में कहाँ? मैं कई बार पांपुर हो आया हूँ, और केसर के फूलों से कहीं ज्यादा वह अल्हड़ लड़की ही मुझे इस आकर्षण का कारण प्रतीत होती है। हर बार वही हरा फिरन—हरा फिरन! क्या उसके पास केवल यही एक फिरन है? जी चाहता है कि आगे से अपनी पत्नी को तब तक नई साड़ी न लेकर दूँ, जब तक उसकी सब-की-सब साड़ियाँ फट नहीं जाएँ। उस अल्हड़ लड़की में क्या कुछ कम जान है? उसका दिल क्या किसी अलग मिट्टी का है?

बहुत यत्न करता हूँ कि किसी तरह वह अल्हड़ लड़की मेरे दिल से

निकल जाए, पर वह तो उलटा मेरे दिल में समाती चली जा रही है। कई बार तो मैंने उसे स्वप्न में भी देखा है। वह मुझे क्यों नहीं छोड़ती? वह मुझे क्यों घूरती है? क्यों खिलखिलाकर हँस पड़ती है? मैं क्या जानता था कि मेरे ये भाव यों उछल पड़ेंगे। जैसे वह कहती हो, ''हरे फिरन से इतनी नफरत क्यों? घास भी तो हरी होती है। बल्कि मैं तो चाहती हूँ कि तुम भी हरे कपड़े पहनो। वृक्ष भी तो हरे दुशाले ओढ़ते हैं।...पर तुम न मानोगे।...अच्छा, मैं ही मान जाऊँगी। मैं केसरिया फिरन पहन लेती हूँ।...क्या तुमने यह समझ लिया था कि मेरे पास केसरिया फिरन है ही नहीं? वाह, खूब सोचा तुमने! पिछले साल मैंने यह केसरिया फिरन बनवाया था, पर यह नहीं जानती थी कि एक दिन एक बनजारा आएगा और इसे पहनने की फरमाइश करेगा। मेरी ओर देखो...देखो...देखो तो...मैंने केसरिया फिरन पहन लिया है। मैं केसर के खेत की बेटी हूँ या फिर केसर की देवी हूँ।''

कल भी दिन भर मैं इसी कोशिश में रहा कि किसी तरह यह लड़की मेरे दिल में न आने पाए। एक लेख लिखने बैठा, तो मैंने महसूस किया कि यह केसर की देवी मुझसे कह रही है, ''किस पर लिखोगे? उस केसर के खेत पर, जहाँ तुमने मुझे पहले-पहल देखा था? या उस ठेकेदार पर, जिसने तुम्हें अपने पास बड़े अदब से खाट पर बैठा लिया था?''

जब मैं नहाने लगा, तब मेरे मन की किसी अज्ञात गहराई से केसर की देवी की आवाज आने लगी, ''पानी बहुत ठंडा है क्या? मैं जानती हूँ, तुम ठंडे पानी से नहाना पसंद नहीं करते। मुझसे क्यों नहीं कहा? मैं क्या इनकार कर देती? मैं झट आग सुलगाती और पानी गरम कर देती। साबुन है? है तो, अच्छा, नहा लो। मैं जाती हूँ।''

नहाकर गुसलखाने से निकला, तो मेरा चेहरा उदास था। पत्नी ने पूछा, ''क्या बात है? कुछ खोए-खोए से नजर आते हो।'' पर मैंने हँसकर बात आई-गई कर दी। आखिर उससे क्या कहता? मैं भीतर-ही-भीतर घुला जा रहा था और पछताता था कि केसर के खेत पर गया ही क्यों!

जब मैं सैर करने के लिए बेरंग जेहलम के किनारे हो लिया, तब भी मैंने महसूस किया कि वह केसर की देवी मेरा पीछा कर रही है। एक परों वाला रंग है, जो उड़ता चला आ रहा है। यह रंग अपने स्थान पर चिपक गया और तसवीर बोल उठी, ''दासी का क्या कसूर है? यों दिल हटा लेना था, तो मुझे न बुलाया होता, मेरा सोता प्यार न जगाया होता। यह कहाँ की रीति है जी? खेत की मेंड़ के पास खड़े होकर क्यों टकटकी लगाकर तुम मेरी ओर देखते रहे थे? तुम मुझसे कुछ

बोले तो न थे, पर तुम्हारी आँखें तो बोली थीं। तब उन्हें क्यों न समझाया तुमने? एक बार नहीं, दो बार नहीं, तुम तो पूरे सात बार पांपुर के खेतों पर निकले और वह भी पैदल। जब मैं यह जान गई, तो तुमसे प्यार करने लगी।''

मैं परेशान सा हो गया। कुछ बोल भी तो न सका। आखिर क्या कहता? कसूरवार तो था ही। उसकी बातों का बुरा मैंने नहीं माना, पर मैं उसका स्वागत नहीं कर सकता था। मैं चाहता था, वह मुझे छोड़ दे। क्षमा कर दे। जब उसकी आँखों में आँसू आ गए, तो मैं डरे हुए हिरन की तरह रुककर खड़ा हो गया। पहले तो मैंने सोचा कि उससे साफ-साफ कह दूँ, 'कैसा प्यार? कहाँ का आनंद?' पर मैं खुल्लम-खुल्ला यह न कह सका। इसके बजाय मैंने कहा, ''केसर की देवी, रो नहीं। रोने से क्या लाभ? संसार को देख। संसार की विशालताओं को देख। दूर नहीं, तो पांपुर को ही देख। आँसू भरी आँखें देखती तो हैं, पर एक धुँधली सी पन-चादर के बीच में से। जिंदगी और निगाहों के बीच आँसू नहीं होने चाहिए। इससे रंग अपनी वास्तविकता खो देते हैं। और तेरी जिंदगी तो उड़नेवाली अबाबील है। क्या आँसू तेरे पंख भारी न कर देंगे? तुझे तेरा प्रेमी मिल जाएगा एक दिन, पर मुझे छोड़ दे, क्षमा कर दे!''

वह न मानी! बराबर रोती रही। न मैं केसर के खेत पर गया होता, न यह मुसीबत आ खड़ी होती।

मैं बाजार में जा निकला। मन पहले की तरह परेशान था। अब यह अनुभव भी था कि मैं अकेला हूँ! अच्छा ही हुआ। पैर की हर हरकत हलकी प्रतीत होती थी। बाजार तो किसी की मिलकियत नहीं। मैं आजाद था। फिर यों ही मेरी निगाह एक छत की ओर उठ गई। एक क्षण के लिए मुझे ऐसा लगा कि मेरे मन से रंग का एक टुकड़ा उड़कर सामने खिड़की में थिरकने लगा है। मेरे पैर रुक गए। कितना हमवार चेहरा था। सुर्ख गाल—जैसे दो उजले ताकों में दीये जल रहे हों। और आँखें—दो अँधेरी रातें, जिनमें टटोल-टटोलकर चलना पड़ता है।

: तीन :

लाख यत्न करने पर भी दिल हटता नहीं। मैं उलझा हुआ रहता हूँ—अपने सिर के लंबे बालों की तरह। राह चलते डरता हूँ। पहले वह पांपुर की देवी थी। वह मेरे मन का केसरिया खयाल अब यह स्त्री थी, जो खिड़की में यों बैठी थी, जैसे चौखट में तसवीर जड़ दी गई है। वह मेरी ओर किस तरह देखती रही थी।

मैंने अपने हृदय में एक चुटकी सी महसूस की थी, जैसे कोई नादान बच्चा किसी सुंदर रंगीन तसवीर की बोटी नोच ले। वह कसूरवार थी? नहीं, वह बेकसूर थी। फिर कसूर किसका था? तो क्या यह मेरा कसूर था?

कल मैंने फिर दूर से उसे देखा, तो वह फाख्ता की तरह मुझे देखती रही। घर लौटने पर मैंने महसूस किया कि दो काली मदमाती आँखें मेरा पीछा कर रही हैं, दो अँधेरी रातें मेरे जीवन के उजाले में घुल-मिल जाना चाहती हैं। मैंने अपनी पत्नी की शरण ली। मेरा दिल धड़क रहा था। दिल मानता नहीं। इसका भेद मैं स्वयं नहीं समझता—

दिल दरिया समंदरों डूँघा
कौन दिलाँ दीयाँ जाणे?
विच्चे चप्पू विच्चे वेड़ी
विच्चे वंज महाणे!

अर्थात्—'दिल भी एक दरिया है, समुद्र से कहीं गहरा। कौन जान सकता है दिल की बातें? इसमें क्या चप्पू, क्या किश्ती और क्या मल्लाह (सभी डूब जाते हैं)।'

क्या पंजाब के इस किसान को भी मेरी तरह ऐसी उलझन में फँसना पड़ा था? अब जो उस छत की ओर देखता हूँ, तो यही मालूम होता है कि उस पांपुर की देवी ने ही यह रूप धारण किया है, पर उसका फिरन तो हरा था और इसे लाजवर्दी रंग पसंद है। वह केसरिया फिरन क्यों नहीं पहन लेती? पर हर फूल को अपना रंग पसंद है, जैसे हर पक्षी को अपना गाना।

मुझे याद है कि बचपन में एक बार मैंने लाजवर्दी कोट सिलवाया था। वह बुरा तो नहीं लगता था। माँ कहा करती थी, "हर रंग एक नई ही खुशी देता है, मेरे लाल!" यदि उसको यह बात मालूम हो जाए, तो वह झट कह दे, "यह लाजवर्दी फिरन तुम्हें पसंद नहीं! वे दिन भूल गए, जब लाजवर्दी कोट पहनकर स्कूल जाया करते थे और इतनी भी समझ न थी कि यह लड़कों पर फबता है या लड़कियों पर?"

उसकी आँखें कितनी लाज भरी हैं। यह लाज न होती, तो वह कितनी ओछी लगती। इतनी लाज भी तो भली कि दिल का भेद दिल ही में रह जाए। मैं उसकी ओर क्यों देखता हूँ? मेरे दिल की धड़कन तेज क्यों हो रही है? वह कैसे बनी इस खिडकी की रानी? किसने उसे भड़कीले चौखटे में जड़ा? किससे पूछूँ? कौन सुनाए उसकी कहानी? उसे इस धुरी के इर्दगिर्द घूमने पर किसने आमादा किया? कसूर किसी का भी हो, वह स्वयं बेकसूर है। मैं उसे दूर से देखता हूँ।

देखने में तो कुछ बुराई नहीं। मुझे उससे नफरत भी तो नहीं।

इस काली आँखों वाली के चेहरे पर कभी-कभी हँसी दौड़ जाती है, जैसे अँधेरी रात के काले-काले बादलों में बिजली गोटे की अनेक धारियाँ टाँक दे। मेरा दिल अंदर-ही-अंदर सिकुड़ रहा है। सोचता हूँ, वह रोती भी होगी। काजल सा बरस जाता होगा। क्या उसे उस हरी-हरी घास की याद नहीं आती, जो मखमल की तरह उसके पैरों तले बिछी रहती होगी? घास की सोंधी-सोंधी खुशबू, जिसने फूलों की महक के अलावा हजार बार उसे रिझाया होगा, वह भूली तो न होगी। वह जरूर किसी गरीब किसान के घर में पैदा हुई है। इस मटियाले घर के साथ उसका नाता बहुत पुराना मालूम नहीं होता।

पर वह कुछ गाती क्यों नहीं? गाना जानती तो होगी। जरूरी नहीं कि बाँसुरी किसी के मुँह लगाने पर ही बजे। हवा भी तो सुर जगा दिया करती है। सुर नींद के मारे नहीं होते। इनकी नींद बड़ी हलकी होती है। कभी-न-कभी जरूर उसके कंठ में सुर जाग पड़े होंगे, डरकर ही सही। इसलिए अब आँखें ही नहीं, मेरे कान भी उसके कोठे की परिक्रमा करते रहते हैं। अब तो मैं देखता हूँ कि आँखों से कहीं ज्यादा बेचैनी कानों को है। काश! मैं कभी दूर से उसका फड़फड़ाता गीत सुन पाऊँ। मैं सोचता हूँ। कान बराबर उधर खिंचे रहते हैं। आँखों में एक रंगीन गुबार सा छाया रहता है। जब लौंग फैलो ने लिखा था, ''रात संगीत से सराबोर हो जाएगी और सब फिक्र-फाके जो दिन भर हमें सताते रहते हैं, बद्दुओं की तरह डेरा-डंडा उठाकर चलते बनेंगे,'' तो शायद उसे भी मेरी ही तरह तरसना पड़ा होगा। गाँव के अपने आप पैदा होते रहनेवाले गीत कभी तो इस लड़की की जबान पर आते ही होंगे।

किसे बनाऊँ अपने भेद का साझेदार? डरता हूँ कि समाज का हाथ बढ़कर उन सारी प्यालियों को अपने कंठ में न उड़ेल ले, जिनमें मैंने बड़े चाव से कई रंग घोले हैं, पर यह डर तो लगा ही रहेगा। लाख सोचता हूँ, डर बेकार है—मजहब का डर, खुदा का डर, समाज का डर; पर ये तमाम डर पीछा ही नहीं छोड़ते। वह सदाचार क्या, जो केवल डर पर टिका हुआ हो? वह सदाचार क्या, जो नफरत सिखाए, बैर सिखाए? नहीं, अब मैं नहीं डरता।

कल रात मैं अपने सारे साहस को जमा करके उसके यहाँ चला गया। वह झट मेरे स्वागत के लिए उठी। बड़ी इज्जत से उसने मुझे काले कश्मीरी कंबल पर बैठा दिया।

'पांपुर की देवी!' अपने मन में मैंने पुकारा, और मेरे होंठों पर ये शब्द

आए, "तुम्हारा नाम क्या है?"

शहद जैसे मीठे स्वर में उसने उत्तर दिया, "कुंग पोश।"

मैंने देखा कि एक केसरिया लाज उसके गालों पर फूटने लगी है। "कुंग पोश!" मैंने पूछा, "कुंग पोश का क्या अर्थ है?"

"कुंग पोश यानी केसर का फूल।"

उसे ऐसी जगह देखकर मुझे झट खयाल आया—और सब फूल वसंत में खिलते हैं, पर केसर पतझड़ में खिलता है! मैंने महसूस किया कि मेरे कानों में वही गीत गूँज रहा है, जो मैंने पांपुर के खेत में सुना था—

यार गोमय पांपोर वते
कुंग पोशव रुटनालमते,
सछम तते बछुम यते
बार सायबो बोजतम जार!

मैं सोचने लगा कि पीछे यही खयाल मेरी पत्नी को न आ रहा हो, "मेरा प्रीतम पांपुर की तरफ चला गया। (और वहाँ) केसर के फूलों ने उसे गले लगा लिया। (आह!) वह वहाँ है और मैं यहाँ! ओ खुदा! मेरी विनती सुन।"

कुंग पोश बहुत खुश नजर आती थी। उसके चेहरे पर प्रसन्नता की लाल-लाल धारियाँ एक जाल सा बुन रही थीं। रात का पहला आदमी उसके यहाँ आया था। उसने सोचा होगा कि मैं उसे रुपया ही न दूँगा, बल्कि चनार का हरा पत्ता भी दूँगा, जिसका अर्थ यह होता है कि मैंने उसे अपना प्रेम भी दे दिया है। फिर कुंग पोश लकड़ी के बने चनार के पत्ते पर इलायची और बादाम की गिरियाँ रखकर ले आई। मैंने एक गिरी उठा ली और कहा, "शुक्रिया।"

"इलायची न लोगे?"

"इलायची तो मैं खा चुका हूँ।"

काँगड़ी में कोयले दहक रहे थे—उसके गालों की तरह। कुंग पोश ने वह काँगड़ी मेरी ओर सरका दी।

"शुक्रिया।"

सुंदर थी उसकी मुखाकृति—केसर और उषा की लाली से कहीं सुंदर काले रेशमी बाल रातों के अनगिनत साए छुपाए हुए थे। कुंग पोश अल्हड़ तो न थी। हाँ, शरमीली जरूर थी। बिजली के प्रकाश में उसका लाजवर्दी फिरन उसपर खूब सज रहा था।

बालाखाने की भाषा कुछ रस्मी वाक्यों तक सीमित रहती है। मैं इससे

परिचित नहीं था। उलाहना, धन्यवाद और अनुग्रह के झट-झट बदलते रंग कुंग पोश की आँखों में कैसे देखता? मेरा दिल धड़क रहा था। कहकहा कैसे लगाता—ऐसा कहकहा, जो किसी पहाड़ी चश्मे की आवाज पैदा करता।

कुंग पोश ने लकड़ी का बना हुआ चनार का पत्ता, जिसपर बादाम की गिरियाँ और इलायचियाँ ज्यों-की-त्यों पड़ी थीं, मेरी ओर बढ़ाया। मैंने खामोशी से एक इलायची उठाकर मुँह में डाली। वह मेरी तरफ देखने लगी। सचमुच, वह केसर का फूल थी।

मैं मुसकराया। वह भी मुसकराई। मैं शायद एक 'नागराय' था और वह एक 'हीमाल' और शायद कश्मीर की पुरानी प्रेम-कथा एक बार फिर दोहराई जानेवाली थी, पर मैंने सँभलकर कहा, "मैं तो गीत जमा किया करता हूँ।"

"गीत? कैसे गीत?"

"गाँव के गीत।"

"गीत—गीत—" इससे अधिक वह कुछ न कह सकी। मैंने उसकी ओर देखा और मुझे ऐसा लगा कि किसी दुलहन की भड़कीली पोशाक मेरी आँखों के सामने मैली हो गई है। उसने अपनी थकी हुई बाँह उठाई और काँपती अँगुली से सामने के मकान की ओर इशारा किया, जहाँ घुँघरू बज रहे थे और प्रकाश झिलमिला रहा था। "जाओ, उस तरफ चले जाओ। उधर गीत भी बिकते हैं और···और···"

उसके लहजे में खेतों की गुनगुनाहट थी। मैं उन खेतों की ओर जाने के लिए उठ खड़ा हुआ, जहाँ मिट्टी केसर पैदा करती है।

और सब फूल वसंत में खिलते हैं; पर केसर पतझड़ में खिलती है। क्या यह धरती भी इतनी बाँझ हो जाएगी कि केसर का उगना बंद हो जाए?

(चट्टान से पूछ लो)

□

चाय का रंग

जैसे ही मैं अपने असमी मित्र से भेंट करने के लिए पहुँचा, मैंने देखा कि बिजली के पंखे की तेज हवा में उसकी अंडी की चादर का अंचल अबाबील के परों के समान फड़फड़ा रहा है। उसने उठकर हाथ मिलाया और मुझे अपने साथवाले सोफे पर बैठने का संकेत किया। फिर नौकर को बुलाकर कहा, "दो चाय, झटपट।"

मैंने कहा, "आप विधान परिषद् में सम्मिलित होने आए हैं और सरकार ने आपके निवास का अच्छा प्रबंध कर दिया है, नहीं तो यह कैसे हो सकता था कि आप मेरे यहाँ ठहरना पसंद न करते।"

"मैं तो राजधानी का मेहमान हूँ," उसने हँसकर कहा, "और इस दृष्टि से आपका भी उतना ही मेहमान हूँ।"

थोड़ी देर बाद नौकर ने चाय का सामान मेज पर ला रखा। मेरे मित्र ने प्याली में चाय का पानी उड़ेलते हुए पूछ लिया—"आप भी तो तेज चाय पसंद करते होंगे?"

मैंने कहा, "चलिए, आज तेज ही सही।"

वह बोला, "जरूरत इस बात की है कि लोगों को अच्छी चाय की पहचान कराई जाए। जैसे-तैसे चाय का लाल पानी मिल जाए, लोग तो बस इसी से खुश हो जाते हैं। आज इस चाय का जायका देखिए और कहिए, कैसी लगी?"

चाय का घूँट गले से नीचे उतारते हुए मैंने कहा, "यह खास असम की चाय मालूम होती है।"

उसकी आँखें चमक उठीं। बोला, "दुर्भाग्य से हमारे देश की चाय कंपनियाँ विभिन्न किस्मों की चाय की पत्तियाँ मिला कर बेचती हैं। यहीं से सारी गड़बड़ शुरू होती है। मेरा विचार है कि यदि चाय की किस्में अलग-अलग बेची जाया

करें तो बहुत अच्छा हो।''

उसके चेहरे पर झुर्रियों का जाल नजर आ रहा था, जैसे मोरनी के अंडे पर धब्बे उभर आएँ। पूरे अठारह वर्ष पूर्व जब मैं असम गया था तो गोहाटी में उसी के पास ठहरा था, जहाँ वह ब्रह्मपुत्र के किनारे एक सुंदर कोठी में रहता था। रात के साढ़े ग्यारह बजे मैं वहाँ पहुँचा तो मुझे देखकर उसे कुछ आश्चर्य अवश्य हुआ था। दार्जिलिंग से बरुआ महोदय की चिट्ठी लेकर मैं उसके पास पहुँचा था। जब वह यह चिट्ठी पढ़ रहा था तो मैंने हलकी सी आवाज में कह दिया—''देखिए जी, मेरे पास यह चिट्ठी न होती, तो भी मुझे आपके यहाँ आतिथ्य मिल ही जाता।''

बस वह इतने पर खुश हो गया और उसने ऊपर की मंजिल में मुझे उसी कमरे में ठहराया जहाँ कभी महात्मा गांधी ठहरे थे। यह पता चलने पर मैं बहुत घबराया। कहाँ स्वतंत्रता का सेनानी एक महापुरुष और कहाँ एक साधारण खानाबदोश लेखक। वहीं मेरे लिए भोजन आ गया, फल और चाय भी। वह चाय कितनी लजीज थी। आज की चाय ने फिर से उस चाय की याद दिला दी।

दाएँ घुटने और पिंडली को हाथ से सहलाते हुए वह बोला, ''अब तो खैर दर्द बहुत कम हो गया है, तीन दिन और तीन रातें तो मुझे पलंग पर पड़े रहना पड़ा।''

मैंने कहा, ''उस दिन आप हमारे यहाँ आए थे तो बिलकुल अच्छे थे।''

''आपने नीबू की शिकंजबीन पिला दी,'' वह नाक-भौंह सिकोड़ते हुए कह उठा, ''बस, उसी से गड़बड़ हो गई।''

मैंने क्षमा-याचना करते हुए कहा, ''गलती हो गई। अब आप चाय पर जोर दीजिए। शायद दिल्ली का पानी आपको मुआफिक नहीं आया। असम से आनेवालों को तो चाय की मदद लेनी ही चाहिए।''

वह बोला, ''वैसे नीबू मैं भी पसंद करता हूँ, पर नीबू की शिकंजबीन मुझे मुआफिक नहीं आती।''

मैंने हँसकर कहा, ''जिसकी घुट्टी में नीबू की शिकंजबीन की बजाय गरम-गरम चाय पड़ी हुई हो, उसे नीबू की शिकंजबीन कैसे मुआफिक आ सकती है।''

वह बराबर अपनी टाँग को सहलाता रहा। बोला, ''थोड़ा दर्द अभी बाकी है।''

''ऐसे ही, जैसे हिंदुस्तान आजाद हो गया, पर पिछली गुलामी का हलका

सा दर्द अभी बाकी है,'' मैंने हँसकर जवाब दिया, ''अब देखना यही है कि यह दर्द कब दूर होता है!''

''नया विधान बन जाने दीजिए,'' वह कह उठा, ''इसके लागू होते ही सब आप से आप ठीक हो जाएगा।''

यह आप से आप ठीक हो जानेवाली बात मेरी समझ में न आई। मैं पूछना चाहता था कि क्या चाय के पौधे भी आप से आप पैदा हो जाते हैं, और किसी के हाथ लगाने की आवश्यकता ही नहीं पड़ती और चाय की पत्तियाँ भी आप से आप डिब्बों में बंद होकर जगह-जगह जा पहुँचती हैं।

न जाने क्या सोचकर मैं बोला, ''मैं तो समझता हूँ कि वह दिन दूर नहीं, जब महात्मा गांधी की वे सब बातें सच होकर रहेंगी जो उन्होंने ब्रह्मपुत्र की लहरों के सामने असम की जनता से कही थीं। उन्होंने कहा था—स्वराज्य के साथ गरीबी आप से आप दूर हो जाएगी, स्वराज्य के साथ भारतमाता का झुका हुआ सिर आप से आप ऊँचा उठ जाएगा।''

मैंने कहा, ''इसके लिए हमें काम जरूर करना होगा।''

वह बराबर अपनी टाँग को सहलाता रहा। ऐसा भी क्या दर्द है—मैं पूछना चाहता था। उसने कहा, ''बुढ़ापा आ रहा है। यह दर्द उसी की खबर लाया है।''

मैंने हँसकर कहा, ''अभी बुढ़ापे का नाम मत लीजिए। चाय ठंडी हो रही है। क्यों न चाय के साथ इनसाफ किया जाए?''

उसने फिर से दोनों प्यालियों में चाय का पानी उड़ेला। दूध और चीनी डालने के बाद चाय की प्याली मेरे हाथ में थमाते हुए कहा, ''मैं खुश हूँ कि असम की चाय आपको पसंद आ गई।''

वह देर तक चाय की प्रशंसा करता रहा। मैंने बात का रुख पलटते हुए कहा, ''यदि मैं भूल नहीं करता तो आज से अठारह वर्ष पहले मैंने आपके शरीर पर अंडी की यही चादर देखी थी।''

वह बोला, ''असम की अंडी की यही खूबी है कि यह जितनी पुरानी होती जाती है, इसका रंग उतना ही निखरता जाता है। यह चादर मैं हमेशा अपने साथ रखता हूँ। जिस वर्ष आप असम आए थे, उससे पाँच वर्ष पहले से यह चादर मेरे पास रही है।''

''तो इस चादर की उम्र तेईस वर्ष की हो गई है?''

''जी, हाँ।''

''तो क्या मैं यह समझ लूँ कि आप दो वर्ष बाद इस चादर की रजत जयंती

मनाएँगे? कहिए, उस दिन अपने सब दोस्तों को चाय पर बुलाएँगे न?''

हम देर तक हँसते रहे। मैंने कहा, ''इनसान भी ताश के पत्तों की तरह हमेशा बँटते रहते हैं, पर जब कभी दो जाने-पहचाने पत्ते समीप आ आ जाते हैं तो चाय की प्यालियाँ आप से आप समीप सरक आती हैं।''

वह बोला, ''मैं ताश का पत्ता ही सही। ताश के पत्ते को चाय की प्याली और अंडी की चादर से प्रेम हो गया। असम से चलते समय मैं क्या जानता था कि यहाँ आपसे भेंट हो जाएगी। नहीं तो मैं अंडी की एक चादर आपके लिए ले आता। हाँ, अपने बगीचे की चाय का एक-आध पैकट तो जरूर दे सकता हूँ।''

''उसके लिए पहले से धन्यवाद। हाँ, तो आज से अठारह वर्ष पूर्व मुझे आपके घर पर आतिथ्य प्राप्त हुआ था। वह भी उसी कमरे में, जहाँ कभी भारत के सबसे बड़े महापुरुष को ठहराया गया था।''

वह जरा सँभला, ''उस कमरे को आत्मकथा लिखने का अवसर मिले तो उसमें बहुत से चेहरे उभरेंगे। उनमें ऐसे लोग भी होंगे, जिन्हें चाय से घृणा थी, और ऐसे भी, जो सौ काम छोड़कर चाय की प्याली में ही तूफान उठाने को अपने जीवन का सबसे बड़ा आदर्श मानते थे।''

मैंने कहा, ''आप आत्मकथा लिखें तो उस कमरे की आत्मकथा आप से आप आ जाएगी।''

उसकी आँखें चमक उठीं। अठारह वर्ष पूर्व जब मैं उसके घर पर ठहरा था तो उसे यह आशा न थी कि मैं अपने संस्मरणों में असम के चित्र को इतना स्थान दे सकूँगा। उसने सोचा था कि एक यात्री है। न जाने कैसे भूला-भटका इधर आ निकला है। असम से लौटते ही असम को भूल जाएगा और गोहाटी के अपने मेजबान को कभी भूलकर भी याद न करेगा। अब अगर वह कहता कि असम का चित्र प्रस्तुत कीजिए तो मैं एक-एक रेखा को उभारकर दिखा सकता था। ऊपर से मैंने यही कहा—

''असम सदा मेरे स्वप्नों को छूता रहा है।''

उसने हँसकर पूछ लिया, ''इसका प्रमाण?''

मैंने झट एक पुस्तक निकालकर उसके हाथ में देते हुए कहा, ''इसमें असमी गीतों का विशेष रूप से उल्लेख किया गया है। इसमें आपकी भी चर्चा है।''

वह देर तक इस पुस्तक के पृष्ठ पलटता रहा। बोला, ''असम बहुत बदल गया है, पर गीतों में असम का दिल उसी तरह धड़कता है।''

मैंने बढ़ावा देते हुए कहा, ''दार्जिलिंग के एक गीत में किसी चाय-मजदूर ने अपनी प्रेयसी की उपमा चाय की पत्ती से की है। नीलगिरि के एक गीत में भी चाय और प्रेम की चर्चा एक साथ की गई है। लंका के एक गीत में चाय के जन्म से लेकर प्याली में आने तक की पूरी गाथा प्रस्तुत कर दी गई है, पर असम से मुझे चाय के गीत न मिल सके थे। खैर, यह तो मैं मान ही नहीं सकता कि असम में चाय के गीत नहीं होंगे। हाँ, मुझे इस बात का बहुत अफसोस रहा कि मैं चाय के बड़े-बड़े बगीचे न देख सका।''

वह बराबर उस पुस्तक के पृष्ठ पलटता रहा। फिर वह गंभीर होकर बोला, ''आपको याद होगा, अपने चाय-बागीचे में तो मैं आपको ले ही गया था। यह और बात है कि वह बागीचा बहुत बड़ा नहीं है।''

मैंने उछलकर कहा, ''आपके चाय-बगीचे के मजदूरों ने तो मुझे साधु बाबा समझ लिया था। एक स्त्री का बच्चा बीमार था। वह उसको मेरे सामने उठा लाई थी। उसके सिर पर हाथ फेरते हुए मैं कह उठा था—'तेरा बच्चा अच्छा हो जाएगा, माई!' खुशी से उसकी आँखें चमक उठी थीं। मुझे सब याद है। आज भी मेरे मन में उस स्त्री का चित्र उभरता है, उसके बच्चे का चित्र भी। अब तो वह औरत वृद्धा हो गई होगी। उसका बच्चा भी अब मजदूरी करता होगा। मुझे अब भी याद है कि एक बूढ़े मजदूर ने पूछ लिया था, 'सुराज कब आएगा, बाबा?...' मैंने कहा था—बहुत जल्द आएगा स्वराज्य। तुम्हें बहुत इंतजार न करना पड़ेगा।...सचमुच, उस बूढ़े चाय-मजदूर ने यही सोचा होगा कि स्वराज्य भी कोई रेलगाड़ी है, जिसकी प्रतीक्षा की जा रही है या फिर कोई स्टीमर है, जिसके इंतजार में घाट पर खड़े हुए लोगों ने आँखें बिछा रखी हैं...हाँ, तो कहिए, जब असम में स्वराज्य आया तो चाय-मजदूरों ने उसका स्वागत कैसे किया?''

उसने कहा, ''आपने भी कहाँ जाकर तान तोड़ी। यह तो आप जानते होंगे कि असम में चौदह सौ चाय बागीचे हैं, जिनके चौरासी प्रतिशत मालिक यूरोपीय हैं।''

मैंने हँसकर कहा, ''यह चौदह और चौरासी का अनुपात भी खूब है।''

वह बोला, ''सुनिए तो। चौदह सौ चाय-बागीचों में कोई सात लाख आदमी काम करते हैं।''

मैंने हँसकर कहा, ''यहाँ फिर चौदह और सात का अनुपात कायम है।''

उसने बताया कि चाय-बागीचों के सात लाख आदमियों में कोई चौदह हजार आदमी पढ़ना-लिखना जानते हैं और ये वे लोग हैं जो बागीचों में क्लर्की

और बाबूगिरी करते हैं। मैं हँसी को न रोक सका, क्योंकि यहाँ फिर सात और चौदह का अनुपात मौजूद था। उसने यह भी बताया कि चाय-बागीचों में शिक्षा का जो थोड़ा-बहुत प्रबंध है भी, वह सब चाय-बागीचों के मालिकों के हाथों में है। मैंने यही राय दी कि अब युग बदल गया है। अब तो चाय-बागीचों में शिक्षा का कार्य सरकार के प्रबंध में आ जाना चाहिए। यह और बात है कि उसका खर्च चाय-बागीचों के मालिकों पर डाला जाए।

वह बोला, ''पहले हर पुरुष को चार आने और स्त्री को तीन आने रोजाना मजदूरी मिलती थी। अब पिछले साल से मजदूरी बढ़ाकर पुरुष के लिए साढ़े तेरह आने और स्त्री के लिए साढ़े बारह आने कर दी गई है।''

मैंने पूछ लिया, ''तो स्वराज्य मिलने के एक वर्ष बाद भी चाय-मजदूर को पहली मजदूरी पर ही काम करना पड़ा?''

''जी, हाँ।''

''पर एक बात है—''

''वह क्या?''

''यही कि जहाँ पुरुष को साढ़े तेरह आने रोजाना दिए जाते हैं, वहाँ चौदह आने क्यों नहीं दिया जा सकते? भले ही स्त्री की मजदूरी साढ़े तेरह आने से घटाकर सात आने ही करनी पड़े। क्योंकि स्त्री तो पुरुष की अर्द्धांगिनी होती है। इससे एक और लाभ होगा। वह यह कि यहाँ भी चौदह और सात का अनुपात कायम हो जाएगा।''

''मजदूर तो इसे कभी नहीं मानेंगे।''

''तो फिर यों होना चाहिए कि पुरुष और स्त्री की मजदूरी बराबर कर दी जाए—चौदह अर्थात् दोनों को चौदह-चौदह आने दिए जाएँ। चौदह का अनुपात और भी अच्छा रहेगा...यह बात तो मेरी समझ से बिलकुल बाहर है कि स्त्री और पुरुष की मजदूरी में एक आने का अंतर क्यों रखा गया।''

पता चला कि चाय-बागीचों की ओर से चाय-मजदूरों को बहुत सी सुविधाएँ दी जाती हैं। घर उन्हें मुफ्त मिलता है। दवा और डॉक्टरी पर कोई खर्च नहीं आता। रुपए का चार सेर चावल मजदूरों को हर अवस्था में मिलता है, चाहे बाजार में चावल का भाव कुछ भी हो। यह प्रबंध किया गया है कि सरसों का तेल छह आने सेर, नमक चार आने सेर, चीनी आठ आने सेर मिलती रहे। इसके अतिरिक्त कपड़ा कंट्रोल भाव पर मिलता है। यह और बात है कि आवश्यकता के अनुसार कपड़ा नहीं मिल पाता।

मैंने हँसकर पूछा, ''बेचारे चाय-मजदूरों को अंडी की चादरें कहाँ मिलती होंगी?''

वह बोला, ''अंडी की चादरें शायद वे पसंद भी नहीं करेंगे। उनकी सब कमाई तो शराब पर उड़ जाती है। अब उनकी मजदूरी बढ़ाने का यही अर्थ होगा कि वे और भी ज्यादा शराब पीएँगे।''

मैंने कहा, ''पर अब तो शराबबंदी लागू की जा रही है।''

वह बोला, ''इतना याद रखिए कि यूरोपीय मालिकों के चाय-बागीचों में तो हड़ताल हो जाती थी, पर देसी मालिकों के बागीचों में कोई हड़ताल का नाम भी नहीं जानता।''

मैंने कहा, ''फिर तो देसी मालिकों की बहुत प्रशंसा की जानी चाहिए।''

वह बोला, ''बड़े बागीचों के मालिक सब यूरोपीय हैं। वहाँ मजदूरों के साथ मालिकों का सीधा संबंध स्थापित नहीं हो पाता, पर देसी मालिक सीधे संबंध पर जोर देते हैं। मेरे बागीचे में हर मजदूर खुश है। जब भी मैं गोहाटी से अपने बगीचे में जाता हूँ तो हमेशा अपने चाय-मजदूरों से हँसकर बोलता हूँ और उनके सुख-दुःख का हाल पूछता हूँ।''

मैंने कहा, ''लेकिन जब तक मजदूरों की हालत नहीं सुधरती, वे स्वराज्य का स्वागत नहीं कर सकते। ज्यादा नहीं तो हर चाय-मजदूर के लिए प्रारंभिक शिक्षा तो पहली शर्त होनी चाहिए, ताकि जब वोट देने का अवसर आए तो चाय-मजदूर यों बिक न जाएँ।''

वह बोला, ''शिक्षा होने पर क्या वोट बिकने बंद हो जाएँगे। खैर, तसल्ली रखिए कि अब असम एसेंबली में चाय-मजदूरों के प्रतिनिधि भी मौजूद हैं। पहले तो चाय-बागीचों के मालिकों के प्रतिनिधि ही चाय-मजदूरों के प्रतिनिधि समझ लिये जाते थे।''

उसकी टाँग में फिर से दर्द होने लगा। उसके माथे की झुर्रियाँ इस पीड़ा के कारण और भी गहरी हो गईं। वह कह उठा, ''सच बात तो यह है कि असम के बाहर मेरा दिल नहीं लगता।''

मैंने कहा, ''पैंतालीस रुपए रोजाना विधान परिषद् के सदस्यों को जो भत्ता मिलता है, वह आपके लिए कोई लालच नहीं हो सकता, पर साथ ही जब···''

''मैं सब समझ गया,'' वह कह उठा, ''आप चाय-बगीचे के मजदूर की रोजाना मजदूरी और विधान परिषद् के सदस्य के भत्ते में मुकाबला करने जा रहे हैं। यह तो ठीक नहीं, क्योंकि यहाँ तो दिमाग का काम है।''

"दिमाग का काम तो अवश्य है," मैंने कहा, "पर पैंतालीस रुपए की बजाय रोजाना भत्ता बयालीस रुपए होना चाहिए, जिससे सात या चौदह का अनुपात यहाँ भी कायम रहे।"

उसने मेरी बात का कोई उत्तर न दिया। फिर न जाने क्या सोचकर बोला, "केंद्रीय सरकार का आबकारी महकमा चाय-बागीचों के मालिकों से एक पौंड चाय पर तीन आना टैक्स लेता है और इस प्रकार केंद्र को असम से सिर्फ चाय के हिसाब में लगभग सात करोड़ रुपए मिलते हैं, जबकि असम की आमदनी इससे भी कम है।" मैंने कहा, "सात का अंक यहाँ भी मौजूद है। खैर, केंद्र को असम का अनुगृहीत होना चाहिए, क्योंकि चाय के कारण ही तो उसे डॉलर मिलते हैं और हार्ड करेंसी प्राप्त होती है।"

वह बोला, "यह भी तो कहिए कि यदि केंद्र को असम से केवल चाय के हिसाब में सात करोड़ रुपए प्राप्त होते हैं तो असम की अपनी आमदनी कुल मिलाकर चौदह करोड़ तो होनी ही चाहिए।" मैंने हँसकर कहा, "अब सात और चौदह के चक्कर से बाहर आ जाइए और यह बताइए कि चाय का कोई असमी गीत मुझे कब मिलेगा?"

वह बोला, "एक गीत का बोल याद आ रहा है, पर यह नया गीत है। पिछले वर्ष पूजा के दिनों में मेरे चाय-बागीचे के मजदूरों ने मेरा स्वागत करते हुए चाय-नृत्य के ताल पर यह गीत गया था—

आमार बागीचा फूहनी करी
आमार घर धुनिया करी,
आमार घरर चहु पाखे
फूल-फल रूम
आमार बागीचा फूहनी करी!

अर्थात्—हम अपने बगीचे को सुंदर बनाएँगे, हम अपने घर बाँके बनाएँगे, घर के चारों ओर हम फूल-फल लगाएँगे, हम अपने बगीचे को सुंदर बनाएँगे।"

मैंने कहा, "पर प्रश्न तो यह है कि क्या यह गीत गाने से चाय-बागीचा आप से आप सुंदर बन जाएगा और बगीचे की सुंदरता से क्या मजदूर आपसे आप शिक्षित हो जाएगा। फूल-फल अच्छे हैं। अच्छे घर बनाने का विचार भी बुरा नहीं है, पर शिक्षा का कहाँ जिक्र है? अच्छी मजदूरी का जिक्र भी गायब है।"

वह झुँझलाकर बोला, "वर्तमान मजदूरी तो बुरी नहीं, जबकि दूसरी सहूलियतें भी मौजूद हैं।"

मैंने कहा, ‘‘मेरे विचार में मजदूरी अभी और बढ़नी चाहिए।’’

उसने कहा, ‘‘आप भी गजब ढा रहे हैं। मैं पहले कह चुका हूँ कि अधिक मजदूरी का अर्थ होगा अधिक शराब और अधिक शराब का अर्थ होगा बिलकुल जहर। इससे तो मजदूरों में और भी गिरावट आ जाएगी।’’

मैंने कहा, ‘‘क्षमा कीजिए। यदि आप चाहते हैं कि चाय-मजदूर स्वराज्य का स्वागत करें तो मजदूरों की आर्थिक और सामाजिक अवस्था अवश्य सुधारी जानी चाहिए।’’

इसका कोई जवाब उसने नहीं दिया। सोफे पर बैठकर अपनी टाँग को सहलाता रहा। ‘‘ऐसा भी क्या दर्द है,’’ मैं पूछना चाहता था, ‘‘जो बार-बार तेज होने लगता है। तीन दिनों से हो रही वर्षा का अंत हो चुका था। फिर से धूप ने जोर पकड़ लिया था। बाहर बहुत गरमी थी और यहाँ इस कोठी के कमरे में पंखे की पूरी गति के कारण थोड़ा आराम अनुभव हो रहा था। ऐसा प्रतीत होता था कि बाहर निकलने पर तो धूप मार ही डालेगी।

जाने क्या सोचकर वह बोला, ‘‘अब आप असम आएँगे तो यूरोपीय मालिकों के चाय-बागीचे भी देख सकेंगे।’’

‘‘अब बाहर से आनेवालों पर पहली सी पाबंदी नहीं रही?’’

‘‘वह जमाना लद गया। अब स्वराज्य है।’’

‘‘कहिए, चाय-मजदूरों को चाय तो आम मिल जाती होगी?’.

‘‘आम की तो छोड़िए, मुफ्त।’’

‘‘चाय-बागीचे की ओर से हर समय चाय का पानी केतलियों में उबलता रहता है। दिन में कोई सात बार चाय माँगे तो सात बार चाय मिल सकती है। हाँ, इसमें दूध नहीं मिलाया जाता।’’

सात का अंक एक बार फिर मेरी कल्पना को गरमाने लगा। ऊपर से मैंने यही कहा, ‘‘इतना दूध कहाँ से आएगा? खाली चाय भी तो गनीमत है।’’

वह बोला, ‘‘मालिकों की ओर से चाय का प्रबंध न किया जाए तो मजदूर बे-उबला पानी पिएँगे और मलेरिया बुखार के शिकार हो जाएँगे। इससे काम का अलग हर्ज होगा और दवा-दारू पर अलग खर्च करना पड़ेगा।’’

मैंने हँसकर कहा, ‘‘तब तो मालिकों को चाय का लाल पानी महँगा नहीं पड़ता।’’

फिर उसने बताया कि नाबालिग लड़के-लड़कियों को आधी मजदूरी दी जाती है। उनसे कठिन काम नहीं लिया जाता। अब मैं समझा कि चाय-बागीचों में

शिक्षा पर क्यों जोर नहीं दिया जाता। मालिक चाहते हैं कि आधी मजदूरी पर भी बहुत सा काम चलता रहे।

मैंने कहा, "अच्छा, यह तो बताइए—क्या यह सच है कि स्वराज्य मिलने से पहले ऐसे अवसर भी आ जाते थे, जब कुली स्त्रियों की इज्जत सुरक्षित नहीं रहती थी।"

वह बोला, "प्रायः ऐसा भी हो जाता था कि बगीचे का अंग्रेज मैनेजर या असिस्टेंट मैनेजर कोई ऐसी-वैसी हरकत कर बैठता था। खैर, अब स्थिति बहुत अच्छी है। पहले के समान अब कोई ऐसी घटना सुनने में नहीं आई कि किसी मैनेजर ने केवल इसीलिए किसी कुली को गोली से उड़ा दिया हो कि उसने साहब बहादुर के रास्ते में रोड़ा अटकाया था। पहले तो खैर, खून करने पर भी साहब बहादुर कानून के शिकंजे से साफ छूट जाते थे, क्योंकि उन दिनों चाय-बागीचों के बड़े-बड़े मालिक ज्यूरी के जज भी बना दिए जाते थे। अब यह बात नहीं है।"

मैंने कहा, "चलिए, स्वराज्य का यह लाभ तो हुआ कि ऐसे-ऐसे जुल्मों से चाय-मजदूरों को छुटकारा मिल गया।"

वह बोला, "अब ऐसी घटना हो जाए तो साहब बहादुर को सचमुच फाँसी पर चढ़ाना पड़े और जब तक उसे फाँसी पर न चढ़ा दिया जाए, तब तक बागीचे में आम हड़ताल रहे। बल्कि हो सकता है कि सहानुभूति के रूप में दूसरे बागीचों में भी मजदूर हड़ताल कर दें।"

मैंने कहा, "सुना है, पहले चाय-बागीचों में कुलियों की भरती करने के लिए बागीचे के एजेंटों को सौ-सौ जालसाजियाँ करनी पड़ती थीं। छोटानागपुर से कुली भर्ती करते समय उन्हें सौ-सौ झाँसे दिए जाते थे। बस, कुछ ऐसी ही हालत थी, जैसे गुलाम खरीदे जा रहे हों। अब तो यह हालत न होगी।"

वह बोला, "अब तो स्वराज्य है।"

मैंने कहा, "चलो, स्वराज्य आया तो सौ सुख लेता आया। अब कोई मजदूर मजदूरी न करना चाहे तो वह काम छोड़कर जा सकता होगा और पहले के समान उसपर मुकदमा चलाकर उसे कठोर कारावास तो न दिया जाता होगा।"

शाम हो चली थी। मैंने सोचा, अब चलना चाहिए। आरंभ में जब नौकर ने मेज पर चाय का सामान लाकर रखा था तो एक मजेदार सा वातावरण पैदा हो गया, जैसे अबाबील के नवजात शिशु ने बाहर ही हवा लगने पर अपनी नन्ही सी चोंच खोल दी हो, पर अब तो मैं चाय की चर्चा से बुरी तरह ऊब गया था।

मैं अभी चलने की बात सोच ही रहा था कि वह कह उठा, "देखिए, अब

चाय की एक प्याली पिए बिना मत जाइए।''

मैंने कहा, ''अभी चाय बिलकुल नहीं चाहिए। अब मैं चलूँगा।''

वह बोला, ''शायद आपको तेज चाय पसंद नहीं। अब हलकी ही सही। अपना अपमान मुझे स्वीकार्य है, पर चाय का अपमान मैं स्वीकार नहीं कर सकता। चाय पर तो असम को गर्व है।''

मुझे रुकना पड़ा। नौकर को बुलाकर उसने हुक्म दिया कि चाय का पानी आग पर रख दो। टाँग को सहलाते हुए उसने फिर दर्द की बात छेड़ दी, ''न जाने यह कैसा दर्द है। एक लहर की तरह उठता है। फिर जैसे यह लहर टाँग को चीरती हुई कहीं इधर-उधर गुम हो जाती है।''

मैंने कहा, ''चाय में नीबू निचोड़ने से बहुत लाभ हो सकता है।''

वह एकाएक हँस पड़ा, ''चाय में नीबू? वैसे, नीबू मुझे नापसंद नहीं।''

मैंने उत्तर दिया, ''यह मेरे एक मित्र का अनुभव है। क्या असम में नीबू की चाय पीने का बिलकुल रिवाज नहीं है।''

उसने कोई उत्तर न दिया। मेरी ओर ध्यान न देते हुए वह सामने की खिड़की से परदा उठाकर बाहर सड़क की ओर देखने लगा। बोला, ''यहाँ बैठे-बैठे मुझे गोहाटी याद आने लगती है।''

मैंने बढ़ावा दिया, ''गोहाटी की क्या बात है! दिल्ली में वह बात नहीं। यहाँ तो थोड़ा सा काम करने के पश्चात् बड़ी थकान सी अनुभव होने लगती है। फिर चाय अवश्य चाहिए। वहाँ गोहाटी में तो आदमी काम करता थकता ही नहीं, चाय मिले या न मिले।''

वह बराबर खिड़की से बाहर देखता रहा, जैसे गोहाटी और दिल्ली में कोई अनुपात ढूँढ़ रहा हो, वही अनुपात जो असम के चौदह सौ चाय-बागीचों और उनके चौरासी प्रतिशत यूरोपीय मालिकों में था, या वही अनुपात जो चाय-बागीचों में काम करनेवाले सात लाख आदमियों और उनमें से पढ़ना-लिखना जाननेवाले चौदह सौ व्यक्तियों में था। एक दो बार उसने अपनी आँखें मेरी ओर घुमाईं। उनमें सहानुभूति और स्नेह की मिली-जुली भावना उभरती नजर आई। उसी भावना के कारण उसके चेहरे की झुर्रियाँ चमक उठीं। उसके होंठों के कोनों में दुबकी हुई मुसकान लपककर मेरी ओर बढ़ना चाहती थी, पर ज्यों ही वह खिड़की से ध्यान हटाकर मेरी ओर देखता, जैसे उसे कोई भूली हुई बात याद आ जाती और वह फिर खिड़की से बाहर देखने लग जाता। बोला, ''मुझे अपने चाय-बागीचे का ध्यान आ रहा है। मैं आपको विश्वास दिला सकता हूँ कि मैंने कभी अपने मजदूरों के साथ

ज्यादती नहीं की। इस बार असम लौटने पर मैं उनकी मजदूरी बढ़ा दूँगा। आपका परामर्श मुझे स्वीकार्य है। दूसरे चाय-बागीचों के मालिक चाहे बुरा ही मनाएँ, मैं तो अपने बागीचे में स्त्री-पुरुष की मजदूरी बराबर कर दूँगा और दोनों के लिए चौदह-चौदह आने मजदूरी देना शुरू कर दूँगा।''

मैंने उछलकर कहा, ''अच्छा विचार है। अब चौदह आने के बजाय मैं सवा चौदह आने पर भी जोर न दूँगा।''

वह बोला, ''विश्वास कीजिए, स्वराज्य आने से बहुत पहले मेरे चाय-बागीचे में स्वराज आ गया था। आखिर स्वराज किसे कहते हैं? यही न कि अपना राज हो। हाँ, तो चाय-बागीचे में मेरा राज था। मैंने अपने मजदूरों के साथ नंगी धरती पर बैठने से कभी संकोच नहीं किया। मैंने सदा उन्हें अपना भाई समझा। मैंने उन्हें यही अनुभव कराया कि उस बगीचे में उन्हीं का राज है। अब जब प्रत्येक स्त्री और पुरुष को चौदह आने रोजाना मिलने लगेंगे तो उन्हें चौहरा विश्वास आ जाएगा कि देश में स्वराज आ गया है, क्योंकि इस अनुपात से एक दंपती को अठाईस आने मिलने लगेंगे, जबकि पहले तो उनकी मिली-जुली आमदनी सात आने ही बैठती थी।''

सहसा किसी ने दरवाजा खटखटाया। मैंने उठकर दरवाजा खोल दिया। देखा कि तीन सज्जन प्रतीक्षा कर रहे हैं। मैंने अपने मित्र की ओर से उनका स्वागत करते हुए कहा, ''आइए, आइए!''

वे झट अंदर आ गए, मेरे असमी मित्र से उन्होंने हाथ मिलाए और वे सोफे, जिनकी गद्दियाँ गहरे नीले रंग की थीं, पर बैठ गए। उसने उनसे मेरा परिचय कराया, ''आप हैं श्री फूकन—गोहाटी कॉलेज में अंग्रेजी के प्रोफेसर। आप हैं श्री बरुआ—असम के नए कवि, जो नूतन प्रयोग करने में विश्वास रखते हैं। आप हैं श्री बारदोलाई—असम के विख्यात उपन्यासकार, और आप—हमारे पुराने मित्र, जो अठारह वर्ष पूर्व असम में आए थे और इन्हीं दिनों यहाँ फिर भेंट हो गई।''

श्री फूकन ने गांधी टोपी पहन रखी थी। खादी का सफेद कुरता, खादी की सफेद धोती। कंधों पर अंडी की चादर और आँखों पर सुनहरे फ्रेमवाला चश्मा। श्री बैज बरुआ ने खादी का सफेद कुरता और खुला सफेद पाजामा पहन रखा था, सिर एकदम नंगा और बदन पर खादी की खाकी जवाहर बास्केट। बड़ी-बड़ी, गोल-गोल आँखें। श्री बारदोलाई के सिर पर सफेद गांधी टोपी थी, बदन पर खादी का सफेद कुरता और सफेद बास्केट और सफेद ही धोती पहन रखी थी। पूछने पर पता चला कि उन्होंने इन्हीं दिनों एक उपन्यास लिखा है, जिसमें चाय-बागीचों का

एक मजेदार चित्र उपस्थित किया गया है। असम भाषा में तो यह उपन्यास प्रकाशित होगा ही, अंग्रेजी में भी इसका अनुवाद उन्होंने किया है और केंद्रीय सरकार के किसी बड़े आदमी से इसकी प्रस्तावना लिखवाने के लिए दिल्ली आए हैं।

इन असमिया मित्रों को देखकर मेरे गोहाटीवाले मित्र का चेहरा एकदम खिल उठा और टाँग का दर्द भी जैसे बिलकुल खत्म हो गया। मैंने देखा कि फूकन सबसे तेज आदमी है। उसका सिर बहुत बड़ा था, पर उसके चेहरे पर काली झाँइयाँ सी नजर आ रही थीं और सुनहरे फ्रेमवाले चश्मे के पीछे से भी उसकी आँखें किसी कदर भिंची-भिंची थीं। उसकी नाक चपटी थी, जिससे किसी को भी यह संदेह हो सकता था कि उसकी रगों में मंगोल रक्त की लहरें दौड़ रही हैं। उसने छूटते ही कहा, ''चाय का समय हो रहा है। क्या चाय-वाय कुछ न आएगी?''

झट नौकर को बुलाकर कहा गया कि तीन आदमियों के लिए और चाय तैयार करे तथा पाँच के लिए बैगन और आलू के पकौड़े भी बना लाए। गरम-गरम। और साथ ही अनारदाने की चटनी भी, जिसमें प्याज अधिक न डाला जाए और थोड़ी चीनी अवश्य मिलाई जाए।

मालिक की सब बात समझकर नौकर किचन की ओर लौट गया। और फूकन महोदय ने कहना शुरू किया, ''शाम होने से पहले ही चाय की तसवीर उभरने लगती है।''

बैज बरुआ कह उठा, ''तुम यह कहना चाहते हो कि शाम की कल्पना के साथ मन में चाय की कल्पना भी स्वयं पैदा हो जाती है। कविता में—विशेष रूप से आधुनिक कविता में—इस प्रकार की कल्पना को आप अंग्रेजी में 'इमेज' कहेंगे। आधुनिक कविता में इमेज[1] का होना आवश्यक हो गया है। असम की कविता में चाय की इमेज का अभाव है। क्या यह आश्चर्य की बात नहीं कि जिस प्रांत में इतनी चाय पैदा होती हो, वहाँ की कविता में चाय का इमेज सिरे से गायब हो!''

बारदोलोई बोला, ''असमी उपन्यास में भी मैंने सर्वप्रथम चाय-बागीचे का जीवन प्रस्तुत किया है। मैंने देखा कि लोग खास-खास बातों को लेकर उपन्यास लिख रहे हैं और चाय-बागीचे को कोई छू तक नहीं रहा है। कविता में खाली इमेज से गुजारा चल जाता है, पर उपन्यास में तो पूरी दुनिया बसाकर दिखानी होती है।''

इससे पूर्व कि गोहाटीवाला मेरा मित्र कुछ कहे, मैंने खामोश रहना ही

1. चित्र अथवा मूर्तकल्पना।

उपयुक्त समझा। वह बार-बार खिड़की से बाहर देखने लगता, जैसे उसे बराबर किसी का इंतजार हो।

बैज बरुआ फिर कह उठा, ''कुछ लोगों का विचार है कि आधुनिक जीवन में कॉफी का रिवाज चाय से भी अधिक हो जाएगा, पर मैं यह नहीं मानता। कॉफी हाउस वालों ने अब यह तरकीब निकाली है कि क्रीम कॉफी बनाने लगे हैं और गरम के अलावा ठंडी कॉफी भी रिवाज पा रही है, पर चाय का कोई मुकाबला नहीं।'' बारदोलाई बोला, ''खैर, कॉफी का अपना मजा है। उसे भी यों आसानी से झुठलाया नहीं जा सकता।''

फूकन ने अपना चश्मा उतारकर उसे चमड़े के टुकड़े से साफ करते हुए कहा, ''कॉफी के साथ काजू, विशेष रूप से घी में तले हुए नमकीन काजू का इमेज सामने आता है और चाय के साथ इधर पकौड़ों का इमेज सामने आने लगा है।''

बैज बरुआ और बारदोलाई कॉफी और चाय की तुलना में उलझ गए। फूकन बोला, ''यों उलझने की तो आवश्यकता नहीं। हर चीज का अपना इमेज होता है और फिर आगे इस इमेज की भी असोसिएशंस[1] होती हैं। काजू कच्चे हों या तले हुए, और पकौड़े—इनकी स्थिति गौण है, केवल असोसिएशंस—अर्थात् केवल दुम-छल्ले असल-असल है। मेरा कहने का मतलब है कि कॉफी या चाय अपने आप में पूर्ण वस्तुएँ हैं और इसीलिए उनके इमेज इतने स्पष्ट तथा प्रत्यक्ष हैं।''

मैंने बात का रुख पलटते हुए कहा, ''क्षमा कीजिए। असम का ध्यान आते ही अंडी की चादर का इमेज उभरता है।''

बैज बरुआ ने हँसकर कहा, ''वैसे आपकी बात ठीक है, क्योंकि जब हम असम के शिक्षित व्यक्ति या मध्य वर्ग के भद्रलोक की कल्पना करते हैं तो उसमें अंडी की चादर सम्मिलित रहती है; पर आप यह न समझिए कि असम में हर किसी को अंडी की चादर प्राप्त हो सकती है। वैसे, यह सत्य है कि वहाँ रेशम की दस्तकारी का इतना रिवाज है कि यह असम की विशेष वस्तु बन गई है। असम में कातने और बुनने का भी आम रिवाज है। वहाँ जुलाहों की अलग जाति नहीं होती। घर-घर कातने और बुनने का धंधा चला करता है।''

बारदोलाई बोला, ''बैज बरुआ ने बिलकुल ठीक कहा है।''

फूकन भी कह उठा, ''बिलकुल ठीक।''

मैंने कहा, ''आपका मत कुछ भी हो, मेरी आँखों में असम का चित्र आते

---

1. संबंधित विचार अथवा वस्तुएँ।

ही अंडी की चादर सबसे पहले उभरती है। और अंडी की चादर का इमेज उस समय तक पूर्ण नहीं हो सकता, जब तक रेशम के कीड़ों का ध्यान न आ जाए।''

फूकन बोला, ''आप यह कहना चाहते हैं कि अंडी की चादर को देखते ही आप यह सोचने लगते हैं कि इसके लिए रेशम के कितने कीड़े मारे गए।''

बैज बरुआ कह उठा, ''भई वाह! बात कहाँ जा पहुँची। आप शायद यह कहना चाहते हैं कि अंडी की चादर देखकर रेशम के कीड़ों का इमेज सामने आता है। और रेशम के कीड़ों को देखकर उन अनगिनत मजदूरों का ध्यान आता है, जो परिश्रम करते हैं और कठिन कार्य करते-करते दम तोड़ देते हैं।''

गोहाटीवाले मेरे मित्र का ध्यान भी खिड़की से हटकर मित्रों की गोष्ठी की ओर पलट गया। वैसे, वह कुछ न बोला, पर उसकी आँखें चमक उठीं। उसने नौकर को आवाज दी कि वह जल्दी चाय लेकर आए।

नौकर ने आकर सूचना दी कि चाय तैयार होने में पाँच मिनट की देर है, पकौड़े बन चुके हैं। सब मित्रों ने यही कहा कि चाय आती रहेगी, पकौड़े पहले आ जाएँ।

पकौड़ों की प्लेटें मेज पर आ गईं। तीनों मित्र बढ़-बढ़कर हाथ मारने लगे। अनारदाने और प्याज की चटनी उन्हें बहुत पसंद आई। मैंने सोचा कि यह वस्तु इनके लिए बिलकुल नई है। ये बैगन के पकौड़े थे। बैगन का ध्यान आते ही मेरे सामने बीरबल का इमेज उभरा, जिसने अकबर से कहा था कि वह मालिक का नौकर है, बैगन का नौकर नहीं है।

मैं उठकर आज्ञा लेना चाहता था, पर गोहाटीवाले मेरे मित्र ने कहा, ''थोड़ा और रुकिए, अब चाय पीकर ही जाइए।''

फिर चारों मित्र समीप होकर जाने क्या कानाफूसी करने लगे। कोई पंद्रह मिनट बाद नौकर चाय लेकर आता नजर आया। दो बड़ी-बड़ी चायदानियाँ लकड़ी की ट्रे में रखी हुई थीं। उसका पैर फिसल गया और वह धम से फर्श पर गिर पड़ा। दोनों चायदानियाँ टूट गईं। चाय के छीटों से तीनों मित्रों के कपड़े खराब हो गए। मेरे पाजामे के पायचे भी बचे न रह सके।

गोहाटीवाला मेरा मित्र घबराकर इधर-उधर देखने लगा, जैसे यह सब उसी का दोष हो। उसने नौकर को फटकार लगाई और हुक्म दिया कि वह चायदानियों के टुकड़े बाद में उठाए, पहले दुबारा चाय बनाकर लाए।

फूकन बोला, ''यह खास असम की चाय है, कपड़े पर रंग चढ़ गया।''

बैज बरुआ ने कहा, ''मुझे आज ही एक कविता लिखनी होगी, जिसमें इस रंग की चर्चा विशेष रूप से रहेगी।''

बारदोलाई बोला, ''मुझे भी अपने उपन्यास के अंत में एक नए अध्याय की वृद्धि करनी पड़ेगी।''

मैंने कहा, ''पर यह तो बताइए कि यह रंग क्या कह रहा है—अर्थात् इस रंग में आपको क्या नजर आया?''

फूकन ने चमककर कहा, ''इमेज में यह सब बड़े सजेस्टिव[1] ढंग से दिखाना होता है।''

बैज बरुआ बोला, ''यदि इमेज ऊँची आवाज से बोलने लगे तो उसकी शक्ति नष्ट हो जाए।''

बारदोलाई ने मेरा पक्ष लेते हुए कहा कि इनका प्रश्न तो वैसे का वैसा ही बना रहा, पर उसका उत्तर तो देना ही होगा। कविता भले ही संकेत में बात करे, पर उपन्यास में तो स्पष्ट रूप से दिखाना होता है। यदि मैं भूल नहीं करता तो हमारे मित्र के कहने का यही भाव है कि चाय के रंग में भी रेशम के कीड़ों का इमेज उभरता है।

फूकन कह उठा, ''कहाँ चाय और कहाँ रेशम के कीड़े!''

''बिलकुल ठीक,'' बैज बरुआ बोला, ''चाय का रेशम के कीड़ों से क्या संबंध?''

बारदोलाई ने मेरी पीठ ठोंकते हुए कहा कि आप ही इन्हें अपनी बात समझाइए।

गोहाटीवाला मेरा मित्र बोला, ''हाँ-हाँ, निकल आओ मैदान में।''

मैंने कहा, ''बारदोलाई महोदय ने मेरे मुँह से मेरी बात छीन ली। मैं यह कहना चाहता था कि चाय के रंग में हमेशा वे कुली और मजदूर नजर आते हैं, जो रेशम के कीड़ों के समान परिश्रम करते हैं, पर कितने लोग हैं, जो चाय के रंग में यह चित्र देख सकते हैं?''

''हाँ-हाँ, बिलकुल ठीक कह रहे हैं आप।'' तीनों मित्र एक स्वर में कह उठे।

गोहाटीवाला मित्र खामोश था। वह फिर से अपनी टाँग सहलाने लगा। बोला, ''न जाने यह दर्द कब खत्म होगा।''

1. सांकेतिक।

तीनों मित्र उठकर उसकी टाँग की परीक्षा करने लगे। मैं अजब झंझट में था। अब दर्द से कैसे छुट्टी मिले? खिड़की से झाँककर मैंने देखा कि बाहर कुछ-कुछ अँधेरा छा रहा है।

इतने में एक तारवाले ने आवाज दी। यह तार गोहाटीवाले मेरे मित्र के लिए था। उसने तार ले लिया और उसे खोलकर पढ़ा तो उसके होश-हवास उड़ गए। बोला, "गजब हो गया! सचमुच गजब हो गया!"

"क्यों, क्या बात है?" यह कहते हुए हम सब उसके चेहरे की ओर देखने लगे।

वह बोला, "हमारे चाय-बागीचे में हड़ताल शुरू हो गई।"

(चाय का रंग)

□

इकन्नी

"इसे रख लो। इनकार मत करो। देखने में यह इकन्नी है, पर इसकी कीमत सचमुच इससे कहीं ज्यादा है। बस, रख लो इसे। मेरे पास ले-देकर यही इकन्नी है, चाहे यह तुम्हारी मजदूरी नहीं चुका सकती..."

यह कहते हुए मैंने रामू मोची की हथेली पर इकन्नी रख दी। पूरा आधा घंटा लगाकर उसने मेरे बूट की मरम्मत की थी। मजदूरी की बात उसने मेरे इनसाफ पर छोड़ दी थी। जेब में इकन्नी डालते हुए उसने फटी-फटी आँखों से मेरी ओर देखा और फिर शायद उसे जेब में मसलने लगा।

उसे क्या मालूम था कि इस इकन्नी के साथ मेरी एक कहानी जुड़ी हुई है—

मुझे दिल्ली से कुंडेश्वर जाना था। ललितपुर तक रेल का सफर था। आगे लॉरी जाती थी। कई रोज तो इसी असमंजस में गुजर गए कि आज रुपया मिले, कल मिले।

दिल्ली में पत्रकारों का एक सम्मेलन हो रहा था। मेरा एक मित्र, जो कुंडेश्वर से प्रकाशित होनेवाले 'मधुकर' में काम करता था, इस संबंध में दिल्ली आया। उसने मुझे अपने साथ चलने के लिए बहुत मजबूर किया। मैंने काम का बहाना करके बात टाल दी। वह मान गया, पर लगे हाथों मुझे बताता गया कि ललितपुर तक पाँच रुपए का टिकट लगता है और आगे पंद्रह आने मोटर के लिए काफी हैं।

एक सप्ताह बीत गया। मैं कुंडेश्वर की तैयारी न कर सका। रुपए की प्रतीक्षा थी। ससुरा रुपया भी कभी-कभी बहुत तरसाता है और चाहे मेरी यात्रा की गाथाएँ रुपए की तंगी से भरी पड़ी हैं, दिल्ली की वह तंगी मुझे सदा याद रहेगी।

जिस दिन मैं दिल्ली पहुँचा था, उस दिन मेरे पास कुल चंद आने पैसे

मौजूद थे। वे छोटी-छोटी जरूरतों पर खर्च हो गए। जहाँ से रुपया मिलना था, वहाँ से नहीं मिला, पर मैंने अपने चेहरे पर घबराहट के चिह्न नहीं पैदा होने दिए।

नई दिल्ली, जहाँ मैं अपने एक मित्र के यहाँ ठहरा हुआ था, से मैं अकसर पैदल ही शहर पहुँचता और फिर पैदल ही अपने निवास-स्थान को लौटता। हर रोज मुझे लौटने में देर हो जाती। मेरा मित्र हँसकर इसका कारण पूछता। मैं हँसकर बात आई-गई कर देता। कैसे कहता कि मेरी जेब खाली पड़ी है।

खाली जेब की कोई विशेष चिंता मुझे कभी-कभार ही होती है। अब यह इकन्नी इस मोची को देने के बाद मेरी जेब खाली हो गई है तो क्या हर्ज है? मैं खुश हूँ।

एक दिन दिल्ली में मेरी एक मित्र के यहाँ दावत थी। वहाँ से फारिग होते-होते दस बज गए। अब वापस नई दिल्ली लौटना था। मैं पैदल ही चल पड़ा। हौसला हारना मैंने सीखा ही नहीं।

पास से एक ताँगा गुजरा। मैंने आवाज दी, ''ताँगा!''

ताँगा रुक गया। एक सवारी पहले से ही बैठी थी।

ताँगेवाला बोला, ''किधर जाओगे?''

''जिधर भी ले चलो।''

''खूब! इसमें जिधर भी ले चलो···किधर ले चलूँ? मैं तो नई दिल्ली में बारहखंभा जा रहा हूँ।''

''मुझे भी वहीं ले चलो।''

''तीन आने पैसे होंगे। रात बहुत चली गई है। दूसरा ताँगा नहीं मिलने का।''

''पर भाई, मेरे पास तो पैसे हैं नहीं।''

''पैसे हैं नहीं? अजी साहब, यों मजाक मत करो। यह ठीक नहीं।''

''मैं मजाक नहीं कर रहा। मेरे पास सचमुच पैसे नहीं हैं।''

ताँगेवाला कोई भला आदमी था। उसे दया आ गई। बोला, ''अच्छा तो बैठ जाओ। तुम्हारे तीन आने पैसे खुदा से माँग लूँगा।''

''बहुत ठीक।''

ताँगा चला जा रहा था और मैं सोच रहा था कि जब खुदा ने मुझे ही तीन आने नहीं दिए तो इस ताँगेवाले को वह मेरे हिसाब में से कैसे तीन आने दे देगा। मेरे दिल में कई तरह के विचार आते रहे। खुदा क्या बला है? कुछ लोग कहते हैं

कि खुदा का खयाल सिर्फ एक वहम है। क्या यह सचमुच एक वहम है?…क्या मैं खुदा पर उतना ही यकीन रखता हूँ, जितना यह ताँगेवाला? यदि नहीं, तो मैंने कैसे मान लिया कि वह मेरे हिसाब में से खुदा से तीन आने वसूल कर सकेगा? उस समय मुझे वह घटना भी याद आई, जब मैंने एक प्रश्न के उत्तर में अपने एक साहित्यकार मित्र को बताया था कि अगर खुदा न भी हो, तो सिर्फ अपनी पनाह के लिए हमें एक खुदा की कल्पना जरूर कर लेनी चाहिए। फिर मैंने सोचा कि इस ताँगेवाले ने मुझे जरूर कोई साधु समझ लिया है। सिर के लंबे बालों और दाढ़ी को देखकर अकसर लोगों को मुगालता हो जाता है। और यदि उसे मालूम हो जाए कि सचमुच के खुदा पर विश्वास करने की बजाय मैं केवल एक काल्पनिक खुदा को मानता हूँ तो झट वह मुझे अपने ताँगे से उतार बाहर करे।

साथवाला मुसाफिर बोला, "आप क्या काम करते हैं?"

मैंने उत्तर दिया, "लोकगीत-संग्रह करता हूँ।"

"किसी कंपनी की तरफ से?"

"नहीं साहब, यह मेरा निजी शौक है।"

"निजी शौक है? खूब! पर साहब, यह दुनिया है। रुपए कमाने ही के तो सब धंधे हैं।"

"पर साहब, मैं यह काम सिर्फ रुपया कमाने के लिए नहीं कर रहा हूँ।"

"घर से अमीर होंगे?"

"घर से मैं रुपए नहीं लेता।"

"तो रोटी और सफर का खर्च कैसे चलाते हो?"

"पत्र-पत्रिकाओं में लेख लिखकर थोड़े पैसे पैदा कर लेता हूँ, और सच कहता हूँ कि यदि ये पैसे मिलने बंद हो जाएँ तो भी यह काम नहीं छोड़ूँगा।"

"आप जरूर कोई साधु हैं।"

"नहीं साहब, मैं तो गृहस्थ हूँ। मेरी पत्नी और कन्या, जो अकसर सफर में मेरे साथ रहती हैं, इन दिनों घर पर गई हुई हैं।"

"खूब!"

"खूब हो या न हो, कुछ भी कह लीजिए। इस समय तो मैं मुफ्त में ताँगे की सवारी कर रहा हूँ। सच बात तो यह है कि मैं भी इस ताँगेवाले की तरह एक मजदूर हूँ। फर्क इतना ही है कि वह नकद मजदूरी पाता है, पर इस गरीब लेखक को पत्र-पत्रिकाओं वाले टालते चले जाते हैं, नहीं तो साहब आज यह नौबत न

आती कि मुफ्त में ताँगे की सवारी माँगूँ। और यह तो इस आदमी की शराफत है कि इसने मेरे हिसाब के तीन आने खुदा से लेने की बात कहकर मुझे एहसान के बोझ से भी बरी कर दिया है।''

सड़क पर बिजली की रोशनी थी और इसके मुकाबले में गरीब ताँगेवाले के लैंप की बत्ती बहुत धीमी जल रही थी।

ताँगेवाला हमारी बातें बड़े मजे से सुन रहा था। उसे खुश करने के लिए मैंने कहा, ''साहब, मैं तो समझता हूँ कि ताँगेवालों की कमाई खून-पसीने की कमाई है। अगर कभी फिर इस दुनिया में मुझे आदमी का जन्म मिले तो मैं तो चाहता हूँ कि किसी ताँगेवाले के घर में ही जन्म लूँ।''

ताँगेवाला बोला, ''यह न कहो जी। हम तो दिन में सौ झूठ बोलते हैं और मैं तो चाहता हूँ कि आपको निजात मिले। पैदा होना और मर जाना—ये तो बहुत सख्त इम्तिहान है जी।''

दिल्ली में वे सप्ताह मैंने बड़े असमंजस में गुजारे। खाने की कोई तकलीफ न थी, पर दिन में कई-कई मील पैदल चलना, वह भी चमड़े का भारी थैला उठाए हुए, यह कुछ आसान काम न था। मित्रों से मिलना और गीतों की तलाश में स्थान-स्थान पर पहुँचना—यह तो जरूरी था।

कुंडेश्वर से चौबेजी का पत्र आया। लिखा था—फौरन चले आओ। अब वहाँ जाना और भी जरूरी हो गया।

अपने मित्र से मैंने रुपए उधार लिये। पाँच रुपए पंद्रह आने किराए के लिए, एक रुपया और एक इकन्नी ऊपर के खर्च के लिए।

आठ आने तो स्टेशन तक ताँगेवाले को देने पड़े। बाकी बचे साढ़े छह रुपए। टिकटघर की खिड़की पर पहुँचा तो पता चला कि ललितपुर तक पाँच रुपए का नहीं, बल्कि पाँच रुपए ग्यारह आने का टिकट लगेगा। यह भी खूब रही। तो क्या उस कुंडेश्वरवाले मित्र ने मजाक किया था? अपनी कमजोर याददाश्त पर मैं बहुत झल्लाया। और कोई चारा भी तो नहीं था। जो होगा, देखा जाएगा। मैंने ललितपुर का टिकट लिया और कुली से असबाब उठवाकर गाड़ी में जा बैठा। एक इकन्नी कुली को दी।

अब जो बाकी पैसे गिने, तो कुल साढ़े दस आने बचे। अब याद आया कि डेढ़ आना दिन में ताँगे पर खर्च हो गया था। साढ़े दस आने—कुल साढ़े दस आने। दिल में कई उतार-चढ़ाव पैदा हुए। फिर किसी तरह दिल को समझाया कि

ललितपुर तो पहुँचूँ, देखा जाएगा। रात भर रेलगाड़ी का सफर रहा, नींद नहीं आई। अगले सवेरे ललितपुर आ गया। कुली सामान को बाहर ले आया। पता चला कि लॉरी के अड्डे तक ताँगेवाले को एक दुअन्नी देनी होगी। मेरी जेब में कुल साढ़े दस आने थे। बड़ी मुश्किल से कुली को दो पैसे में भुगताया और ताँगेवाला एक आने में मान गया।

ताँगा चला जा रहा था।

साथ की सीटवाले युवक से मैंने पूछ लिया, "क्यों भाई! कुंडेश्वर का यहाँ से क्या लगेगा?"

यह प्रश्न मैंने कुछ इस लहजे में किया था कि उसे यही महसूस हो कि मैं इस सिलसिले में बिलकुल अपरिचित हूँ।

वह बोला, "सिर्फ पंद्रह आने।"

"पंद्रह आने! पर भाई मेरी जेब में तो सिर्फ दस आने रह गए हैं, और इनमें से एक इकन्नी ताँगेवाले की हो चुकी समझिए। और मेरे पास रह गए सिर्फ नौ आने।"

"नौ आने! तो बाकी छह आने कहाँ से पाओगे?"

"यही तो चिंता है। कोई उपाय हो तो बताओ।"

"अब यह मैं क्या जानूँ, भाई? मैं तो अभी विद्यार्थी हूँ। सच जानो, मेरे पास होते तो मैं टिकट ले देता। और कठिनाई तो यह कि मैं बाहर से पढ़ने आता हूँ। कोई मुझे उधार देगा नहीं।"

मैं चुप हो गया और सच मानो, मैं यहाँ पहुँचकर यों एकदम चुप हो जाने की वजह से उस विद्यार्थी पर असर डाल सका।

वह भी चंद मिनट तक खामोश बैठा रहा। ताँगा चला जा रहा था। मैंने ताँगेवाले से कहा, "अरे भाई, अगर तुम मुझसे अपनी इकन्नी न लो तो मेरी कठिनाई घटकर छह आने की बजाय पाँच आने की ही रह जाती है।"

वह बोला, "साहब, मैं अपनी इकन्नी जरूर लूँगा। यों इकन्नियाँ छोड़ने लगूँ तो मेरा घोड़ा भूखा मर जाए और घर जाने पर बीवी की गालियाँ अलग खाऊँ।"

उसे यह संदेह हुआ कि मैं अड्डे पर पहुँचकर इकन्नी देने से इनकार न कर बैठूँ। उसने ताँगा रोक लिया। बोला, "अड्डा दूर नहीं है। इकन्नी निकालिए।"

मैंने इकन्नी उसकी हथेली पर रखी, तब वह आगे चला।

वह विद्यार्थी पूछने लगा, "काम क्या करते हो?"

"मैं हर भाषा के लोकगीत संग्रह करता हूँ।"

"जी हाँ, 'विश्वमित्र' में मैंने गीतों पर एक लेख पढ़ा था। आप ही का होगा।"

मैंने हाँ में सिर हिला दिया। काम बनता देखकर मैंने उसे बिगाड़ना मुनासिब न समझा। नहीं तो कोई और अवसर होता तो मैं पूछता कि किस महीने के 'विश्वमित्र' की बात है और लेख का क्या शीर्षक था।

वह बोला, "आपका नाम?"

मैंने अपना नाम बताया तो वह बोला, "वह लेख मैंने बड़े ध्यान से पढ़ा था। अवश्य ही वह आपका लिखा हुआ होगा। यह तो बड़ा महान् कार्य है जी।"

इस प्रशंसा ने मुझे और भी लज्जित कर दिया। यह बहुत महान् कार्य है!···यदि यह कार्य इतना महान् है तो मेरी आर्थिक अवस्था इतनी खराब क्यों है?···लॉरी का टिकट लगेगा पंद्रह आने और मेरे पास हैं सिर्फ नौ आने।

वह बोला, "आप अब चिंता न करें। मैं आपका प्रबंध अपने जिम्मे लेता हूँ। आप किसी से मत कहें कि आपके पास पैसे कम हैं। आप लॉरी पर सवार हो जाइए। अभी लॉरी दो घंटा बाद चलेगी। इतने में मैं देख लूँगा।"

अड्डे पर पहुँचकर उसने मुझे लॉरी में बिठा दिया और वह स्वयं टिकट कंडक्टर से आकर मिला। कौन जाने, उसने उससे क्या-क्या सच्ची-झूठी बातें की होंगी। मैं तो इतना ही जानता हूँ कि वह उसे लिये हुए आया और बोला, "वे नौ आने इन्हें दे दीजिए। ये आपको कुंडेश्वर का टिकट दिए देते हैं।"

मैंने बटुआ खोला। नौ के नौ आने मैंने बड़े ध्यान से देखे, पर बाहर सिर्फ आठ आने निकाले। इन्हें उसे देते हुए कहा, "आप आज्ञा दें तो एक इकन्नी मैं रख लेता हूँ। कुंडेश्वर में जरूरत पड़ेगी। सड़क से चौबेजी के मकान तक असबाब ले जानेवाले कुली को दे दूँगा। वहाँ पहुँचते ही यह जो जाहिर करने से रहा कि मेरी जेब में एक इकन्नी तक नहीं।"

"हाँ-हाँ, इकन्नी आप शौक से रखिए।"

वहाँ कुंडेश्वर में पहुँचा तो सड़क पर चौबेजी का एक मित्र मौजूद था। उसने मेरा असबाब पहुँचाने का बंदोबस्त कर दिया।

वह इकन्नी मेरे पास रह गई। इसे मैंने सँभालकर जेब में रख लिया।

जब कभी चौबेजी को गिलौरी की आवश्यकता पड़ती, मैं झट जेब से

इकन्नी निकालता और कहता, "पैसे मैं दूँगा।"

चौबेजी 'नहीं' कहते हुए इसे वापस कर देते।

और जब मैंने रामू से बूट की मरम्मत कराने के बाद यह कहा—इसे रख लो, इनकार मत करो, देखने में यह इकन्नी है, पर इसकी कीमत सचमुच इससे कहीं ज्यादा है—मेरी आँखें गीली हो गईं। मैंने देखा कि रामू की आँखें भी गीली हो गईं। उसे दिन भर में इस इकन्नी के अतिरिक्त और कुछ नहीं मिला था। उसने सोचा होगा कि उसने एक अंतर्यामी साधु का बूट मरम्मत किया है, नहीं तो वह कैसे जानता है कि घर में उसकी भूखी बीवी और बच्चे इसी इकन्नी की बाट जोह रहे हैं।

(चाय का रंग)

□

नए देवता

गाजर के गरम हलवे की खुशबू से पूरा कमरा महक उठा था और यदि किसी दावत की सबसे बड़ी खूबी यही है कि हर खाना बड़े सलीके से तैयार किया जाए और मामूली-से-मामूली चीज में भी एक नया ही जायका पैदा कर दिया जाए तो निस्संदेह दिल्ली की वह दावत मुझे सदा याद रहेगी।

इतनी भी क्या खुशी है, मैं सोच रहा था, इतना तो नफासत हसन पहले भी कमा लेता होगा। डेढ़ सौ रुपए के लिए उसने अपनी आजादी बेच दी और अब खुश हो रहा है। वह तो शुरू से बागियाना तबीयत का आदमी मशहूर है। उसकी कहानियाँ प्रगतिशील साहित्य में विशेष स्थान पाती रही हैं। फिर यह नौकरी उसने कैसे कर ली? गरीबों पर जुल्म ढाए जाते हैं, जिंदगी की हतक की जाती है, सरमायादार मकड़ी की तरह बराबर अपना जाला बुनते रहते हैं और गरीब किसान-मजदूर आपसे आप इस जाले में फँसते चले जाते हैं—इन विचारों का मालिक आज खुद मक्खी की तरह इस जाले में फँस गया और इस खुशी में यार-दोस्तों को दावत दे रहा है; पर मैंने अपने विचारों का असर अपने चेहरे पर जाहिर नहीं होने दिया।

दावत में कई लेखक सम्मिलित थे। मैं सोचने लगा कि हिंदुस्तान की आजादी के संबंध में इन हैट पहननेवाले लेखकों से अधिक सहायता की आशा नहीं रखनी चाहिए। ब्राउनिंग का विचार, "कुछ चाँदी के सिक्कों के बदले में वह हमें छोड़ गया!" मेरी कल्पना में फैलता चला गया। इन प्रतिक्रियावादियों को यह गुमान कैसे हो गया कि वे प्रगतिशील साहित्य की चर्चा करके सुननेवालों की आँखों में धूल डाल सकते हैं? कहाँ आजादी का वास्तविक आदर्श, और कहाँ यह चाँदी की गुलामी। नफासत हसन के गोरे चेहरे पर हँसी नाच रही थी। सच पूछो तो यह हँसी मुझे बड़ी भयानक दिखाई देती थी।

गाजर का हलवा सचमुच बहुत स्वादिष्ट था और मेरे विचारों पर छा रहा था। चुंबक इतना समीप हो और लोहे के कण खिंचे न चले आएँ, यह कैसे हो सकता है? यदि यह हलवा न होता तो मैं नफासत हसन को और भी अधिक आलोचनात्मक दृष्टिकोण से देखता।

बहुतों के नामों से मैं अपरिचित था। यह और बात है कि कई चेहरे मेरे लिए नए नहीं थे। विशेष रूप से मौलाना नूर हसन आरजू को तो इससे पहले कभी फोटो में भी न देखा था। उनकी आवाज मुझे बहुत प्यारी लगी। बहुत शीघ्र मैंने उनकी प्रतिभा का लोहा मान लिया। यह अनुभव होते देर न लगी कि उन्हें ऐसी-ऐसी युक्तियाँ याद हैं कि अवसर आने पर वे अपने प्रतिद्वंद्वी को घास के तिनके के समान अपने पथ से उड़ा दें। आयु में वे कोई वृद्ध न थे, अधेड़ ही थे, पर नए युग से इतना ही संबंध रखते थे कि सरकारी नौकरी के कारण पाजामे और शेरवानी से मुँह मोड़कर अंग्रेजी फैशन का सूट पहनना शुरू कर दिया था।

बर्फ में लगी हुई गँडेरियों के ढेर पर सब लेखक बढ़-बढ़कर हाथ मार रहे थे। जैसे ही गँडेरी का गुलाब में बसा हुआ रस गले से नीचे उतरता, मौलाना आरजू की आँखों में एक नई ही चमक आ जाती।

नफासत हसन कह रहा था, ''ये गँडेरियाँ तो खासतौर पर मौलाना के लिए मँगवाई गई हैं।''

''खूब!'' मौलाना बोले, ''और गाजर का हलवा भी शायद मेरे लिए ही बनवाया गया था।''

''जी, हाँ।''

नफासत हसन की बेबाक निगाहें मौलाना की शोख आँखों में गड़कर रह गईं। कुछ लोगों का विचार था कि उसे अपने महकमे में नौकरी दिलाने में मौलाना का बहुत बड़ा हाथ था, पर स्वयं नफासत हसन ऐसा आदमी न था कि कल्पना में भी किसी का आभार मानता। उसका विचार था कि स्वयं समय की करवट के कारण ही यह नौकरी प्राप्त कर सका है और गाजर का स्वादिष्ट हलवा तथा गुलाब में बसी हुई गँडेरियाँ किसी मौलाना का एहसान उतारने के खयाल से पेश नहीं की गईं।

मौलाना इधर बहुत मोटे हो गए थे। वे हैरान थे कि हिंदुस्तान के सबसे बड़े शहर में लगातार कई बरस गुजारने के बाद भी नफासत हसन ने अपनी बैठक में एक-आध बड़ी कुरसी रखने की आवश्यकता क्यों महसूस न की थी! अब तक बढ़इयों ने बड़ी-बड़ी कुरसियाँ बनाना बिलकुल छोड़ तो नहीं दिया। यह और बात

है कि नए जमाने के लोग अब कभी इतने मोटे न हुआ करेंगे। अपनी गोल-गोल घूमती हुई आँखें उन्होंने मेरी तरफ फेरीं। मैंने देखा कि उनमें गरूर और गम गले मिल रहे हैं और वे बीते वक्तों को वापस आता देखने के लिए बेकरार हो रहे हैं।

धीरे-धीरे महफिल छिदरी होती गई। नए मित्र यह विचार लेकर लौटे कि नफासत हसन एक आनंदप्रिय और मित्रों के काम आनेवाला आदमी है, यह अलग बात है कि वह रस्मी शिष्टाचार में नहीं पड़ता है तो भी ठीक। मित्रता होनी चाहिए स्वतंत्र कविता सी—तुकांत और छंद के बंधन से मुक्त।

मौलाना बराबर जमे हुए थे। मुझसे पूछने लगे, "साहब, सॉमरसट माम का मुताला किया है आपने?" उन्होंने यह बात इस लहजे में पूछी थी कि कुछ गोलमेज जवाब पर उतरना पड़ा, "साहब, कहाँ तक मुताला किया जाए? अनगिनत पुस्तकें हैं और अनगिनत लेखक। अब मैं सॉमरसट माम का ध्यान रखूँगा।"

"तो यह कहिए न कि आपने सॉमरसट माम की कोई किताब नहीं पढ़ी?"

अब मैं समझा कि सॉमरसट माम कोई लेखक हैं। मैंने झेंपते हुए कहा, "जी हाँ, यही समझ लीजिए।"

"तो इसका यही मतलब हुआ न कि आपने यों ही उमर जाया की।"

इसपर नफासत हसन बिगड़ उठा। गरमागरम बहस छिड़ गई। पता चला कि मौलाना ने नफासत हसन के लिए सॉमरसट माम की चर्चा की थी। एक दिन स्वयं नफासत हसन ने यही प्रश्न मौलाना से किया था और जब उन्होंने मेरी तरह बात टालनी चाही तो वह कह उठा था—तो इसका यही मतलब हुआ न कि आपने अब तक यों ही उमर जाया की।

इधर मौलाना ने अंग्रेजी साहित्य में प्रवेश करना शुरू कर दिया था, पर नफासत हसन अब तक यही समझता था कि यह केवल एक दिखावा है और अंग्रेजी साहित्य की नई प्रवृत्तियों से उन्हें कोई लगाव नहीं है। जब भी वह उनके हाथ में कोई अंग्रेजी पुस्तक देखता, उसके मन में व्यंग्य जाग उठता, जैसे साँप के सिर में जहर जाग उठता है। इस दिखावे की आखिर क्या जरूरत है? बेहूदा दिखावा। नया रंग तो सफेद कपड़े पर ही ठीक चढ़ता है। मौलाना बड़ी सरलता और प्रभावमयी भाषा में कविता लिखते थे। लेख भी लिखते थे। कहानी के क्षेत्र में उन्होंने कोई यत्न न किया था। हाँ, जब कोई घटना सुनाते तो यही गुमान होता कि कोई कहानी जन्म ले रही है। और यदि उस समय कोई आदमी उनकी प्रशंसा कर देता तो ख्वाहमख्वाह उनकी आँखों में बहुत ऊँचा उठ जाता। दाद पाकर वे दाद दे सकते हों, यह बात न थी। प्राय: वे किसी ऐसे मुआवजे के बिना ही नवयुवक

लेखकों की पीठ ठोंकते रहते थे। उनका यह सरपरस्ताना स्वभाव ही नफासत हसन के समीप वह दोष था जिसके कारण, जैसा उनका विचार था, न वह पुराने युग का प्रतिनिधित्व करने में समर्थ हुए थे और न नए युग से ही संबंध जोड़ सके थे।

नफासत हसन जब भी मौलाना के विरुद्ध विष उगलता, मुझे यों लगता कि साहित्य का नया युग अपने से पहले युग का अपमान कर रहा है। यह तो अपना ही अपमान है। ऊपर से इसका घिनौनापन आँख से कितना ही ओझल रहे, पर जब यह बात समझ में आ जाती है कि साहित्य एक ऐसी वस्तु है, जिसका विकास होता है तो कोई भी लेखक अपना यह व्यवहार जारी नहीं रख सकता।

हाँ, तो सॉमरसट माम वाला व्यंग्य नफासत हसन न सह सका। बोला, "बस-बस, चुप रहिए, इतनी जबान न खोलिए।"

नफासत हसन की जबान पर रंदा चलाने का गुमान होता था। मौलाना ने थोड़ा घूरकर उसकी ओर देखा और बोला, "इतने गरम क्यों होते हो, मियाँ? उमर ही में सही, मैं तुम्हारे बाप के बराबर हूँ।"

"बस-बस, यह शफकत अपने ही पास रखिए। मुझे नहीं चाहिए यह कमीनी शफकत···यह सरपरस्ताना शफकत···बड़े आए हैं मेरे बाप···बाप! इतनी जुबानदराजी!"

मौलाना ने अब तक यही समझा था कि वे हास्य की सीमा पर ही खड़े हैं। मामला तो दूसरा ही रंग धारण कर चुका था। उनके चेहरे पर क्रोध की तह चढ़ गई। बोले, "एक ससुरे सॉमरसट माम की खातिर क्यों मेरी हतक करने पर तुले हो, मियाँ?···कंबख्त सॉमरसट माम!"

बात तू-तू, मैं-मैं का रूप धारण कर गई। मुझे तो यही आशंका हुई कि कहीं दोनों लेखक हाथापाई पर न उतर आएँ।

नफासत हसन उस दिन मेजबान था और घर पर आए हुए मेहमान की शान में हर तरह की जुबानदराजी से उसे परहेज करना चाहिए था। फिर यह मेहमान कोई मामूली आदमी न था, उसका एक समकालीन लेखक था। उम्र में उससे बड़ा और भाषा पर अधिकार की दृष्टि से उससे कहीं बढ़कर। मैं सोचने लगा कि सॉमरसट माम पर नफासत हसन इतना क्यों फिदा है? वह भी मौलाना की तरह एक आदमी ही तो है, कोई फरिश्ता नहीं है और मैं तो समझता हूँ कि हर लिहाज से नफासत हसन के कमरे में पड़ी हुई किसी भी हलके भूरे रंग की कुरसी से मौलाना ज्यादा कीमती थे। नफासत हसन इतना गरम क्यों हो गया था? वह शायद अपने मेहमान को कुरसी से उठा देना चाहता था। यह ठीक है कि मौलाना का

व्यंग्य जरा तीखा था, पर था तो आखिर वह व्यंग्य ही और इसका उत्तर अगर व्यंग्य से ही दिया जाता तो यह हृदय-विदारक प्रदर्शन तो न हुआ होता।

सॉमरसट माम आखिर क्या लिखता होगा? क्या उसे अपनी जन्मभूमि इंग्लिस्तान में भी नफासत हसन जैसा कोई मर मिटनेवाला प्रेमी नसीब हुआ होगा? मुझे यह संदेह हुआ कि नफासत हसन के बहुत से वाक्य, जिन्हें वह मौका-बेमौका निहायत शान से अपनी बातचीत और लेखनी में नगीनों की तरह जड़ने में होशियार सुनार बन चुका है, अवश्य विलायत की किसी फैक्टरी से बनकर आए हैं, उनकी अपनी रचना हरगिज नहीं। मैं सोचने लगा कि सर्वप्रथम कब सॉमरसट माम की लेखनी ने उसपर जादू सा कर दिया था और क्या यह जादू कभी खत्म भी हो जाएगा?

एक दिन उसने मुझसे पूछा, "औरत किस वक्त सुंदर लगती है?"

मुझे कोई उत्तर न सूझा। मैंने कहा, "आप ही बताइए।"

वह बोला, "हाँ, तो सुनो...जब उसे तीन दिनों से बुखार आ रहा हो और उसके हाथों की रगें नीली पड़ जाएँ, तब औरत कितनी सुंदर लगती है, कितनी सुंदर!"

मैंने सोचा—शायद यह नगीना भी सॉमरसट माम की फैक्टरी से बनकर आया हो।

मैंने नफासत हसन से कहा, "गुस्सा थूक दो, मियाँ। सॉमरसट माम तो एक देवता है।"

वह बोला, "और मैं?"

"आप भी देवता हैं, मियाँ।"

मैंने उसे बताया कि देवताओं में तीन बड़े देवता हैं। ब्रह्मा, विष्णु और महेश। तीनों की अपनी-अपनी विशेषता है, जिसके कारण वे इतने लोकप्रिय बन गए हैं। ब्रह्मा जन्म देता है, विष्णु पालन करता है और महेश (शिव) ठहरे मृत्यु का नाच नाचनेवाले नटराज!

नफासत हसन का ध्यान अब मेरी तरफ खिंच गया। उधर मौलाना की आँखों में भी गुस्सा ठंडा पड़ गया था और वे मेरी बातों में दिलचस्पी ले रहे थे। मैंने बताया कि हर लेखक विभिन्न अवस्थाओं में ब्रह्मा और शिव होता है। जब कोई एक चीज लिखने में सफल हो जाता है, तो मैं उसे 'ब्रह्मा' कहना पसंद करूँगा। वह इस चीज को सँभालकर रखता है और यथासंभव उसमें सुधार भी करता है। उस समय वह विष्णु के सदृश होता है और जब वह अपने ही हाथ से किसी रचना के टुकड़े-टुकड़े

कर डालता है तो वह शत-प्रतिशत शिव का रूप धारण कर लेता है।

मौलाना बोले, "बहुत खूब! आपकी कल्पना धन्य है।"

मैंने झट से कह दिया, "मेरी कल्पना! नहीं, मौलाना, नहीं। यह मेरी कल्पना नहीं है। मतलब यह कि यह मेरा मौलिक विचार नहीं है।"

"तो किसका खयाल पेश कर रहे हैं आप?"

"बंबई की पी.ई.एन. सोसाइटी में बुलबुले-हिंद श्रीमती सरोजिनी नायडू ने मेरे एक भाषण पर सदारत करते हुए यह विचार पेश किया था।"

"बहुत खूब! बुलबुले हिंद ने आपके भाषण पर सदारत की थी! हाँ, तो अब कोई मौलिक विचार हो जाए जरा।"

"मौलिक! मौलिक की भी खूब कही। मुझे तो सिरे से यही शक हो रहा है कि मौलिक नाम की कोई चीज होती भी है या नहीं।"

नफासत हसन बौखलाया, "क्या कह रहे हो, मियाँ? सुनो, मैं एक खयाल पेश करता हूँ—जैसे ही भोर की पहली किरण आँखें मलती हुई धरती पर उतरी, पास की कच्ची दीवार अँगड़ाई ले रही थी।"

मौलाना ने कहा, "दीवार अँगड़ाई ले रही थी?"

मैंने बीच-बचाव करते हुए कहा, "इस समय नफासत हसन एक ब्रह्मा हैं, मौलाना!"

"ब्रह्मा!"

"जी हाँ, ब्रह्मा, और न जाने कब तक वह विष्णु हुआ, यह खयाल सँभाल-सँभालकर रखेगा और स्वयं अपने हाथों से इस खयाल का गला घोंट डालेगा। उसे स्वयं अपनी रचना पर हँसी आएगी—केवल हँसी, यदि यह विचार उसका शत-प्रतिशत मौलिक विचार नहीं है और पूरी-पूरी शर्म, यदि यह सचमुच शत-प्रतिशत उसका मौलिक खयाल है।"

नफासत हसन चाहता तो झट मेरे विचार का प्रतिवाद कर देता, पर वह चुप बैठा रहा। शायद वह कुछ झेंप सा गया था और अपनी हीनता के भाव को छुपाने का यत्न कर रहा था।

मौलाना बोले, "ब्रह्मा, विष्णु और शिव के बारे में आज मैं कुछ और भी सुनना चाहता हूँ।"

मैंने कहा, "सुनिए, विष्णु और शिव के हजारों मंदिर हैं और ब्रह्मा का एक भी मंदिर नहीं है कहीं।"

"ब्रह्मा का एक भी मंदिर नहीं?"

"जी, नहीं। सुनिए तो, बड़ी दिलचस्प कहानी है। एक बार विष्णु और ब्रह्मा में यह मुकाबला हो गया कि कौन पहले शिवलिंग की गहराई और ऊँचाई का पता लगा सकता है। विष्णु जड़ की तरफ चल पड़े और ब्रह्मा चोटी की तरफ। ब्रह्मा ऊपर चढ़ते गए, मगर शिवलिंग की चोटी कहीं नजर नहीं आती थी। ऊपर से एक चमेली का फूल गिरता आ रहा था। ब्रह्मा ने पूछा, 'किधर से आना हुआ?'

"फूल बोला, 'शिवलिंग की चोटी से?'

"ब्रह्मा ने पूछा, 'कितनी दूर है वह चोटी?'

"फूल ने कहा, 'दूर, बहुत दूर।'

"ब्रह्मा चमेली के फूल के साथ पीछे हो लिये। रास्ते में उन्होंने इस फूल को इतना सा झूठ बोलने के लिए राजी कर लिया कि वह विष्णु के सामने कह दे कि वे दोनों खास शिवलिंग की चोटी से आ रहे हैं। पर शिव तो ठहरे अंतर्यामी! ब्रह्मा और चमेली को बड़ी भारी सजा दी गई—रहती दुनिया तक ब्रह्मा का मंदिर कहीं नहीं बनेगा और चमेली किसी मंदिर में पूजा में नहीं चढ़ाई जाएगी।"

नफासत हसन बोला, "मगर यह तो नया जमाना है। अब तो शायद ब्रह्मा का मंदिर कहीं बन जाए और मेरा यकीन है कि अगर ब्रह्मा पर कोई फूल चढ़ेगा तो वह चमेली का फूल ही होगा।"

नफासत हसन ने उस समय यही सोचा होगा कि यद्यपि अब तक वह स्वयं एक ब्रह्मा ही है, क्योंकि उसके प्रकाशक ने उसकी कहानियों का बृहत् संग्रह प्रकाशित करने से अभी तक संकोच ही किया है, पर जैसे ही यह पुस्तक प्रकाशित होगी, उसकी ख्याति के वास्तविक मंदिर का निर्माण होते देर न लगेगी और इस मंदिर में चमेली के ही फूल उसपर चढ़ाए जाया करेंगे।

अपने संबंध में इस कदर गलतफहमी रखने में उसके दो-चार गहरे दोस्तों का ही हाथ था। उनका विचार था कि उषा के घूँघट हटाने से पहले की सारी कालिमा और लालिमा, अँधियारे और उजियारे की कानाफूसियाँ—उसके स्वभाव में उल्लेखनीय हैं और यदि वह आरंभ में रूसी कहानियों के अनुवाद में अपनी उठती जवानी का जोर लगाने के स्थान पर मौलिक कहानियाँ लिखने की ओर अग्रसर हुआ होता तो आज उसका नाम प्रथम कोटि के प्रगतिशील कहानी-लेखकों में गिना जाता। उनका यह भी खयाल था कि अब भी गिरे हुए बेरों का कुछ नहीं बिगड़ा। यदि यह शत-प्रतिशत प्रगतिशील कहानी-लेखक, शत-प्रतिशत तिकड़मबाज भी होता गया तो निस्संदेह वह हिंदुस्तान भर के कहानी-साहित्य की चोटी पर नजर आएगा।

एक बार मित्रों ने उसे बताया कि वह बड़ा स्पष्टवादी है, तब से स्वप्नों में

भी यह विचार उसका पीछा करने लगा कि निस्संदेह वह बड़ा स्पष्टवादी है। यही वह गुण है जो शत-प्रतिशत मौलिक कहानी-लेखक को जीवन के अध्ययन में वास्तविक सहायता दे सकता है। जब इस नौकरी के लिए उसने प्रार्थना-पत्र भेजा तो उससे पूछा गया कि उसने किस विषय में अपना ज्ञान चरम सीमा तक पहुँचाया है? निस्संकोच उसने लिख भेजा, "मैंने अपने जीवन का अधिकतर समय वेश्याओं का अध्ययन करने में गुजारा है।" यद्यपि इस स्पष्टवादिता से कहीं अधिक एक सिफारिश ने ही उसे यह नौकरी दिलाने में मदद दी थी, पर वह नए मिलनेवालों के सम्मुख स्पष्टवादिता की चर्चा किया करता था। स्पष्टवादिता—शत-प्रतिशत स्पष्टवादिता। मैंने सोचा शायद इस स्पष्टवादिता की सीमा ने घर की दीवारों तक पैर न फैलाए होंगे। घर में आकर तो प्रायः बड़े-बड़े प्रगतिशील लेखक भी भीगी बिल्ली बनने पर मजबूर हो जाते हैं।

यह ठीक है कि उसकी प्रगतिशीलता बहुत हद तक नग्न वासना की चर्चा से घिरी रहती थी, पर कुछ समय से उसके मन में यह वहम समा गया था कि वह किसी भी जीवित या निर्जीव वस्तु के चारों ओर अपनी कहानी को घुमा सकता है। अपनी एक कहानी में उसने एक पत्थर की गाथा प्रस्तुत की थी, जो एकाएक किसी अविवाहिता के उठते-मचलते उरोज से टकराने के लिए व्याकुल हो उठा था। आदमी बदस्तूर आदमी है, पर पत्थर अब पत्थर ही नहीं है। यह बात उसने बड़ी गहराई से लिखी थी। मनोविज्ञान की सीमाएँ अब सिकुड़ी नहीं रहेंगी, पत्थर अब पत्थर ही नहीं है, न बिजली का खंभा बिजली का खंभा ही। वह चाहता तो अपने सिगरेट केस में भी दिल डाल देता और इसके इर्दगिर्द मनोविज्ञान का बारीक जाल बुन देता।

उसकी भाषा न बहुत कठिन थी, न बहुत आसान। यहाँ-वहाँ नई-नई उपमाएँ भी हाजिर रहती थीं। अभी उसे किसी का फूला हुआ थैला देखकर गर्भवती के पेट का ध्यान आ गया, अभी किसी की मानसिक दुर्बलता उस कन्या सी नजर आई, जो आँधी में अपनी साड़ी न सँभाल पा रही हो। किसी के बोल सोडे के बुलबुले थे तो किसी की नाक चीनी की प्याली की ठूँठनी-सी।

शाम हो चली थी। नफासत हसन उठकर खड़ा हो गया और अपनी अँगुलियों से बालों में कंघी करता हुआ छज्जे पर आ गया। निकलसन रोड पर समीप के टेलर-मास्टर की दुकान में बिजली के कुमकुमे रोशन हो चुके थे। छज्जे पर खड़ा-खड़ा नफासत हसन बोला, "मौलाना! चलो, लगे हाथों सरदारजी से ही मिलते आएँ।"

मैं हैरानी से अपनी सीट पर दुबका बैठा था। मैंने सोचा कि यह सरदारजी

कौन हैं, जिनसे मिलने के लिए नफासत हसन इतना उत्सुक नजर आता है। फिर मुझे ध्यान आया कि वह केवल अपने 'अंतर, अंतर के लिए' दृष्टिकोण के अनुसार ही मुझसे भी किसी लंबी दाढ़ीवाले व्यक्ति से मिलना चाहता है। यद्यपि स्वयं उसके चेहरे पर दाढ़ी तो दाढ़ी, मूँछ तक का चिह्न हर दूसरे-तीसरे दिन मिटा डाला जाता था। इससे पहले भी उसने एक लेखक की मूँछों को केवल इसलिए पसंद किया था कि ये मूँछें मौलाना ने नापसंद की थीं। मुझे विश्वास था कि यदि मौलाना ने उन मूँछों की प्रशंसा में एक-आध बात कह दी होती तो वह झट कह उठता—मौलाना! आपकी अंधाधुंध पसंद की तो हद हो चुकी है। लाहोल बिला कुव्वत! आपने भी खूब आदमियों में आदमी चुना!

ये सरदारजी कौन हैं? यह प्रश्न मेरे मन में फैलता चला गया। उनसे परिचित होने की इच्छा देखकर नफासत हसन ने मुझे भी साथ ले लिया। वह एक विचित्र मस्ती की अवस्था में सीढ़ियों से उतर रहा था। अपने पैरों को वह आवश्यकता से अधिक जोर से फेंकता था और फट-फट की आवाज से शोर पैदा करता हुआ पड़ोसियों के आराम में विघ्न डाल रहा था। इस प्रकार की हरकत को वह आजादी समझता था और वह इसे किसी भी मूल्य पर छोड़ देने के लिए तैयार न था।

एक बड़े लंबे-चौड़े बाजार में घूमते-घामते हम आखिर सरदारजी की दुकान में पहुँच गए। पता चला कि नफासत हसन इस्म बा मुसम्मा है[1], क्योंकि शराब की दुकान, जहाँ उसने सरदारजी से भेंट करने का समय निश्चिय किया था, सख्त बदबूदार जगह थी। मेज पर संगमरमर की सिलों पर सोडा और व्हिस्की जमी हुई थी और हमारी सीट के समीप ही टूटे हुए आबखोरों का अंबार लग रहा था। बगल में एक अधेड़ उम्र का आदमी अपनी टाँगें एक टूटी सी अलमारी के ऊपर टिकाए अपना मुँह पूरी तरह खोले बेहोश पड़ा था। आबखोरों के इतना समीप होने के कारण उसका खुला हुआ मुँह एक आबखोरा ही तो दिखाई देता था। एक क्षण के लिए मुझे गुमान हुआ कि नफासत हसन इसी व्यक्ति से मिलने आया है, मानो अपने आपसे, अपने सुंदर नाम से न्याय करने आया है। थोड़ी देर के बाद नफासत हसन ने अपनी रूखी आवाज, जिससे हमेशा की तरह ख्वाहमख्वाह रंदा चलने का गुमान होता था, पुकारा, "ओ मियाँ जुम्मा! लाओ तो सरदारजी को।"

मियाँ जुम्मा एक झाड़न से बोतल साफ कर रहा था। दिन के समय यह सड़क पर से उड़कर आनेवाली गर्द को शीशों में पड़ी हुई पेस्ट्री या आबखोरों के

1. यथा नाम तथा गुण।

बीच में तने हुए जालों को इसी झाड़न से साफ किया करता था। कुछ देर बाद जुम्मा ने व्हिस्की की एक बोतल और सोडा की दो बोतलें मेज पर ला रखीं।

सरदारजी के व्यक्तित्व से परिचित होते देर न लगी, पर मैं बदस्तूर कहानियों की दुनिया में घुस रहा था। मैंने यों ही नफासत हसन से पूछ लिया—

"आपके अफसाने तो बहुत जमा हो गए होंगे?"

उस समय तक वह सोडा और व्हिस्की को मिला चुका था। मैंने सरदारजी से परिचित होने से इनकार कर दिया था। इसलिए उसने और मौलाना ने ग्लास टकराए और अपने-अपने मुँह से लगा लिये। एक घूँट गले से नीचे उतारते हुए बोला, "मैं अफसाने कभी इकट्ठे नहीं करता। मेरे अफसाने कबूतर के बच्चे हैं जिन्हें मैं लिखता हूँ और कहता हूँ—ओ कबूतर के बच्चो! उड़ जाओ और फिर वे उड़ जाते हैं।"

मैंने इस उपमा की बहुत प्रशंसा की। सच पूछो तो उस समय मेरे मन में आइंस्टाइन के सापेक्षवाद का सिद्धांत स्पष्ट हो गया था। हर वस्तु से दूसरी वस्तु का कुछ-न-कुछ संबंध अवश्य है—अफसाने का कबूतर के बच्चे से, दुश्चरित्र नारी की मुसकान का गंदी नाली में फूटते हुए कुलकुले से, भोर की पहली किरण का अँगड़ाई लेती दीवार से, नफासत हसन का चरखे से···

उस समय मैं सोचने लगा कि ये उपमाएँ, विचित्र और खींचातानी द्वारा प्रस्तुत की हुई उपमाएँ इस महामहिम लेखक के मस्तिष्क में कहाँ से जन्म लेती हैं। फिर मुझे झट खयाल आया कि यह तो एक सीधी-सादी सी क्रिया है। स्वयं नफासत हसन ने मुझे बताया था कि उसे कब्ज की शिकायत कभी नहीं होती। कुछ लेखक तो सख्त कब्ज के बीमार नजर आते हैं। बेचारे बहुत जोर लगाकर लिखते हैं। मैंने सोचा कि इस लिहाज से तो नफासत हसन हर रोज दूध के साथ अत्रीफल जुमानी खाता है। यही कारण है कि वह पत्थर, बुलबुले, रघुवीर पहलवान, पुस्तक, मेज, कुरसी, कलम-दवात अर्थात् दुनिया भर की हर चीज पर लिखकर इनके संग्रहों के नाम दौड़ो, भागो, रोओ, पीटो रख सकता है।

पर मैं बहुत देर तक इन अफसानों की दुनिया में न रह सका। उस समय तक दोनों लेखक व्हिस्की की बोतल आधी के लगभग खत्म कर चुके थे। सहसा उनके विचार में किस्म-किस्म की शराब मिलाकर पीने की धुन समाई। जुम्मन मियाँ ने बहुत सी बोतलों से एक-एक पैग उड़ेला और फिर सबको व्हिस्की में उड़ेल दिया। उस समय मौलाना शराब में अपने को खो रहे थे। शायद इसीलिए उन्होंने नफासत हसन के साहित्यिक चमत्कारों को सराहना चाहा और पैग गले से

नीचे उतारते हुए उसे थपकी दी और बोले, ''शाबाश! बरखुरदार, लिखे जाओ।''

नफासत हसन, जो सरदारजी के मकान के वातावरण से बहुत परिचित था और जो बिना बौखलाए बहुत से पैग पी सकता था, बोला, ''बस-बस, मौलाना! यही एक बात है, जो मुझे सिरे से नापसंद है। इस बेहूदा सरपरस्ती की मुझे बिलकुल जरूरत नहीं। आपकी मदाह-ओ-जम[1] की मुझे मुतलक परवाह नहीं। समझे आप? अगर आपने मेरे अफसाने पढ़े तो इससे मेरा कुछ सँवर नहीं गया, अगर नहीं पढ़े तो कुछ बिगड़ा नहीं।''

मौलाना को इस अनुचित वार्त्तालाप से बहुत आश्चर्य हुआ। अपने मेजबान के कंधे थपकाते हुए बोले, ''बरखुरदार, अगर तुम अफसाने लिखने की बजाय मिट्टी का तेल भी बेचा करते तो मेरे दिल में तुम्हारी ऐसी ही इज्जत होती।''

ये दोनों लेखक तो आपस में गंभीरता से वार्त्तालाप कर थे, पर मैं इस वातावरण से बौखला सा गया। फिर मुझे यों लगा कि ये लेखक मेरी तरह परहेजगार हैं और शराब वस्तुतः मैं पी रहा हूँ।

एक और पैग गले से नीचे उतारने के बाद नफासत हसन ने पापड़ का एक टुकड़ा गले में डाला और कहा, ''मौलाना! मैं लिखना चहाता हूँ, बहुत कुछ लिखना चाहता हूँ। मुझे कभी किसी चीज से तसल्ली नहीं होती।''

और अभी नफासत हसन ने अपनी बात खत्म भी नहीं की थी कि मुझे खयाल आया कि तसल्ली कैसे हो सकती है। क्योंकि उसके अफसाने तो कबूतर के बच्चे हैं, और जब तक वे कबूतर के बच्चे रहेंगे, वे फुर्र से नफासत हसन के पास से उड़ जाएँगे। आखिर नफासत हसन ने कोई छतनारा भी तो कायम नहीं किया कि बेचारे कभी-कभी उसपर बैठ जाएँ और अपने मालिक को देख लें। अब वे अनगिनत भटकती हुई आत्माओं के समान एक असीम गगन में फड़फड़ाते फिर रहे हैं।

नफासत हसन अपनी बातचीत को जारी रखते हुए बोला, ''बस, एक चीज लिख लूँगा, एक चीज, तो मेरी तसल्ली हो जाएगी। इसके बाद मैं मर भी जाऊँ तो मैं यही समझूँगा कि मैंने जिंदगी में बहुत बड़ा काम किया है।''

मौलाना के और मेरे वास्तविक तथा काल्पनिक नशे हिरन हो गए। हम दोनों का ध्यान उस कहानी का कथानक सुनने के लिए नफासत हसन के पतले और दुर्बल चेहरे की ओर उठ गया। नफासन हसन बोला, ''मैं उन दिनों बंबई में रहता था। मेरे मकान का एक दरवाजा गुसलखाने में खुलता था। इस गुसलखाने में एक

---

1. प्रशंसा की निंदा।

दरज थी। बस, इसी दरज में से मैं कुँआरी लड़कियों को नहाते हुए देखता था। अधेड़ उमर की और बूढ़ी औरतों को भी। इसके अलावा नौजवान मर्द भी नहाने आया करते थे और जैसा कि आपको मालूम है, इनसान आम जिंदगी में वह हरकतें नहीं करता जो गुसलखाने में करता है।''

मैं इस बात को समझ न सका, पर मेरे सामने आइंस्टाइन का सापेक्षवाद का सिद्धांत था। इसीलिए मैंने जरा परवाह न की और सुनता चला गया। नफासत हसन बोला, ''बस, उस गुसलखाने में नहानेवालियों और नहानेवालों के बारे में लिखकर मर जाऊँ तो मुझे कोई अफसोस न होगा। इस अफसाने का नाम रखूँगा 'एक दरज में से' और मर जाऊँगा।''

मुझे नफासत हसन की इस हरकत पर बहुत हँसी आई। मेरा जी चाहने लगा कि यदि मैं यह सब गाथा लिखकर मर जाऊँ तो मुझे भी जीवन में कोई लालसा न रह जाएगी।

मौलाना, जो नफासत हसन की बेतुकियों को बड़े ध्यान से सुन रहे थे, कुछ नहीं बोले। न जाने नफासत हसन के दिल में स्वतः यह विचार आया या उसने मौलाना का अपमान किया है। वह अपने स्थान से उठ खड़ा हुआ। चुंबन के लिए उसने अपना दायाँ गाल मौलाना के सामने पेश कर दिया। मौलाना ने प्रसाद के रूप में एक चुंबन ले लिया। इसके बाद नफासत हसन ने बायाँ गाल पेश कर दिया। मौलाना के सम्मुख अब प्रसाद की समस्या नहीं रही थी, पर उन्होंने चुंबन ले लिया।

मैं उनकी परस्पर लड़ाई की संभावना किए बैठा था, पर सहसा मौलाना ने उठकर बड़ी निष्कपटता से छाती पर हाथ रखते हुए कहा, ''देखो भाई, अब तुम मानोगे? मैं सॉमरसट माम हूँ।''

नफासत हसन ने अपनी छाती पर हाथ रखते हुए कहा, ''मैं सॉमरसट माम हूँ।''

मौलाना ने कोई प्रतिकार नहीं किया, बल्कि अपनी छाती पर हाथ रखते हुए बोला, ''मैं सॉमरसट माम हूँ।''

फिर नफासत हसन की ओर संकेत करते हुए मौलाना बोले—

''तुम सॉमरसट माम हो—हम दोनों सॉमरसट माम हैं···जो है, सॉमरसट माम है···जो नहीं है, वह भी सॉमरसट माम है···सॉमरसट माम भी सॉमरसट माम है!''

(चाय का रंग)

□

अन्न देवता

: एक :

तब अन्नदेव ब्रह्मा के पास रहते थे। एक दिन ब्रह्मा ने कहा, ''ओ भले देवता! धरती पर क्यों नहीं चले जाते?''

इन शब्दों के साथ चिंतू ने अपनी प्रिय कहानी आरंभ की। गोंडों को ऐसी बीसियों कहानियाँ याद हैं। वे जंगल के आदमी हैं और ठीक जंगली वृक्षों के समान उनकी जड़ें धरती में गहरी चली गई हैं, पर वे निर्धन हैं—भूख के चिर-अभ्यस्त। चिंतू को देखकर मुझे ऐसा लगा कि वह भी एक देवता है जो धरती से निवासियों को अन्नदेव की कहानी सुनाने के लिए आ निकला है। घना अंधकार छाया हुआ था। अलाव के प्रकाश में बगल की पगडंडी किसी जवान गोंडिन की माँग प्रतीत होती थी। घूम-फिरकर मेरी नजर चिंतू के झुर्रियोंवाले चेहरे पर जम जाती।

कहानी चलती रही—

''देवता धरती पर खड़ा था, पर वह बहुत ऊँचा था। बारह आदमी एक-दूसरे के कंधों पर खड़े होते, तब जाकर उसके सिर को छू सकते।''

''एक दिन ब्रह्मा ने संदेश भेजा—यह तो बहुत कठिन है, भले देवता! तुझे छोटा होना पड़ेगा। आदमी का आराम तो देखना होगा।''

''देवता आधा रह गया, पर ब्रह्मा को संतोष न हुआ। आदमी की कठिनाई अब भी पूरी तरह दूर नहीं हुई थी। उसने फिर संदेश भेजा और देवता एक चौथाई रह गया। अब केवल तीन आदमी एक-दूसरे के कंधों पर खड़े होकर उसके सिर को छू सकते थे।''

''फिर आदमी खुद बोला—तुम अब भी ऊँचे हो, मेरे देवता!''

''अन्नदेव और भी छोटा हो गया। अब वह आदमी की छाती तक आने

लगा। फिर जब वह कमर तक रह गया तो आदमी के आनंद का पारावार न रहा। उसके शरीर से बालियाँ फूट रही थीं। मालूम होता था कि सोने का पेड़ खड़ा है। आदमी ने उसे झिंझोड़ा और बालियाँ धरती पर आ गईं।''

मैंने सोचा कि और सब देवताओं के मंदिर हैं, पर अन्नदेव तो ठहरा खेतों का रक्षक। वह खुले खेतों में रहता है, जहाँ हर साल धान उगता है, दानों में दूध भरता है—माँ होनेवाली युवती के स्तनों के समान।

हल्दी बोली, ''अब तो देवता धरती के बीचोबीच कहीं पाताल की ओर चला गया है।''

चिंतू ने फटी-फटी आँखों से अपनी पत्नी की ओर देखा। ऐसा भयानक अकाल उसने अपनी जिंदगी में सर्वप्रथम देखा था। धरती इस प्रकार बंजर हो गई थी, जैसे स्त्री बाँझ हो जाए या किसी नन्हे की माँ की छाती सूख जाए।

हल्दी फिर बोली, ''और देवताओं के समान अन्नदेव भी बहरा हो गया है।''

चिंतू ने पूछा, ''पर अन्नदेव क्यों बहरा हो गया?''

''यह मैं मूढ़ क्या जानूँ?'' पर बहरा तो वह हो ही गया है।

प्रतिवर्ष हल्दी अन्नदेव की मन्नत मानती थी। एक हल्दी पर ही बस नहीं, प्रत्येक गोंड स्त्री यह मन्नत मानना आवश्यक समझती है, पर इस वर्ष देवता ने एक न सुनी। किस बात ने देवता को क्रुद्ध कर दिया है? क्रोध तो और देवताओं को भी आता है, पर अन्नदेव को तो क्रोध नहीं करना चाहिए।

हल्दी की गोद में तीन मास का बच्चा था। मैंने उसे अपनी गोद में ले लिया। उसका रंग अपने पिता से कम साँवला था। उसे देखकर मुझे ताजा पहाड़ी शहद का रंग याद आ रहा था।

हल्दी बोली, ''हाय, अन्नदेव ने मेरी कोख हरी की और वह भी भूख में और लाचारी में।''

बच्चा मुसकराता तो हल्दी को यह विचार आता कि देवता उसकी आँखों में अपनी मुसकान डाल रहा है, पर इसका मतलब? देवता मजाक तो नहीं करता? फिर उसके हृदय में क्रोध भड़क उठता। देवता आदमी को भूखों भी मारता है और मजाक उड़ाकर उसका दिल भी जलाता है।

चिंतू बोला, ''सच जानो तो अब मुझे अन्नदेव पर विश्वास ही नहीं रहा। और उसकी कहानी जो मैं आज के समान सौ-सौ बार सुना चुका हूँ, अब मुझे निरी गप मालूम होती है।''

हल्दी यह नहीं जानती थी कि चिंतू का व्यंग्य बहुत सीमा तक ऊपरी है। यह तो वह समझने लगी थी कि देवता रोज-रोज के पाप-नाटक से क्रुद्ध हो गया है।

''अन्नदेव को नहीं मानते, पर भगवान् को तो मानोगे।''

''मेरा दिल तो तेरे भगवान् को भी नहीं मानता। मरदूद भगवान्। कहाँ है उसका मेघराज? और कहाँ सो रहा है खुद तेरा भगवान्? एक बूँद भी तो नहीं बरसती!''

''देवता से डरना चाहिए और भगवान् से भी।''

चिंतू ने सँभलकर जवाब दिया, ''जरूर डरना चाहिए, हा-हा ही-ही···और अब तक हम डरते ही रहे!''

''अब आए न सीधे रास्ते पर। जब मैं छोटी थी, तब माँ ने कहा था—देवता के क्रोध से सदा बचियो!''

''अरी, कहा तो मेरी माँ ने भी कुछ ऐसा ही था, पर कब तक लगा रहेगा यह डर, हल्दी?''

''देवता फिर प्रसन्न होगा और फिर लहराएगा वही प्यारा-प्यारा धान।''

अकाल में उत्पन्न हुए बच्चे को देखकर मैं सोचने लगा—इतना बड़ा पाप क्या होगा। इतना बड़ा देवता भी आदमी को क्षमा नहीं कर सकता।

अकाल ने हल्दी की सारी सुंदरता छीन ली थी, चिंतू भी अब अपने जीवन के वसंत को भूल रहा था। वृक्ष अब भी खड़ा था, पर टहनियाँ पुरानी हो गई थीं और पुरानी कोंपलें नजर नहीं आती थीं। हल्दी ने मुझे बताया कि उसकी चुलबुलाहट और हँस-हँसकर बातें करने के उसके अंदाज ने ही चिंतू को उसकी ओर आकर्षित किया था। उस समय वह युवती थी। एक मस्त हिरनी। उसकी नाक मोटी थी और नथुने भी कम चौड़े न थे। जब वह उछलती-कूदती, एक खेत से दूसरे खेत में निकल गई और चिंतू ने उसे देखा तो उसके दिल में भी एक हिरन जाग उठा। वह भी दौड़ने लगा।

एक दिन वह उसके पीछे भाग निकला तो वह पीपल के नीचे खड़ी हो गई। खेतों में धान लहलहा रहा था—स्नेह के समान जो दिल में उगता है। पहले वह कुछ-कुछ डरी, फिर वह मुसकराने लगी। जब चिंतू ने अपनी अँगुलियों से उसके केश सुलझाने शुरू किए और ब्याह की बात छेड़ दी तो हल्दी ने सहमी हुई आवाज में कहा था—अन्नदेव हमें देख रहा है। पहले उसका ध्यान कर लो, फिर ब्याह का नाम लो। हल्दी का विचार था कि देवता धान के पौधों में छिपा बैठा है

और उनका प्यार उसने देख लिया है। जब चिंतू ने रेशम के कीड़ों का गीत गाया था तो हल्दी ने यह अनुभव किया कि चिंतू भी ऐसा ही एक कीड़ा है। यह और बात है कि कीड़े ब्याह नहीं करते, केवल प्यार करते हैं। हल्दी ने अन्नदेव की सौगंध खाकर अपनी सचाई का विश्वास दिलाया था और चिंतू ने कहा था—तुम जरूर बोल की सच्ची रहोगी, हल्दी! अन्नदेव की सौगंध बहुत बड़ी सौगंध होती है।

हल्दी का बच्चा मेरी गोद में रोने लगा। उसे लेते हुए उसने सहमी नजर से अपने पति की ओर देखा। बोली, "यह अकाल कब जाएगा?"

"जब हम मर जाएँगे, न जाने तब भी यह न जाए।"

"धान के समान कुतकी और कोदों पानी नहीं माँगते। ये भी न उगे होते तो हम कभी के भूख से मर गए होते। उन्होंने हमारी लाज रख ली—हमारी भी, हमारे देवता की भी।"

"देवता का बस चलता तो उन्हें भी उगने से रोक देता—पापी देवता!"

"ऐसा बोल न बोलो, पाप होगा।"

"मैं कब कहता हूँ—पाप न हो, सौ बार हो।"

"न-न, पाप से डरो और देवता के क्रोध से भी।"

मैंने बीच-बचाव करते हुए कहा, "दोष तो सब आदमी का है। देवता तो सदा निर्दोष होता है।"

रात उदास स्त्री की तरह पड़ी थी। दूर से किसी खूनी दरिंदे की दहाड़ गूँज उठी। चिंतू बोला, "इन भूखे शेरों और चीतों को अन्नदेव मिल जाए तो वे उसे कच्चा ही खा जाएँ।"

: दो :

बैसाखू के घर रुपए आए तो हल्दी उसे बधाई देने आई, "विपदा में पच्चीस भी पाँच सौ हैं। रामू सदा सुखी रहे।"

बैसाखू ने कहा, "अन्नदेव से तो रामू ही अच्छा निकला।"

चिंतू बोला, "छोड़ो ससुरे अन्नदेव की बात—अन्नदेव···अन्नदेव।"

हल्दी ने अपने पति को सिर से पैरों तक देखा। इस व्यंग्य से उसे चिढ़ थी। देवता कितना ही बुरा हो जाए, आदमी को तो अपना दिन ठीक रखना चाहिए, अपना दिल सँभालना चाहिए।

क्रोध में जली-भुनी हल्दी अपनी झोंपड़ी की ओर चल दी। बैसाखू ने फिर

कहकहा लगाया—वाह भई वाह! राँड अब भी अन्नदेव का पीछा नहीं छोड़ती।'

चिंतू बोला, "जपने दो उसे अन्नदेव की माला। हम तो कभी न मानें ऐसे पापी देवता को।"

"तू सच कहता है, चिंतू! देवता पापी हो गया है।"

रामू बंबई में था। चिंतू सोचने लगा, "काश, उसका भी कोई भाई वहाँ होता और पच्चीस नहीं, पाँच ही भेज देता।"

बैसाखू ने पोस्टमैन को एक दुअन्नी दे दी थी, पर उसे इस बात का अफसोस ही रहा। बार-बार वह अपनी नगदी गिनता और हर बार देखता कि उसके पास चौबीस रुपए चौदह आने हैं, पच्चीस रुपए नहीं।

झोंपड़ी में वापस आने पर चिंतू ने हल्दी को बेहोश पाया। उसने उसे झिंझोड़ा, "रसोई की भी फिकर है। अब सोओ नहीं हल्दी, दोपहर ढल गई।"

उस समय यदि स्वयं अन्नदेव भी उसे झिंझोड़ता तो होश में आने के लिए उसे कुछ देर तो अवश्य लगती।

थोड़ी देर बाद हल्दी ने अपने सिरहाने बैठे पति की ओर घूरकर देखा। चिंतू बोला, "आग जलाओ, हल्दी! देखती नहीं हो, भूख से जान निकली जा रही है।"

"पकाऊँ अपना सिर?"

चिंतू ने डरते-डरते हल्दी की हथेली पर सात आने रख दिए और उसके मुख की ओर देखकर बोला, "ये बैसाखू ने दिए हैं हल्दी, और मैं सच कहता हूँ, मैंने उससे माँगे नहीं थे।"

हल्दी संदेह भरी दृष्टि से चिंतू की ओर देखने लगी। क्या निर्धनता में आदमी इतना गिर जाता है? पर चिंतू के चेहरे से स्पष्ट पता चलता था कि उसने माँगने का जलील काम नहीं किया था और फिर जब एक-एक करके सब पैसे गिने तो उसकी आँखें डबडबा आईं— चार दिन दाल-भात का खर्च और चल जाएगा।

"धन्यवाद है अन्नदेव का, लाख-लाख धन्यवाद है।"

"अन्नदेव का या बैसाखू का?"

"अन्नदेव का जिसने बैसाखू भाई के दिल में यह प्रेम-भाव उत्पन्न किया।"

चिंतू का चेहरा देखकर हल्दी को सूखे पत्ते का ध्यान आया, जो टहनी से लगा रहना चाहता है। दूर एक बदली की ओर देखती हुई बोली, "थोड़ी बूँदा-बाँदी ही हो जाए—अनाथ छोकरी के आँसुओं के समान।"

पर तेज हवा बदली को उड़ा ले गई और धरती वर्षा के लिए बराबर

तरसती रही। अकाल ने जीवन का सारा रस नष्ट कर दिया था। ऐसा लगता था कि धरती रो देगी, पर आँसुओं से सूखे धानों को पानी नहीं मिलता। अन्नदेव को यह शरारत कैसे सूझी? मान लिया कि वह स्वयं किसी कारण किसानों पर रुष्ट हो गया है, पर बादलों का तो किसानों ने कुछ नहीं बिगाड़ा था। वे क्यों नहीं घिर आते? क्यों नहीं बरसते? काश कि वे देवता का पक्ष न लें।

: तीन :

चार एक छोटा सा गाँव है।

उस दिन यहाँ दो-तीन सौ गोंड जमा हुए। फड़के साहब और मुंशीजी धान बाँट रहे थे। अपने हिस्से का धान पाकर हर कोई देवता की जय मनाता—अन्नदेव की जय हो!

चिंतू गाँव की पंचायत का दायाँ हाथ था। धान बाँटने में वह सहायता कर रहा था। लोग उसकी ओर एहसान भरी नजरों से देखते। तब उसे लगता कि वह भी एक आवश्यक आदमी है, पर लोग देवता की जय-जयकार क्यों मनाते हैं? कहाँ है वह मरदूद अन्नदेव?···वह स्वयं भी शायद एक देवता है···और शायद अन्नदेव से कहीं बढ़कर···

हल्दी ने सोचा—शायद धान अन्नदेव ने भेजा है। उसे दुखियारे गोंडों का ध्यान अवश्य है, पर जब उसने फड़के साहब और मुंशीजी को हलवा उड़ाते देखा तो वह किसी गहरे चिंतन में डूब गई। पहले तो उसके जी में आया कि हलवे का विचार अब आगे न बढ़े, पर यह विचार बादल के समान कल्पना पर फैलता चला गया।

अकाल-सभा से मिला हुआ धान कितने दिन चलता। चिंतू के चेहरे पर मृत्यु की धुँधली परछाइयाँ नजर आती थीं, पर वह देवता से नहीं डरता था। कभी-कभी घुटनों के बल बैठा घंटों अचेतन अवस्था में देवता को गालियाँ दिया करता। मैंने समझा कि वह पागल हो चला है। दो-चार बार मैंने उसे रोका भी, पर यह मेरे बस की बात न थी। वह देवता को अपने दिल से निकाल देना चाहता था, पर देवता की जड़ें उसके हृदय में गहरी चली गई थीं।

चिंतू की गालियाँ सुनकर लोगों को एक विशेष प्रकार का आनंद आता। वे अनुभव करते कि उनका प्रतिकार लिया जा रहा है, जो बहुत आवश्यक है। अन्नदेव में यदि थोड़ी भी शक्ति है तो चिंतू को मार डालेगा या फिर पहले के समान ठीक

होकर उसका मित्र हो जाएगा। गोंडों को एक देवता की इतनी आवश्यकता नहीं, जितनी एक मित्र की—वह देवता क्या, जो घर का आदमी न बन जाए!

एक दिन चिंतू बहुत सवेरे उठ बैठा और बोला, "देवता अब धनवानों का हो गया है। अन्यायी!"'पापी देवता! अरी, मैं तो न मानूँ ऐसे नीच देवता को।"

"पर नहीं, देवता तो सबका है।"

"सबका है?"

"अरी पगली! यह सब ज्ञान झूठा है।"

"पर देवता तो झूठा नहीं।"

"तो क्या वह बहुत सच्चा है?"

"सच्चा है तो बरखा क्यों नहीं होती?"

"देवता को बुरा कहने से दोष लगता है।"

"हजार बार लगे"'धूर्त देवता! ले, सुन लिया। वह अब हमारे खेतों में क्यों आएगा? वह धनवानों की पूरी-कचौरी खाने लगा है। अब उसे निर्धन गोंडों की क्या परवाह है।"

चिंतू की आलोचना हल्दी के मन में गम घोल रही थी। उसने झोंपड़ी की दीवार से टेक लगा ली और धीरे-धीरे अच्छे दिनों को याद करने लगी, जब भूख का भयानक मुँह इतना न खुला था। वह खुशी फिर लौटेगी। देवता फिर खेतों में आएगा। उसकी मुसकान फिर नए दानों में दूध भर देगी। उसका मन डाँवाँडोल था। देवता"'पापी?"'नहीं तो"'नीच? नहीं तो। वह बाहर चला गया तो क्या हुआ? कभी तो उसे दया आएगी ही।

हल्दी सँभलकर बोली, "सच मानो! देवता फिर आएगा यहाँ।"

चिंतू का बोल और भी तीखा हो गया, "अरी, अब बस भी कर, मेरी राँड! तेरा देवता कोई साँप थोड़े ही है जो तेरी बीन सुनकर भागा चला आएगा।"

उस दिन रामू बंबई से लौट आया। उसे देखकर हल्दी की आँखों को एक नई ही भाषा मिल गई। बोली, "सुनाओ रामू भाई! बंबई में तो तुमने देवता को देखा भी होगा।"

रामू खामोश रहा।

मेरा विचार था कि रामू ने बंबई में मजदूर-सभा के भाषण सुन रखे होंगे और वह साफ कह देगा कि देवता-वेवता कुछ नहीं होता। आदमी अन्न को खुद उपजाता है—अपने लहू से, अपने पसीने से। आदमी यदि आदमी का लहू चूसना छोड़ दे तो आज ही संसार की काया पलट जाए। अकाल तो पहले से ही पड़ते

आए हैं; बड़े-बड़े भयानक अकाल, पर अब पूँजीपति रोज-रोज किसानों और मजदूरों का लहू चूसते हैं और निर्धनों के लिए सदा ही अकाल पड़ा रहता है। यह अकाल देवता के छू-मंतर से नहीं जाएगा—इसके लिए पूरे समाज को झिंझोड़ने की आवश्यकता है।

हल्दी फिर बोली, "रामू भाई! चुप्पी क्यों साध ली तुमने? हमें कुछ बता दोगे तो तुम्हारी विद्या तो न घट जाएगी। बंबई में तो बहुत बरखा होती होगी। पानी से भरी काली-ऊदी बदलियाँ घिर आती होंगी···और बिजली चमकती होगी। इन बदलियों में, रामू!···और वहाँ बंबई में देवता को रत्ती भर दुःख न होगा।"

रामू के चेहरे पर मुसकान आते ही झट गंभीरता में बदल गई। वह बोला, "हाँ हल्दी! अन्नदेव अब बंबई के महलों में रहता है···रुपयों से खेलता है···बंबई में हल्दी, जहाँ तुमसे कहीं सुंदर लुगाइयाँ रहती हैं···"

हल्दी कुछ न बोली। कदाचित् वह उन दिनों के संबंध में सोचने लगी, जब रेल इधर आ निकली थी, और अन्नदेव पहली गाड़ी से बंबई चला गया था।

आँसू की एक बूँद, जो हल्दी की आँख में अटकी हुई थी, उसके गाल पर टपक पड़ी। पूरे आकाश पर बादल जुट रहे थे। मैंने कहा, "आज अवश्य धरती पर पानी बरसेगा।"

हल्दी खामोशी से अपने बच्चे को थपकने लगी। कदाचित् वह सोच रही थी कि क्या हुआ, यदि देवता को वहाँ सुंदर लुगाइयाँ मिल जाती हैं। कभी तो उसे घर की याद सताएगी ही और वह आप-ही-आप इधर चला आएगा।

(चाय का रंग)

□

ब्रह्मचारी

पंचतरणी की वह रात मुझे कभी न भूलेगी। न पहले किसी पड़ाव पर सूरजकुमारी ने इतना श्रृंगार किया गया था, न यह गैस का लैंप सजाया गया था। इस प्रकाश में सूरजकुमारी के विवाह के वस्त्र कितने भड़कीले नजर आते थे।

दोनों घोड़ेवालों को विशेष रूप से बुलाया गया था। एक का नाम था अजीजा और दूसरे का रफी। जयचंद का कश्मीरी क्लर्क जियालाल बहुत खुश नजर आता था। स्वयं जयचंद भी दूल्हा बन बैठा था। रसोइए को न जाने इस महफिल में कुछ आकर्षण क्यों न अनुभव हुआ, काम से छुट्टी मिली तो यात्रा का बाजार देखने चला गया।

प्रेमनाथ से बिना कुछ कहे-सुने ही जब मैं श्रीनगर से पैदल ही पहलगाँव के लिए चल पड़ा था, तब किसे खबर थी कि इतने अच्छे खेमे में स्थान मिल जाएगा। सूरजकुमारी ने मेरा भेद पा लिया था। उसने जयचंद को बता दिया कि मैं घरवालों की रजामंदी के बिना ही इधर चला आया हूँ। इस प्रकार उसने अपने पति की सहानुभूति मेरे लिए और भी उभार दी।

जियालाल ने अजीजा से वह गीत गाने का अनुरोध किया, जिसमें एक कन्या कहती है—बेदमुश्क की खुशबू मेरे मन में बस गई है। बावरे भौंरे! तू कहाँ जा सोया है?

उसे यह गीत याद न था। उसने सोचा होगा कि वह युवती, जिसके मन में बेदमुश्क की खुशबू बस गई थी, सूरजकुमारी से कहीं अधिक सुंदर होगी। यह और बात है कि कश्मीर की बेटी को अकसर खूबसूरत लिबास नसीब नहीं होता।

स्वयं सूरजकुमारी न जाने क्या सोच रही थी! मुझे उसका वह रूप याद आ रहा था, जब वह हरा दुपट्टा ओढ़े घोड़े पर सवार थी और चंदनवाड़ी पार करके बर्फ के उस पुल पर उतर पड़ी थी, जिसके नीचे से शेषनाग बह रहा था। तब वह

जंगल की अप्सरा प्रतीत होती थी। रास्ते में जंगली फूल चुनकर चलते-चलते जियालाल ने एक गजरा तैयार किया था। और वह मुसकान मुझे कभी न भूलेगी जो जियालाल से वह गजरा लेते समय सूरजकुमारी की आँखों में मचल उठी थी।

मैंने कहा, "गीत तैयार करना बहुत कठिन तो नहीं। शब्दों को बाँसुरी में से गुजार दो, गीत बन जाएगा।"

सूरजकुमारी बोली, "मेरे पास तो किसी पर प्रभाव डालने वाले शब्द भी नहीं रह गए। हाँ, बाँसुरी मैंने सँभालकर रखी है···कभी मुझे भी कविता और संगीत की धुन लगी थी।"

मैं खामोश हो गया और अपने मन में उससे यही कहा—घबरा नहीं, खामोश दुलहन! तेरे बोल तो बहुत सुरीले हैं···वे अवश्य किसी दिन फिर बाँसुरी में से गुजरेंगे···और अपने गीतों में तू मुझे भूल तो न जाएगी···

अजीजा ने लोचदार आवाज में गाना आरंभ किया—

लज फूले अंदवनन
च कनन गोय नामेओन?
लज फूले कोलसरन
वोयू नीरन खसवो,
फूली योस्मन अंदवनन
च कनन गोय नामेओन?

अर्थात्—दूर जंगलों में फूल खिल गए। क्या मेरी बात तेरे कानों तक नहीं पहुँची? कोलसर जैसी झीलों में फूल खिल गए। उठो, हम चरागाहों की ओर चढ़ेंगे। दूर जंगलों में चमेली के फूल खिल गए। क्या मेरी बात तेरे कानों तक नहीं पहुँची?

जयचंद कश्मीरी भाषा खूब समझता था। कश्मीर में ठेकेदारी करते उसे कई वर्ष हो गए थे। सूरजकुमारी ने क्यों इस भाषा में दिलचस्पी नहीं ली थी, इस बात पर अधिक आश्चर्य मुझे उसी रात हुआ। जयचंद बोला, "यह किसी कुँआरी का गीत है। उसने देखा कि वसंत आ गया, चमेली के फूल भी खिल गए। और फिर शायद अचेतन रूप से उसने यह भी अनुभव किया कि वह खुद भी चमेली का एक फूल है।"

गीत का एक ही रेला अजीजा को मेरे समीप खींच लाया। सारे रास्ते में मैंने कभी उसे इतना खुश नहीं देखा था। आदमी कितना छिपा रहता है—उसे जानने का यत्न भी तो मैंने अब तक नहीं किया था।

रोज-रोज की लंबी यात्रा से हम बहुत थक गए थे। अब इस शगल में सब

थकावट भूल गई। सूरजकुमारी का सुंदर चेहरा सामने न होता तो अजीजा को वंसत का गीत न याद आया होता।

सूरजकुमारी कह रही थी, ''बाबूजी, मैंने सुना है कि इस वादी में बहनेवाली पाँचों नदियों का पानी, जो इतना पास-पास बहता है, एक-दूसरी से कम या ज्यादा ठंडा है।''

जयचंद बोला, ''शायद यह ठीक हो।''

मैं सोचने लगा कि सब पुरुष भी तो एक तबीयत के मालिक नहीं होते···स्त्रियाँ भी स्वभाव की दृष्टि से एक सी नहीं होतीं···वाह री प्रकृति! पंचतरणी की पाँचों नदियों का पानी भी एक समान ठंडा नहीं।

''पार्वती इन नदियों में बारी-बारी से स्नान किया करती थी, बाबूजी!''

''तुमसे किसने कहा?''

''जियालाल ने।''

जियालाल चौंक पड़ा। सूरजकुमारी ने विनोदमयी हँसी हँसकर जयचंद की ओर देखा, जैसे वह स्वयं ही एक पार्वती हो और अपने शिव को रिझाने का यत्न कर रही हो।

मैंने अजीजा से कोई दूसरा गीत गाने का अनुरोध किया। वह गा रहा था—

वनि दमई आरवलन यार कुनि मे लखना?
छोह लोगम मसवलन यान कुनि मे लखना?
दमई स्यंदजलन यार कुनि मे लखना?

अर्थात्—आरवल के फलों में तुम्हें तलाश करूँगी। कहीं तुम मिलोगे नहीं, मेरे प्रियतम? मेरे बाल-बाल को अपने से घृणा हो गई है। कहीं तुम मिलोगे नहीं, प्रियतम? सिंधु नाले के पानी पर तुम्हें तलाश करूँगी। कहीं तुम मिलोगे नहीं, प्रियतम?

रफी उस वृक्ष के समान था, जिसे झिझोड़ने पर ऊँची टहनी पर लगा हुआ फल नीचे नहीं गिरता। उसने एक भी गीत नहीं सुनाया, पर जियालाल काफी उछल पड़ा और बगैर रस्मी तकाजे के उसने गाना शुरू किया—

चूरी यार चूलमताय तहीमा ड्यूठवून
तहीमा ड्यूठवून,
दूरन मारन ग्राय लोलो, ग्राय लोलो
व्यथिवी विगन्याव रूबहाथ करवने
संगरमालन छाय लोलो, छाय लोलो!

अर्थात्—मेरा प्रियतम चोरी-चोरी भाग गया। क्या तुमने उसे देखा है कहीं, देखा है कहीं? कान की बालियाँ हिलाते हुए, हिलाते हुए, उठो परियो, हम रूव नाच नाचेंगे। पहाड़ियों की छाया में, छाया में!

जियालाल मुसकरा रहा था। शायद खुद ही अपने गीत पर खुश हो रहा था। सूरजकुमारी की ओर ललचाई आँखों से देखना व्यर्थ न रहा। वह उसकी भाषा न समझती थी, दाद न दे सकती थी, पर उसे मुसकराता देख वह भी मुसकराने लगी।

सूरजकुमारी की मुसकान कितनी मोहिनी थी। वह कालिदास की किसी शृंगार-रस की कविता के समान थी, जिसमें शब्द एक से अधिक अर्थ प्रस्तुत करते हैं। मेरी समझ में यही बात आई कि उसकी मुसकान जयचंद और जियालाल के लिए नहीं, बल्कि मेरे लिए है।

पर मैं इस माया में फँसने के लिए तैयार न था। कच-देवयानी की पुरानी गाथा मेरी आँखों के आगे फिर गई—सूरजकुमारी शायद देवयानी थी और मैंने अनुभव किया कि मैं भी किसी कच से कम नहीं हूँ।

अतीत का कच स्वर्ग का वासी था, मैं इसी धरती का। यही अंतर था। वह धरती पर एक ऋषि के आश्रम में अमर रहने की विद्या सीखने आया था और मैंने यात्रा के दिन काटने के लिए जयचंद के खेमे में आश्रय पाया था। स्वर्ग से चलते समय कच ने यह वचन दिया था कि वह यह विद्या सीखकर वापस स्वर्ग में लौटना और वहाँ के वासियों को इसका लाभ पहुँचाना कभी न भूलेगा। इसके लिए सबसे अधिक यही आवश्यक था कि वह ब्रह्मचर्य-पालन करे। ऋषि किसी को यह विद्या आसानी से सिखाता न था। कितने ही युवक इससे पहले भी आ चुके थे। हर कोई ऋषि के क्रोध द्वारा वहीं खत्म हो गया, पर जब कच आया तो ऋषि की कन्या देवयानी उसपर मुग्ध हो गई। अपने पिता से अनुरोध करके उसे यह विद्या सिखाने पर राजी कर लिया। जब कच यह विद्या सीख चुका तो वह वापस जाने के लिए तैयार हो गया। देवयानी कहती है—देखियो, इस वेनुमती नदी को मत भूलियो। यह तो स्वयं प्रेम के समान बहती है!

कच उत्तर देता है—इसे मैं कभी न भूलूँगा···इसी के समीप जब मैं यहाँ पहुँचा था, तब मैंने तुम्हें फूल चुनते देखा था और मैंने तुमसे कहा था—मेरे योग्य सेवा हो तो कहो।

देवयानी कहती है—हाँ, इसी प्रकार हमारा प्रेम आरंभ हुआ था···अब तुम मेरे हो···स्त्री के हृदय का मूल्य पहचानो···प्रेम भी किसी विद्या से सस्ता नहीं···और

अब सबके सब देवता और उनका भगवान् अपनी सम्मिलित शक्ति से तुम्हें वापस न ले सकेंगे···मुझे फूल भेंट करने के विचार से बीसियों बार तुमने पुस्तक परे फेंक दी थी···अनगिनत बार मुझे वे गीत सुनाए थे जो सदा स्वर्ग में गाए जाते हैं। तुमने यह प्यार केवल इसीलिए तो नहीं अपनाया था कि यों मुझे खुश रख सको और आसानी से वह विद्या सीख लो, जिसे मेरे पिताजी ने पहले किसी को सिखाना स्वीकार न किया था।

कच कहता है—मुझे क्षमा कर दे देवयानी!···स्वर्ग में तो मुझे अवश्य जाना है। फिर मैं तो ब्रह्मचारी हूँ।

देवयानी उत्तर देती है—ब्रह्मचारी!···तुम यहाँ आ निकले थे। धूप तेज थी। छाया देखकर यहाँ आ बैठे। फूल चुनकर तुमने मेरे लिए हार बनाया था। अब स्वयं अपने हाथों से हार का धागा तोड़ रहे हो। देखो, फूल गिरे जा रहे हैं···

कच कहता है—ब्रह्मचारी तो मैं हूँ ही। स्वर्ग में हर कोई मेरी प्रतीक्षा में होगा। वहाँ मुझे अवश्य जाना है···और यह तो प्रत्यक्ष है कि जहाँ तक मेरी आत्मा का संबंध है, अब स्वर्ग में मुझे शांति प्राप्त न होगी।

मैंने सोचा कि एक लिहाज से मैं कच से कहीं अधिक उपयुक्त कारण प्रस्तुत कर सकता हूँ। मैं कह सकता हूँ—सूरजकुमारी! तेरी मुसकान तेरे पति के लिए होनी चाहिए। देवयानी के समान तू किसी ऋषि की अविवाहित कन्या थोड़े ही है।

सूरजकुमारी अँगड़ाई ले रही थी। उसके बालों की एक लट उसके गालों पर सरक आई थी। मुझे संबोधित करते हुए बोली, "बस या अभी और···?"

मैंने पूरा भाव समझे बिना ही कह दिया, "बस,. और नहीं।"

"और नहीं···खूब रही! मैं तो इधर की भाषा समझती नहीं। तुम्हारे लिए बाबूजी ने अजीजा को यहाँ बुलाया। अब थोड़े से गीत सुनकर ही तुम्हारी भूख मिट गई। तो यों ही गीतों की रट लगी थी पहलगाँव में।"

मैंने कहा, "नहीं जीजीजी, आपको नींद आ रही है और शायद अजीजा भी सोना चाहता है।"

अजीजा कुछ न बोला और जयचंद ने महफिल बरखास्त कर दी। अजीजा तथा रफी चले गए, जयचंद और सूरजकुमारी के बिस्तर लगाकर रसोइया हमारे पास आ बैठा।

सूरजकुमारी पूछ रही थी, "सुना है बाबूजी, गुफा में कबूतरों का जोड़ा भी दर्शन देता है।"

"सवेरे तुम खुद देख लोगी।"

"ये कबूतर कहाँ से आते हैं?"

"अब यह मैं क्या जानूँ?"

"एक सुनारिन ने बताया था कि ये कबूतर शिव और पार्वती के रूप हैं।"

"शायद स्त्रियों का वेद यही कहता है।"

रसोइया सो चुका था। सूरजकुमारी और जयचंद भी सो गए। जियालाल बोला, "उफ, कितनी सर्दी है!"

"कितनी सर्दी है! ब्रह्मचारी होकर भी सर्दी नहीं सह सकते। लज्जा की बात है।"

"ब्रह्मचारी तो मैं हूँ, पर मैं इस जलवायु का आदी नहीं हूँ।"

"ब्रह्मचारी को किसी भी ऋतु से डरना नहीं चाहिए।"

"तुम भी तो ब्रह्मचारी हो।" उसने ताना मारा।

"तो मैं कब डरता हूँ?"

"तो क्या तुम खेमे के बाहर खुले आसमान के नीचे सो सकते हो?"

यह बात मैंने जोश में आकर कह दी थी। मैंने अपनी मोटी कश्मीरी लोई उठाई और खेमे से बाहर निकल गया। जियालाल मेरे पीछे भागा। मैं रुककर खड़ा हो गया। चाँदनी छिटकी हुई थी। सन्नाटा था।

वह बोला, "मैंने तो हँसी में कह दिया था और तुम सच मान गए।"

"सच हो या झूठ। मैं दिखा दूँगा कि ब्रह्मचारी डरता नहीं।"

"अच्छा तो खेमे के समीप ही सो जाओ।"

मैं खेमे के समीप ही लोई में लिपटकर लेट गया। वह अंदर से चटाई निकाल लाया। बोला, "इसे नीचे डाल लो। ऐसी तो कोई शर्त नहीं थी कि नंगी धरती पर सोकर दिखाओगे।"

चटाई डालकर वह मेरे पैरों की ओर बैठ गया। बोला, "अरे यार, मुफ्त में क्यों जान गँवाते हो?"

"उँह!"

मैंने कंधे फड़काते हुए कहा, "मुझे किसी बात का खतरा नहीं है।"

"अच्छा, तो मैं ठेकेदार साहब को जगाता हूँ,?" जियालाल बोला।

फिर जियालाल उस मुसलमान चरवाहे की कहानी सुनाने लगा, जिसने एक बड़ा काम किया था। यात्रीगण अमरनाथ का रास्ता भूल गए थे। उसने यह रास्ता ढूँढ़ निकाला था और इसके बदले में अब तक उसकी औलाद को चढ़ावे का

एक माकूल हिस्सा मिलता आ रहा है।

मैंने शरारत के तौर पर कहा, "वह चरवाहा उस समय जरूर ब्रह्मचारी होगा।"

वह हँस पड़ा और अंदर जाकर लेट गया। मैं चाँद और तारों की ओर देख रहा था। प्राचीन काल में बड़े-बड़े ऋषि इधर आते थे तो खेमों में थोड़े ही रहते थे। यों खुले आकाश तले पड़े रहते होंगे। इस कड़ाके की सर्दी से वे डरते न थे।

कुछ देर के बाद तारे मेरी सृष्टि में काँपने लगे। चाँद धुंध में लिपट गया। स्वप्निल पलकों ने आँखों को सी दिया और···

मैंने देखा कि जियालाल घोड़े पर सवार सूरजकुमारी को गजरा पेश कर रहा है और वह पेशावर की हरे दुपट्टेवाली सुंदरी अजब अंदाज से मुसकरा रही है। मैंने जियालाल को चेतावनी देते हुए कहा, "जियालाल! तुम्हारा आदर्श नारी से कहीं ऊँचा है। नारी एक इल्यूजन है—माया!"

जियालाल एक व्यंग्य भरी मुसकान से मेरी ओर देखने लगा और बोला, "पर यह माया भी कितनी सुंदर है। मुझे इस मृगतृष्णा के पीछे भटकने दो!"

अजीजा बेदमुश्क की टहनी लिये आ रहा था। मैंने झट उससे प्रश्न किया, "यह किसके लिए लाए हो, अजीजा?"

"उस वसंत की दुलहन के लिए, जो खेमे में इस वक्त सपने देख रही है।" अजीजा ने नीम मदहोश आँखों से मेरी ओर देखते हुए कहा।

उस समय मुझे किसी सूरजकुमारी की आवाज सुनाई दी, जैसे वह गा रही हो—बेदमुश्क की खुशबू मेरे मन में बस गई है···दूर जंगलों में चमेली के फूल खिल गए। क्या मेरी आवाज तुम्हारे कानों तक नहीं पहुँची, मेरे प्रियतम?

और जैसे कोई जयचंद कह रहा हो—तुम्हारी आवाज मैंने सुन ली। उठो, हम चरागाहों की ओर चलेंगे।

फिर सूरजकुमारी तितलियों के पीछे भागी। जयचंद भी उसके साथ साथ रहा। सूरजकुमारी को देखकर मुझे उस चीनी युवती का ध्यान आया, जिसे तितलियों ने फूल समझ लिया था और टोलियाँ बनाकर उसके गिर्द जमा हो गई थीं···पर ये तितलियाँ तो सूरजकुमारी से भाग रही थीं और उनका पीछा करते उसकी साँस चढ़ रही थी। जयचंद को देखकर मुझे चीनी इतिहास के उस सम्राट् का ध्यान आया जिसने पिंजरों में सैकड़ों तितलियाँ पाल रखी थीं। जब उसके बाग में सुंदर युवतियाँ जमा होतीं तो वह आज्ञा देता कि पिंजरों के द्वार खोल दिए जाएँ। ये तितलियाँ बला की सयानी थीं। वे सबसे सुंदर युवती के गिर्द जमा हो जातीं और इस प्रकार यह

सुंदरी सम्राट् की आँखों में जँच जाती···क्या इस जयचंद ने भी तितलियों की सहायता से इस सूरजकुमारी को चुना था? पर ये तितलियाँ तो न सूरजकुमारी की परवाह करती थीं, न जयचंद की···

दौड़ती-दौड़ती सूरजकुमारी एक चरवाहे के पास जा पहुँची। बोली, "बाँसुरी फिर बजा लेना। पहले मेरे लिए तितली पकड़ दो—वह सुंदर तितली, जो अभी-अभी सामने फूल पर जा बैठी है।" शायद तितली के बजाय वह उस नौजवान चरवाहे को ही गिरफ्तार करना चाहती थी और फिर जब उसने पीछे मुड़कर देखा तो उसे जयचंद नजर न आया।

वह गा रही थी—कहीं तुम मिलोगे नहीं, मेरे प्रियतम? आरवल के फूलों में तुम्हारी तलाश करूँगी।

कहीं से कोई जियालाल आ निकला। बोला—तू नरगिस है—खुमार से भरपूर। तू लाज से गरदन झुकाए हुए है···और वह सूरजकुमारी बोली—बावरे भौंरे! मैं तेरी बाट जोह रही थी।

जयचंद को आता देखकर जियालाल भाग गया, नहीं तो वह बुरी तरह पिटता। जयचंद बेतहाशा गालियाँ देने लगा। सूरजकुमारी सिर झुकाए खड़ी थी। पैर के अँगूठे से वह जमीन कुरेदती रही।

मैंने तय कर लिया कि अब यह खेल और न देखूँगा। अपनी लोई में सिमटकर लेट गया। सूरजकुमारी का विचार भी मेरे दिल में न उठे, बस यही मेरी कोशिश थी। पर सूरजकुमारी थी कि सामने से हटती ही न थी। मेरे पास आ बैठी और अर्थपूर्ण निगाहों से मेरी ओर देखने लगी। उसे अपने बिलकुल समीप पाकर मैं बहुत घबराया और चिल्लाते हुए मैंने कहा, "नारी! नारी माया है और फिर मैं तो एक ब्रह्मचारी हूँ।"

उसने मेरा सिर अपनी जाँघ पर रख लिया। मैं घबराकर उठ खड़ा हुआ और बोला, "न बाबा! मुझे पाप लगेगा।"

"और मुझे भी?"

"हाँ।"

"प्यार तो पाप नहीं।"

मैं चुप रहा। वह बोली, "अब याद आया। जियालाल से गजरा लेकर मैंने उसे थोड़ी सी मुसकान दे दी थी। उस दिन से तुम कुछ तने-तने से रहते हो···तुम्हारे हाथ किस तरह ठंडे यख हो रहे हैं, जानते हो?"

"हो जाने दो?"

"पैर नीले हो रहे हैं।"

"होने दो। तुम जाओ।"

वह मुझे सहलाती रही। उसकी बाँहें कितनी सुखदायक थीं। उनमें कितनी गरमजोशी थी। वह मुझसे लिपट गई। मुझे भींचने लगी। मैं सँभल न सका। शरीर हारता जाता था।

क्या सचमुच मैं वह दीया हूँ, जिसका तेल कभी खत्म नहीं होता, जिसकी बाती कभी बुझती नहीं? क्या नारी माया है? सूरजकुमारी भी माया है? उसकी बाँहों की गरमजोशी, उसकी लंबी-लंबी पलकें और उसके उभरे हुए गाल—क्या यह सब माया है? इस प्यार से भगवान् रुष्ट होते हैं तो हो जाएँ। यह बात थी तो ये सूरतें न बनाई होतीं, यह भावना न दी होती।

ऊपर तारे झिलमिला रहे थे। मेरे मन में प्यार की भावना जाग रही थी। मैंने कहा, "अपने बिखरे हुए बाल ठीक कर लो।"

वह कुछ न बोली। मैं उठ बैठा। "सूरजकुमारी! तुमने कितना कष्ट किया," मैंने कहा, 'इस सर्दी में तुम यहाँ बैठी हो? खेमे में चली जाओ।'

वह कुछ न बोली। मुझे यह अनुभव हुआ कि बाँसुरी में सुर जाग उठेंगे···जरूरी नहीं कि बाँसुरी मुँह लगाने से ही बजे, हवा भी तो सुर जगा सकती है···और उसका गीत मुझे सदा के लिए जीत लेगा।

मुझे एक पुरानी कथा याद आ गई। देखा कि सामने एक आश्रम है। मैं आश्रम के द्वार की ओर चला गया। देखा कि एक सुंदर युवती मुँह बिसूर रही है। भीतर से ऋषि बाहर आता है। पूछता है, "क्या दुःख है तुझे देवी!" युवती कहती है, "मुझे विश्राम चाहिए।"···ऋषि घबरा जाता है—"विश्राम! पर देवी! यहाँ तो नारी के लिए कोई स्थान नहीं।"···युवती कहती है, "केवल आज की रात—सवेरे ही मैं अपनी राह लूँगी।" ऋषि कहता है, "अच्छा, सामने उस कुटिया में चली जा—भीतर से साँकल लगा लीजिओ।" और···आधी रात बीत जाने पर ऋषि की वासना जाग उठती है। वह युवती की कुटिया की ओर जाता है, द्वार खटखटाता है। "ऋषिदेव! यह पाप होगा" युवती भीतर से कहती है, "तुम तो मेरे पिता के समान हो।" वह द्वार नहीं खोलती। ऋषि छत फाड़ने लगता है···इससे पूर्व कि वह छत फाड़कर अंदर कूदे, वह सुंदर युवती अपना सत बचाने के लिए बाहर भाग जाती है···फिर जैसे किसी ने तसवीर उलटी लटका दी हो, मैंने देखा कि ऋषि अपने हवनकुंड के समीप सो रहा है और वह सुंदर युवती उसके पास आ बैठी है। उसने ऋषि का सिर अपनी जाँघ पर रख लिया है। ऋषि घबराता है, सकुचाता है, पर

फैलती और सिमटती हुई बाँहों की पकड़ उसे भागने से रोके रखती है।

मेरा शरीर सर्दी से अकड़ रहा था। अपनी जिद पर झुंझलाने के लिए जिस गरमी की आवश्यकता होती है, वह ठंडी पड़ गई थी। दिल से बातें करते-करते मैं फिर निद्रा के प्रवाह में बह गया···

मेरा सीना गरम हो गया था, गरदन भी और कंधे भी। पेट भी गरम हो रहा था। पेट की निचली अँतड़ियाँ ठंडे पानी से निकलकर आग की ओर लपकनेवाले बच्चों के समान संघर्ष कर रही थीं। गरदन के पास तो गरम और खुशगवार खुशबू में बसी हुई साँस लिपट रही थी। जाँघें भी चेतनाहीन थीं, जैसे वे मेरी न हों। और पैरों में किसी ने सीसा भर दिया था—ठंडा और भारी!

मैंने बोलना बंद कर दिया था। कौन जाने, यह क्या चीज थी, जो मेरे भीतर ब्रह्मचर्य के विचार का पीछा कर रही थी। इस विचार की आवाज शरीर की एक-एक गहराई से सुनी-अनसुनी सी उठ रही थी। यह कुछ ऐसी अवस्था थी, जो सोते-सोते छाती पर हाथ आ पड़ने से हो जाती है···कोई मेरा दिल खटखटा रहा था। मैंने एक अँगड़ाई ली। हाथ की ठंडी अँगुलियाँ पेट पर आ लगीं। अब यह गरम था। जाँघों में भी कुछ गति अनुभव हुई और यह भी अनुभव होने लगा कि पैर भी अब मेरे शरीर से अलग नहीं।

सूरजकुमारी भी चुप थी, पर जब उसकी बाँहें मुझे भींचने के लिए फैलती और सिमटती थीं, तब वह कनखियों से मेरी ओर देखकर कुछ कहना चाहती थी, पर उसके होंठ, जो देर तक उड़ते रहनेवाले पक्षियों के समान पंख समेटकर आराम कर रहे थे, हिलकर रह जाते। अधसोई सी उसकी आँखें थीं, जैसे घने जंगल की छाया में किरणें झिलमिला उठती हैं। उसकी आँखों में मूक सी मुसकान थरथराने लगती। अपनी आँखें मैंने उसकी गरदन की ओर मोड़ीं। देखा कि उसकी रगें मदहोश सी लेटी हैं।

जोर से कंधे हिलाकर मैं उसकी आँखों के अंदर झाँकने लगा। क्या यों देखना पाप है? क्या ब्रह्मचर्य ही सबसे ऊँची वस्तु है? क्या इसके लिए समस्त सौंदर्य-बोध छोड़ देना चाहिए—यह सब सौंदर्य-बोध जो सुंदरता, गरमजोशी और आत्मविस्मृति से मिलकर बना है?

सूरजकुमारी जो पहले ऊँघ-ऊँघ जाती थी, अब शायद किसी सपने की सुखदायक छाया के बजाय स्वयं जीवन में थिरकनेवाले स्नेह का आनंद चाहती थी। उसकी आँखें फैलने लगीं। पलकों की श्यामलता धीरे-धीरे दूर होती गई। मेरी आँखें खुल गईं। कुछ देर तो नीले आकाश के गिर्द किरणों का दृश्य रहा—एक

मस्त फैला हुआ दृश्य। फिर यह दृश्य सिमटकर सूरजकुमारी की आँखों में बदल गया।

मेरा सिर उसकी गोद में था। वह मेरी ओर देख रही थी। मैं डर गया। मैंने आँखें बंद कर लीं। सूरजकुमारी ने अपना हाथ मेरी आँखों पर फेरा। दुबारा आँखें खोलीं तो देखा कि खेमे के अंदर हूँ, पैरों के पास अँगीठी सुलग रही है और कई उदास चेहरे मेरे गिर्द जमा हैं। देखने की शक्ति के साथ-साथ सुनने की शक्ति भी लौट आई। संस्कृत के कुछ बोल मेरे कानों में पड़े। कोई पंडितजी मेरे लिए प्रार्थना कर रहे थे, अपने-आप या इन लोगों के कहने पर।

मैं खामोश था। कृतज्ञता के बोझ से दबा हुआ था। अपनी हठधर्मिता पर लज्जित भी था। दोनों विचार काफी देर तक रहे। फिर कुछ शैतानी भावनाएँ, जिनसे हमारा जीवन स्थिर है, धीरे-धीरे जागने लगीं। मैंने सोचा कि यदि यह हठधर्मिता न होती तो सूरजकुमारी की गोद की रसानुभूति और शांति कैसे प्राप्त होती। सूरजकुमारी की आँखें सहसा चमक उठीं। मैं डर गया। क्या उसने मेरी भावना का भेद पा लिया है? शर्म, बेबसी, खुदफरेबी और न जाने किन-किन चीजों से पैदा होनेवाली एक मुसकान मेरी उगती हुई मूँछों में कहीं गुम हो गई। सूरजकुमारी ने लोगों से कहा, ‘‘अब ये ठीक हैं···ठीक हो जाएँगे। आप लोग बिस्तर वगैरह सँभालिए। अमरनाथ जाने का समय हो गया है।’’

लोग इत्मीनान से यात्रा की तैयारी में व्यस्त हो गए, पर पंडितजी अभी तक मंत्र पढ़े जा रहे थे···उनकी आँखें बंद थीं। सूरजकुमारी ने एक बार पंडितजी को देखा और फिर मेरी ओर मुँह मोड़कर एक ललचाई सी अदा से मुसकराकर कहा, ‘‘उठो, ब्रह्मचारीजी!’’

(चाय का रंग)

□

नए धान से पहले

यह कंगलों की कतार थी। हू-ब-हू कमान की तरह। एक साथ कहीं सात आदमी खड़े थे तो कहीं दस, स्त्रियाँ और बच्चे और पुरुष, युवक और वृद्ध। सभी एक तराजू में तुल रहे थे। सभी भूखे थे। नन्हे बच्चे सूखी छातियों को चिचोड़ रहे थे। बड़ी आयु के बच्चे कतार से निकलकर लंगर के दरवाजे पर पहुँचने के लिए जिद कर रहे थे। लंगरवालों ने लाख यत्न किया कि स्त्रियों और पुरुषों की अलग-अलग कतारें बन जाएँ, पर यह भारी-भरकम कमान अपने स्थान पर डटी रही।

कतार में खड़े-खड़े जयश्री के मन में एक शब्द गूँज उठा, 'सतयुग!' न जाने सतयुग कब आएगा। कौन जाने, आएगा भी या नहीं। सतयुग, त्रेतायुग, द्वापरयुग, कलियुग। और कलियुग के बाद फिर सतयुग आता है। सतयुग कितने वर्ष का होता है, कुछ मालूम नहीं। कलियुग की आयु भी तो कोई नहीं जानता। हाँ, याद है—त्रेता बारह लाख छियानबे हजार वर्ष का होता है और द्वापर आठ लाख चौंसठ हजार वर्ष का। पुरोहित तो शास्त्र और पुराण पढ़ता है। उसने ठीक ही कहा होगा। कलियुग की आयु शास्त्र भी नहीं जानते। न जाने कलियुग का अंत होगा या नहीं? शायद कलियुग त्रेता से भी बड़ा हो। जब से होश सँभाला है, यही सुनती आई हूँ कि पाप की नैया भर चुकी है और यह अब डूबी, तब डूबी। उसके मन में अनगिनत गिद्ध मँडराने लगे। ये सब गिद्ध उसपर झपटने की कोशिश में थे। उसने सोचा कि सतयुग अब आए या न आए, ये गिद्ध तो हम कंगलों को नोच-नोचकर खा जाएँगे। हम बच नहीं सकते। सब सहमे जा रहे हैं। जैसे सबको गिद्ध नजर आ रहे हों। राखाल उसका हाथ भींचते हुए 'माँ, भूख! माँ, भूख' कहकर रट लगा रहा था। कोई और समय होता तो वह उसका हाथ छुड़ाकर भाग जाता, पर अब उसके शरीर में इतनी शक्ति न थी।

जयश्री ने राखाल की गरदन थपथपाते हुए सोचा—आठ साल से मैं इसे

पालती आई हूँ। अरे, अरे! इसका पेट तो कुप्पा हो रहा है। किस तरह हड्डियाँ निकल आई हैं। आज इसका पिता जीवित होता तो वह कहीं-न-कहीं मजदूरी ढूँढ़ ही लेता। लंगर के सामने घंटों खड़े रहो, फिर कहीं थोड़ा दाल-भात प्राप्त होता है। आखिर हम कैसे बच सकते हैं? उसके मन में भूखे गिद्ध बराबर मँडराते रहे। ये गिद्ध राखाल पर भी झपटना चाहते थे।

राखाल ने माँ का हाथ खींचे हुए पूछा, ''हमें दाल-भात कब मिलेगा, माँ? गरम-गरम दाल-भात?''

''हमारी बारी तो आ ले राखाल,'' जयश्री ने उसे चूमने का यत्न करते हुए कहा।

न जाने हमारी बारी आएगी भी या हमारी बारी आने से पहले ही सब दाल-भात खत्म हो जाएगा। शायद हम यहाँ खड़े-खड़े गिर पड़ेंगे और अनगिनत गिद्ध हमें नोच-नोचकर खा जाएँगे। भूख के मारे पेट श्मशान की तरह जल रहा है। हाय राम! हमारी भूख का अब कभी अंत नहीं होगा। हम भूखे हैं और गिद्ध भी तो भूखे हैं। कोई कहाँ तक धैर्य रखेगा? न जाने अभी और कितनी देर होगी? अधिक नहीं तो थोड़ा ही सही। शीघ्र नहीं तो देर से ही सही। बस, दाल-भात मिले अवश्य। ये लंगरवाले भी कितने दयावान हैं। ये हमें मृत्यु के मुख से बचाने का यत्न कर रहे हैं।

···जयश्री, ओ जयश्री! गाँव छोड़ते हुए उसके पति ने कहा था, 'पहले मेरी मृत्यु होगी। जब तक मैं जीवित हूँ, यमदूत तुम्हारी ओर देख भी नहीं सकते···!' 'यह मत कहो पतिदेव! पहले मैं मरूँगी। तुम बच जाओ और मेरा राखाल बच जाए···!' 'अरे, अरे! जयश्री, तुम्हें चिंता काहे की है! राखाल का बाल भी बाँका न होगा।'

उसने सोचा कि इस कलियुग में यह एक सतयुगी बात हुई कि उसका पति वचन निभा गया। कंगले का जीवन किसे पसंद होगा? और यह जीवन भी कोई जीवन है? यह तो बोझ है, बोझ, भारी-भरकम बोझ। अरे, कोई इसे कब तक ढोता रहेगा?

···जयश्री, ओ जयश्री! कुल की बेल सदा ही हरी, जयश्री! अरे, अरे! तुम तो गर्भवती हो, जयश्री! सात महीने तो हो भी गए, दो महीने रह गए हैं। बेटा जनमेगा तो सब कष्ट दूर हो जाएँगे और अगर बेटी आ गई? ऊँह! बेटी नहीं चाहिए। बेटा चाहिए, बेटा। बेटा, जो धरती में हल चलाएगा, बेटा जो बरस के बरस नया धान उगाएगा···

यह भयानक अकाल और मैं गर्भवती हूँ। जयश्री ने झुँझलाकर राखाल का हाथ झटक दिया। जैसे सब क्रोध उसी पर उँड़ेल देना चाहती हो, पर अगले ही पल वह पहले ही की तरह उसकी गरदन थपथपाने लगी—राखाल—चंदा बेटा—हाँ, हाँ, कुल की बेल सदा ही हरी।

"सुख में दान दिया जाता है, उस दान का फल दुःख में मिलता है," पीछे से एक बुड्ढा खाँसता हुआ कह रहा था, "हम दान लेने पर मजबूर हैं।"

"ऐसा अकाल तो न देखा था, न सुना था," एक बुढ़िया कह उठी, "पहले तो अकाल उसी समय पड़ता था, जब वर्षा न होती थी और धान की फसल मारी जाती थी, पर इस साल तो इतना धान हुआ, इतना धान हुआ, फिर भी यह भयानक अकाल—हे भगवान्, यह अकाल कब खत्म होगा?"

"हम फिर अपने गाँव को जाएँगे, दीदी!" एक लड़की ने शह दी, "जिसको मरना था, वे कभी के मर गए। अब ये लंगरवाले हमें मरने न देंगे।"

"तुम जीना चाहो तो शौक से जियो, बेटी!" बुढ़िया बोली, "मुझे तो भगवान् अपने पास बुला ले तो लाख-लाख धन्यवाद करूँ।"

जयश्री बड़े ध्यान से ये बातें सुनती रही। दाईं टाँग का बोझ बाईं टाँग पर डालते हुए उसने राखाल का मुख चूम लिया, बोली, "तेरा बाप तो हमें छोड़ गया, राखाल! अब तू ही उसकी निशानी है, राजा बेटा, चंदा बेटा!"

"स्वर्ग में तो अकाल न पड़ता होगा," बगल में बैठी वह लड़की कह रही थी, "भूख की महामारी भोगते हुए हमें कितना कष्ट होता है, यह हमारे देवता क्या जानें?"

"सुखेर लागिया ऐ घर बाँधीनू, अनले पोड़िया गैलो!" वह बुढ़िया गुनगुना रही थी, "चंडीदास बाबा सच कह गए—सुख के लिए यह घर बनाया था, हाय यह आग में जल गया!"

और जयश्री को झट अपनी झोंपड़ी का ध्यान आया। अभी तो वह उसी तरह खड़ी होगी। उसके मन में शंख की आवाज गूँज उठी। जैसे देवताओं को जगाया जा रहा हो। देवता तो स्वर्ग में रहते हैं, पर उनकी मूर्तियाँ मंदिरों में स्थापित की गई हैं। हर रोज रात में उन्हें सुलाया जाता है और सवेरे जगाया जाता है। स्नान के पश्चात् तरह-तरह के भोजन उनके सामने रखे जाते हैं। जमींदार बाबू के राजमहल से उनके लिए अलग पकवान पककर आते हैं। शायद इसीलिए वे जमींदार बाबू को कुछ नहीं कहते, चाहे जमींदार बाबू निर्धन प्रजा पर कितना ही अत्याचार क्यों न करता रहे। महाजन भी देवताओं को खुश रखता है और हमारी

रही-सही जमीनें हड़प करते हुए जमींदार बनता चला जाता है। देवता चुप हैं। लुटे हुए लोग उनके सामने हाथ बाँधे खड़े रहें, पत्थर और धातु के देवता उनका न्याय नहीं कर पाते।

पीछे से धक्के शुरू हो गए थे। जयश्री ने झट राखाल को सँभाल लिया। पीछे मुड़कर देखना कठिन था। इन लोगों को शर्म भी तो नहीं आती। आज उन्हें दाल-भात न दिया जाए तो कल से ये आदमियों की तरह खड़े हुआ करेंगे! पर झट उसके मस्तिष्क के दूसरे भाग से आवाज आई—दाल-भात क्यों न दिया जाए? यह तो बहुत कड़ी सजा होगी। ये भी क्या करें? पीछे से ये भी तो धक्के खा रहे हैं।

कटहल के पेड़ न होते तो सूर्य उसके अर्धनग्न शरीर पर सूइयाँ चुभोता चला जाता। छाया रहने पर भी वह पसीना-पसीना हुई जाती थी। राखाल ने उसका हाथ खींचा। गरदन घुमाकर वह माँ की आँखों में झाँकने लगा। अरे! अरे राखाल! तू भी पसीना-पसीना हो रहा है। मेरा राजा बेटा—चंदा बेटा, तुझे बहुत भूख लगी होगी। अरे, आज तो मैं तुझे अपने हिस्से में से ही थोड़ा सा दाल-भात दे दूँगी···फिर जरा झुककर उसने राखाल के पेट पर हाथ फेरते हुए कहा, 'हाय, यह तेरे पेट को क्या हो गया, राखाल? हाय राम, यह कैसा रोग है?'···अगले ही क्षण उसने हाथ फेरकर राखाल के माथे से पसीने की बड़ी-बड़ी बूँदें पोंछते हुए उसका मुख चूम लिया और कहा, "राजा बेटा, राजा बेटा। अरे, अरे! आज तो गरम-गरम दाल-भात खाएगा मेरा राजा बेटा।"

वह जोर-जोर से सिर खुजा रही थी। मुई जुएँ, लहू पीनेवाली जुएँ! न जाने इतनी जुएँ कहाँ से पैदा होती रही हैं! न जाने ये जुएँ कभी मरेंगी भी या नहीं! हाय राम! ये जुएँ मेरा सब लहू पी जाएँगी, पीती चली जाएँगी।

"न जाने अब गाँव की क्या दशा होगी?" पीछे से वह बुड्ढा कह रहा था, "मुझे गाँव छोड़े ढाई महीने हो गए।"

"अब तो वहाँ भूत बसते होंगे, भूत!" बुढ़िया बोली, "अब वहाँ इनसानों का क्या काम?"

"चावल का दाना-दाना गाँव से निकालकर ले गए तो गाँववाले गाँव छोड़ने पर मजबूर हुए," वह लड़की कह उठी, "अब कोई अपने गाँव को लौटकर नहीं जाएगा।"

"कहाँ चला गया चावल?" जयश्री ने झुंझलाकर कहा, "कौन ले गया चावल? तुमसे यह कैसे देखा गया भगवान्?"

कतार आगे को सरक रही थी। अभी लंगर का दरवाजा दूर था। इस तरह तो

बहुत समय बीत जाएगा। पाव घंटा, आधा घंटा, एक घंटा। न जाने कितने आध घंटे। जयश्री की अँगुलियाँ उसके बालों में धँस गईं। पीछे से उलझा-उलझा शोर सुनाई देने लगा। जैसे लोग लंगर के दरवाजे पर धावा बोलने का षड्यंत्र कर रहे हों। यह शोर कतार के अगले हिस्से की ओर सरकने लगा। ''हाय दाल, हाय भात!'' किसी ने नारा लगाया और फिर पूरी कतार पंखे की तरह डोलती दिखाई दी।

यह इंतजार उसे एक लंबा नीरस सपना प्रतीत हुआ। यह जीवन एक बोझ है। इसे कब तक उठाया जाए? उसने घूमकर बूढ़े की ओर देखा। वह शायद इसी क्षण की प्रतीक्षा में खड़ा था कि यह अधेड़ स्त्री गरदन घुमाकर उसकी ओर देखे। वह जयश्री को घूर रहा था, जैसे कह रहा हो—बावरी, हम सब मुरदे हैं, मुरदे। कब्रों से उठकर हम यहाँ खड़े हो गए हैं। चलो, फिर से कब्रों में जा सोएँ, बावरी!

उसे बाढ़ का ध्यान आया। यह बाढ़ तो हर साल आती है। भगवान् का श्राप! कितने गाँव बह गए। कितने पशु डूब गए। हाय राम, आदमी कितने कष्ट सहता है! बाढ़ के बाद धरती में दरारें-ही-दरारें नजर आईं। पोखरों में पीने का पानी गँदला और कसैला हो गया। हे भगवान्! यह बाढ़ बंद नहीं हो सकती—यह भूख की बाढ़? हाय, हम ही धान उगाएँ और हम ही भूख से मरें। यह कहाँ का न्याय है?

सिर खुजाने की बजाय अब वह नथुनों के बाल उखाड़ रही थी। राखाल चाहता था कि बंदर की तरह उछले और अभी लंगर के दरवाजे पर पहुँच जाए। अपने-अपने हिस्से का दाल-भात लेकर हर कोई परे नदी की ओर चला जाता है। वे अभी इसी तरह करेंगे उसने सोचा कि वह माँ के हिस्से में से थोड़ा दाल-भात जरूर ले लेगा। आज उसे काफी भूख लग रही थी, आज तो वह अपने हिस्से में से माँ को थोड़ा सा भी भात न देगा।

पसीने की दुर्गंध निरंतर बढ़ती चली गई। जयश्री के मन में बराबर गाँव का विचार चक्कर काटता रहा। अब किसे पता हो सकता है कि वह लौटकर वहाँ जाएगी या नहीं? पति नहीं, राखाल तो है। राखाल परिश्रम करेगा और अपनी जमीन छुड़ा लेगा। रास्ते के भिखारियों की तरह वह कभी अपने बच्चे के साथ मारी-मारी न फिरेगी। वह जरूर अपने गाँव को लौटेगी।

''उमर भर का पसीना जैसे आज ही टपक पड़ेगा,'' लड़की कह रही थी।

बुढ़िया बोली, ''क्या धनवान, क्या निर्धन, पसीना तो सबके शरीर से टपकता है।''

पीछे से बूढ़ा कह उठा, ''मैं प्यासा हूँ। मेरे भीतर पानी की एक बूँद भी न

होगी। फिर न जाने इतना पसीना कहाँ से निकल रहा है?''

और फिर बुड्ढे ने जयश्री को टहोका दिया। जैसे पूछ रहा हो—बावरी, तू क्यों चुप खड़ी है? पर जयश्री ने गरदन घुमाकर बुड्ढे की ओर या लड़की की ओर देखने की आवश्यकता नहीं समझी।

सामने से एक युवक ने गरदन घुमाकर देखा, जैसे कह रहा हो—हूँ तो मैं तेरा कन्हैया, राधे! पर मैं सचमुच भूख से मरा जा रहा हूँ और मैं जानता हूँ कि राधे, तू भी भूखी है। जयश्री ने कन्हैया और राधा को ध्यान से देखा। कभी तो वह भी अपने कन्हैया की राधा थी। फिर उसे अपने पति के अंतिम दिनों का ध्यान आया। उसे भीख माँगना पसंद न था और उसने प्राण छोड़ दिए। उस दिन वह कैसे बिलख-बिलखकर रो रही थी। पायल बेचकर उसने दाह-संस्कार के लिए लकड़ी खरीदी थी। हाय राम, आज उस चिता की राख को हवा उड़ाए लिये फिरती होगी—न जाने कहाँ-कहाँ?

उसका मन फिर गाँव की ओर घूम गया। अभी कल तक गाँव में उसका सम्मान बना हुआ था। कहीं-न-कहीं से यात्रावाले आ निकलते। कन्हैया और राधा का खेल खेला जाता। चंडीदास के पद गाए जाते। जीवन को पंख लग जाते। हर कोई गाने लगता। वह प्रतिवर्ष यात्रावालों के लिए नया धान निकाला करती। उसे मालूम था कि वे पैसे लेकर खुश रहते हैं। वह महाजन की दुकान चली जाती और सस्ते दामों पर धान बेचकर नकद पैसे ले आती। रात में मशालों के प्रकाश में जब यात्रावाले थाली में आरती का चौमुखा दीपक रखकर सारी सभा में घुमाते तो वह झट उसमें पैसे डाल देती। पिछली बार उनके लिए तीन सौ रुपए जमा हो गए थे। पचास रुपए तो अकेले जमींदार बाबू ने दिए थे, पूरे पचास। ऊँह! ये रुपए भी तो हमारे ही थे। अरे, काम करें हम और मौज उड़ाएँ जमींदार बाबू। धन्य है तेरा न्याय, हे भगवान्, धन्य है तेरी लीला! उसे याद था कि उसने केवल एक रुपया दिया था। एक रुपया। कन्हैया नाचे, राधा नाचे। इसका तो कोई मोल नहीं दिया जा सकता। यात्रावालों को जो कुछ भी दिया जाए, थोड़ा है। अरे, यही तो उनकी खेती है। मृदंग कहता है—कन्हैया की जय, राधा की जय। मजीरा कहता है—कन्हैया साँवरे और राधा गोरी। राधा गाती है—मैं ब्रज की गोपी मुरलीवाले के संग रास रचाऊँ। अरे, कहाँ ब्रज और कहाँ बँगलादेश। सारा देश कन्हैया साँवरे और राधा गोरी का ही तो है।

यह भयानक अकाल। अरे, अरे, इसे राधा गोरी और कन्हैया साँवरे भी न रोक सके—यह सोचते हुए जयश्री ने लंगर के द्वार की ओर एक लंबी दृष्टि

दौड़ाई। उसने बाँहें फैलाने का यत्न किया। एक बार फिर वह गाँव की स्मृति में खो गई। उसे याद था कि कैसे चावल महँगा होता गया और किस तरह लोग अंधे होकर चावल बेचते चले गए। महाजन खुश थे। वे किसानों को समझा रहे थे कि अब महँगे भाव पर चावल बेच डालो। फिर सस्ते दामों पर चावल खरीद लेना। समय-समय का जादू है। यह अवसर नित्य तो नहीं आता। और हम मूर्खों ने इतना भी नहीं सोचा कि सारी फ़सल तक खाने योग्य ही सही, चावल घर में तो रख लें। चावल निकलता गया। घर में खाने योग्य चावल भी जा रहा था। आखिर यह भयानक घड़ी भी आई कि चावल का दाना सोने के भाव बिकने लगा कलियुग में। अरे, अरे, अरे! यह कैसा कलियुग है?

पीछे से बुड्ढे ने जयश्री को टकोहा दिया। जयश्री मुड़-मुड़कर उसकी ओर देखने लगी। जैसे कह रही हो—हाँ बाबा! हाँ बाबा! दुनिया मुसाफिरखाना है। आज यहाँ, कल वहाँ, अब हम भिखारी रहेंगे—उमर भर, रास्ते के भिखारी। नित-नित तो यह दाल-भात मिलने से रहा। उसे याद आया कि गाँव छोड़ने से कुछ ही दिन पहले उसने हाट-बाजार में एक बुड्ढे को राधा और कन्हैया की मूर्तियाँ बेचते देखा था। अरे, अरे! वह बुड्ढा तो इस बुड्ढे से मिलता-जुलता था। वह कितना मजबूर था। जिन मूर्तियों को उसके पुरखा पूजते आए थे, उन्हें वह बहुत सस्ते दामों पर बेच रहा था। उसके जी में तो आया कि वह पूछ ले, पर वह चुप खड़ी रही।

फिर उसके सामने तारापद की शक्ल घूम गई। उसने उन दलालों की बुरी गत बनाई थी, जो नगर से स्त्रियों की दलाली करने आए थे। हरामी, सूअर, राक्षस से चले आए गाँव में। अरे, गाँव की कन्याएँ भी किसी की बेटियाँ हैं, किसी की बहनें। हरामी, सूअर हैं राक्षस—ये गालियाँ उसके मन में गूँज उठीं…हाय री दुनिया! उसी तारापद ने गाँव की सबसे सुंदर लड़की को पकड़कर बेच डाला। न जाने वह किधर निकल गया। हरामी, सूअर, राक्षस! गाँव छोड़ने से पहले वह न एक, न दो, न तीन, पूरी सात कन्याओं को बेच चुका था। उसे तो खूब भात-दाल मिलता होगा। रसगुल्ले, संदेश और न जाने क्या-क्या। उसे हमारी तरह लंगर के सामने घंटों प्रतीक्षा न करनी पड़ती होगी। अब तक तो वह बड़ा दलाल बन चुका होगा। सबसे बड़ा दलाल।

अब लंगर का दरवाजा समीप था। राखाल खुश नजर आता था। अब माँ का हाथ खींचकर लंगर के दरवाजे तक दौड़ लगाने की कुछ आवश्यकता न थी। गरम-गरम दाल, गरम-गरम भात। अपने हिस्से का दाल-भात वह स्वयं खाएगा। माँ लाख कहे कि थोड़ा सा मुझे दे दो, राखाल! भगवान् ने बड़ा पेट लगाया है।

और मुझे तुमसे ज्यादा भूख लगती है। वह एक नहीं सुनेगा।

···जयश्री, ओ जयश्री! सब जमीन बंधक रख दी और एक बोरी चावल मिला। एक बोरी चावल। अरे, जानती है, आजकल एक बोरी चावल का क्या मोल है? सवा दो सौ, बल्कि ढाई सौ। अरे, अब तो कोई तीन सौ भी माँग ले तो कोई पूछनेवाला नहीं···पतिदेव, सात दिन से हम घुइयाँ के पत्ते खा रहे हैं, और ये पत्ते भी कब तक मिलेंगे?···अरे, सुन तो जयश्री, आधी बोरी चावल के लिए एक बीघा जमीन बेचकर आ रहा हूँ···पाप महापाप, हाय तो तुमने राखाल का भाग्य बेच डाला। हाय राम! अब राखाल यह जमीन न छुड़ा सकेगा···अरे, मैं क्या करता···? महाजन तो सारी जमीन की रजिस्ट्री कराने के बदले दो बोरी चावल देने को तैयार था। मैंने सोचा कि राखाल का सारा भाग्य क्यों बेच डालूँ। अरे, हमारे जीवन में तो कलियुग का अंत होने से रहा, पतिदेव! यह अकाल हमें खा जाएगा। फिर सतयुग आए या न आए। चलो, अब इस गाँव से निकल चलें। अब हम अमान की फसल के लिए भी लौटकर नहीं आएँगे···

उसे याद था कि उन्होंने रात के बढ़ते हुए अंधकार में गाँव छोड़ा था। उस रात महाजन की बैलगाड़ियाँ भी किसी चोर बाजार की लंबी रहस्यमयी यात्रा पर चल पड़ी थीं। चावल ही चावल। इतना चावल कहाँ जा रहा था?

अब वह लंगर के दरवाजे के सामने पहुँच चुकी थी। उसे उसी समय पता चला, जब राखाल ने अपने हिस्से का दाल-भात ले लिया। उसने भी अपने हिस्से का दाल-भात सँभाल लिया।

"अन्नदाता, सदा ही सुखी रहो!" वह बोली, "अन्नदाता की सदा ही जय!"

"माँ, ठंडी दाल और ठंडा भात!" राखाल ने ललचाई दृष्टि से माँ का दिल टटोलते हुए कहा, "यह तो बहुत थोड़ा सा है।"

"थोड़ा भी बहुत है, बेटा!" जयश्री ने उसके सिर पर हाथ फेरते हुए कहा, "अरे बेटा, यह भी न मिलता तो हम क्या कर लेते?"

वे नदी की ओर चले जा रहे थे। पीछे से वह लड़की जल्दी-जल्दी पग उठाते उनके साथ आ मिली।

"जरा रुक क्यों नहीं जाती, दीदी," लड़की बोली, "मेरी माँ को भी आ लेने दो। हम एक ही गाँव के नहीं तो न सही। भगवान् ने हमारा मिलाप करा दिया।"

"हाँ बहन, हम दुःख के साथी हैं," जयश्री ने अपना आँचल सँभालते हुए

कहा। उस समय उसकी आँखों में आश्चर्य सा लहरा गया। जैसे वह कह रही हो—अरे, अरे! मेरा तो विचार था कि तुम इस युवक के साथ बैठकर दाल-भात खाओगी।

पीछे से लड़की की माँ भी आ गई। आते ही उसने राखाल की ठोड़ी उठाकर उसे प्यार से चूम लिया और बोली, "अरे चंदा बेटा, थोड़ा दाल-भात तो तुझे मैं भी दे सकती हूँ अपने हिस्से में से।"

नदी के किनारे पहुँचकर उन्होंने अपना-अपना दाल-भात खा लिया। राखाल के फूले हुए पेट पर दृष्टि जमाते हुए लड़की की माँ कह रही थी, "अरे बेटा, तेरा पेट तो ऐसे नजर आता है, जैसे किसी जमींदार का बेटा हो।"

"यह तो कमती भोजन की बीमारी के कारण है, माँ," जयश्री बोली, "अब कौन वैद्य राखाल को दवा देगा?"

जयश्री की रानों में जैसे किसी ने सीसा भर दिया था। उसके कूल्हे भी बुरी तरह दर्द कर रहे थे। वह धरती पर लेट गई।

राखाल भी निढाल हो रहा था। उसके चेहरे पर एक रंग आता था, एक रंग जाता था। जैसे दीया बुझ रहा हो, जैसे चाँद डूब रहा हो।

जयश्री उठकर बैठ गई। लड़की और उसकी माँ भी घबरा गई। उन्होंने राखाल को आराम से लिटा दिया। माँ धीरे-धीरे उसका पेट सहलाने लगी और वहीं लेटे-लेटे राखाल की आँखें लग गईं।

जयश्री बराबर घबराई हुई मालूम होती थी। बोला, "कुछ तुम्हें भी मालूम है बहन कि यह कलियुग कब खत्म होगा?"

"यह तो बहुत कठिन प्रश्न है, दीदी। इसका उत्तर तो जनता के सेवकों को भी मालूम नहीं होगा जो हमें रोज समझाते हैं कि नया युग आनेवाला है।"

लेटे-लेटे राखाल ने करवट ली। उसे पतला दस्त आया। जयश्री ने राखाल को पोंछकर दूसरी ओर लिटा दिया और गलाजत को ढाँप दिया। उसका दिल जोर-जोर से धक-धक करने लगा। इस बार फिर वह राखाल का पेट सहलाती रही।

"सतयुग—नया युग—यह कब आएगा, बहन?" जयश्री ने उड़ने के लिए आकुल पक्षी के समान बाँहें फैलाते हुए कहा।

"यह तो मैं नहीं जानती हूँ, दीदी! सुनती हूँ, नए युग में जमींदार न होंगे। जो हल चलाएगा, वही जमीन का मालिक होगा।"

"वह युग कब आएगा? सतयुग?"

"हमारे साथी कहते हैं—दीदी, यह दाल-भात हमें दान में नहीं दिया जा रहा है, इसपर हमारा अधिकार है। वे कहते हैं, सब लोग फिर अपने-अपने गाँव में

लौटेंगे। फिर नया धान होगा। हम इतना खाएँगे कि खूब मोटे हो जाएँगे,'' उसने अपनी बाँहों को फैलाते हुए कहा।

जयश्री ने बहुत से हवाई किले बनाए। कलियुग खत्म हुआ। सतयुग शुरू हो चुका था। अब इस सतयुग का अंत कभी न होगा। उसकी कल्पना जाग उठी। कन्हैया की बाँसुरी गूँजने लगी। एक नया गान···यात्रा वाले लोग सभा में चौमुखा दीया घुमा रहे थे। लोग बढ़-बढ़कर थाल में पैसे डाल रहे थे। कन्हैया कह रहे थे—अब इस देश में अकाल नहीं पड़ेगा, राधे! और राधा कह रही थी—देखो कन्हैया, अब कभी जमींदार किसानों पर हुक्म न चलाएँ, सब चोर बाजार भी खत्म हो जाएँ···कन्हैया कह रहे थे—जो हल चलाए, वही जमीन का मालिक। जमींदार वही, जो हल चलाए···

राखाल की हालत खराब होती गई। जयश्री घबरा गई। उसने राखाल का सिर अपनी जाँघ पर रख लिया। तो क्या यह दीया बुझ जाएगा? जैसे वह इसे अपने आँचल में छुपाकर हवा के हमले से बचाने का यत्न कर रही हो। अरे, अरे! यहाँ तो दीये का तेल ही खत्म हो रहा है। हाय राम, मैं लुट जाऊँगी!

जयश्री होनी से बेखबर न थी। वह मृत्यु को देख सकती थी। राखाल के गले में बाँहें डालते हुए उसने आकाश की ओर निगाह उठाई, जैसे वह किसी छिपी हुई शक्ति से प्रार्थना कर रही हो। उसने राखाल की नब्ज पर हाथ रखा और चीख मारी। राखाल की नब्ज टूट रही थी।

उसका सब लहू पानी बन चुका था। अब तो यह पानी भी खुश्क हो रहा था। सबके देखते-देखते उसने प्राण छोड़ दिए।

कन्या सत्कार समितिवालों को बुला लाई। वे तीन आदमी थे। जयश्री नहीं जानती थी कि सत्कार समितिवाले यह काम सेवा-भाव से करते हैं। इसलिए उसने अपनी कलाइयों के चाँदी के कंगन उन्हें देने चाहे, पर उन्होंने इन्हें स्वीकार न किया, क्योंकि इस काम में लेना-देना तो होता ही नहीं।

वे दौड़कर लकड़ी ले आए। जरा हटकर चिता बनाई गई। जयश्री ने अपनी चीथड़ा-चीथड़ा चादर में राखाल को कफना दिया। सत्कार समितिवालों ने उसे उठाकर चिता पर रखा। जयश्री ने अपने हाथ से चिता में आग लगाई।

लाल-लाल लपटों की पृष्ठभूमि में रात के साए गहरे होते जा रहे थे। जयश्री बोली, ''अभी कलियुग का अंत होने में देर है। अभी सतयुग शुरू नहीं हो सकता।''

समितिवाले जा चुके थे। जयश्री चिता के पास लेट गई। लड़की और माँ उसे दिलासा देती रहीं···जयश्री, ओ जयश्री! जैसे उसका पति उससे कह रहा हो—अरे, मेरी निशानी तो तेरे पास रहेगी। अरे, तू गर्भवती है, जयश्री! और फिर, जैसे उसे

मानसिक धचका सा लगा, यह भूख—भयानक भूख! और मैं गर्भवती हूँ। मेरी भूख कोई आज की भूख तो नहीं। यह तो युग-युग की भूख है। और फिर उसे खयाल आया कि यह भूख का कलियुग कभी खत्म नहीं होगा। हाय राम, सतयुग कैसे शुरू हो सकता है?

वह रात रतजगे ही में कट गई। सूरज की पहली किरणों में जयश्री ने चिता से राख की चुटकी उठाकर माथे पर लगा ली। उसकी कल्पना में फिर अनगिनत गिद्ध मँडराने लगे। ये गिद्ध बहुत भूखे थे। जैसे वह पूछना चाहती हो कि क्या अब ये गिद्ध जीवित इनसानों पर झपटना चाहते हैं।

एक दिन, दो दिन, तीन दिन।

जयश्री वहीं पड़ी रही। लड़की और माँ के लाख अनुरोध करने पर भी वह लंगर की ओर जाने के लिए राजी न हुई। वह इसी तरह मर जाना चाहती थी।

"तुम तो गर्भवती हो, दीदी! और गर्भवती को सदा खुश रहना चाहिए।" लड़की ने जयश्री के सीने पर अपना सिर थपथपाते हुए कहा।

जयश्री ने नाक सिकोड़ते हुए लड़की को परे हटा दिया। उसे तो इधर 'गर्भवती' शब्द से भी घृणा हो गई थी।

माँ बोली, "तेरे तो बेटा जनमेगा, बेटी जयश्री!"

जयश्री उठकर बैठ गई। उसने सोचा कि उसका बेटा सतयुग में जन्म लेगा, अपना भाग्य लाएगा, वह सतयुग में पलेगा।

लड़की बोली, "तुम देखती नहीं दीदी, कि धरती नई करवट ले रही है, अब नया युग शुरू होगा।"

"नया युग—सतयुग?"

"हाँ दीदी, लोग कहते हैं कि उन्होंने समय की मुड़ती हुई धारा को देख लिया है।"

"वे सच कहते होंगे।"

"वे कहते हैं, अब नया प्रभात होगा, धरती की काया पलट जाएगी।"

"सच!"

"वे कहते हैं, अब नया धान उगेगा—जनता के लिए धान, सबके लिए धान।"

"फिर तो सतयुग आ रहा है, सतयुग!"

पास से माँ ने चिढ़कर कहा, "अभी सतयुग कहाँ है? अभी कलियुग है। मुझसे पूछो, यह कलियुग कभी खत्म न होगा।"

माँ ने एक दलाल की बात छेड़ दी। जयश्री की आँखों में तारापद का रूप

घूम गया। माँ कह रही थी, ''और वह मुझसे मेरी बेटी माँगता था। कहता था—तेरी बेटी तो राजकन्या है, उसके भाग्य में तो रानी होना लिखा है, बोल इसका क्या लेगी? निगोड़े ने रत्ती भर शरम न की।''

''तुमने क्या जवाब दिया, माँ?'' जयश्री ने हैरानी से पूछा।

''मैंने तो सौ बात की एक बात कह दी—न बाबा, मेरी लड़की तो भाग्यवती है। वह अपना भाग्य स्वयं चुनेगी।''

जयश्री ने सोचा—शायद तारापद इधर आ निकला हो, शायद वह तारापद ही हो। लड़की सिर झुकाए बैठी रही और धूल पर गोल-गोल घेरे बनाती रही।

हरामी, सूअर, राक्षस—जयश्री ने तारापद को मन-ही-मन गाली देते हुए कहा, ''पापों की नैया भरकर डूबती है।''

''हाँ बेटी, पापों की नैया भरकर डूबती है।''

''उस दलाल ने अपना नाम क्या बताया था, माँ? तारापद तो नहीं था उसका नाम?''

''मैंने पूछा नहीं बेटी, और उसने बताया नहीं अपना नाम।''

''देखने में कैसा था वह? बहुत मोटा-ताजा, घुँघराले बाल, बड़ी-बड़ी आँखें और आवाज ऐसी, जैसे झाँझ बजती हो—कहो न माँ?''

''तुमने कैसे जान लिया बेटी? वह ठीक ऐसा ही था।''

''वह वही तारापद होगा, वही हमारे गाँव का तारापद है।''

''तुम्हारे गाँव का तारापद?''

''हाँ माँ, पहले तारापद भला आदमी था। पहली बार गाँव में आनेवाले दलालों को उसने पुलिस के हवाले कर दिया। फिर स्वयं दलाल बन गया। यह कैसा कलियुग है? देवता भी राक्षस बनने लगे।''

''पहले वस्त्र उजला होता है, बेटी! मैला होने पर इसे धोया भी जा सकता है।''

उधर लड़की धूल पर बहुत बड़ा चक्र बना चुकी थी। जयश्री ने उसके कंधे पर हाथ रखते हुए कहा, ''बहन, तुम यही कहना चाहती हो न कि समय भी एक चक्र है।''

''हाँ दीदी, इसका न आदि है, न अंत।''

''सतयुग, त्रेतायुग, द्वापरयुग, कलियुग—कलियुग! और कलियुग के बाद फिर सतयुग आता है। पहले वस्त्र उजला होता है। फिर मैला हो जाता है। और फिर जब यह धुल जाता है तो समझो कि सतयुग आ गया।''

"सतयुग जरूर आएगा, दीदी! अपनी धरती होगी, अपने हल और अपने हँसिए होंगे। और धान उगानेवाले किसान कंगलों की तरह लंगर के सामने खड़े नहीं रहा करेंगे।"

जयश्री जमीन पर लेट गई। उसके चेहरे का रंग बदल रहा था। वह गर्भवती थी। कैसी-कैसी टीसें उठने लगती हैं? अभी तो दो महीने बाकी हैं, उसने सोचा। पर पिछले तीन दिनों से पेट में बच्चे की हरकत बंद हो चुकी थी।

माँ बोली, "चंदा बेटा तो समय पर जन्मेगा। हम तो तेरे पास ही हैं। तुझे चिंता काहे की, जयश्री?"

...जयश्री, ओ जयश्री! हम तो सौ-सौ पीढ़ियों से किसान हैं...हाँ पतिदेव, पर हमारा जमींदार हम पर सदा अत्याचार करता आया है...जयश्री! हमारी अवस्था कभी नहीं बदली...हाँ पतिदेव, हमारे गाँव में सदा से अकाल पड़ रहा है...जयश्री, ओ जयश्री! यह अकाल पहले सब अकालों की चरम सीमा है...पर पतिदेव! अब तो युग पलट रहा है! कलियुग के गर्भ से सतयुग जन्म ले रहा है। इन टीसों का उठना जरूरी है...।

"हाय, मैं मर गई, मेरी मैया!" जयश्री बार-बार चिल्ला उठती थी। उसका कष्ट कोई साधारण कष्ट न था। लड़की कहीं से थोड़ा तेल माँग लाई थी। और माँ एक दाई के समान जयश्री के पेट पर बराबर मालिश करती रही।

समय से पहले बच्चे ने जन्म लिया। था तो बेटा, पर मुरदा। माँ ने जयश्री को सँभालते हुए कहा, "बच्चे को ढक ले, बेटी! हाय राम, भाग्य को कौन बदल सकता है!"

जयश्री बेहोश पड़ी थी।

जरा होश आने पर वह हिली। उसने उठने का प्रयत्न किया। जैसे वह बच्चे का मुख देखने के लिए व्याकुल हो रही हो, पर एक धचके के साथ वह गिर पड़ी। उसका कष्ट सदा के लिए मिट गया। नया धान उगे या न उगे। अब उसे क्या?

लड़की ने निकट भविष्य की ओर दृष्टि दौड़ाते हुए कहा, "जयश्री ने कहा था न माँ, कि कलियुग का अंत होनेवाला है और पापों की नैया डूबने वाली है। क्या अपने धचके से जयश्री ने नैया को डुबोने के लिए आखिरी जोर तो नहीं लगा दिया?"

(नए धान से पहले)

□

अर्चना के पापाजी

"रूपम्, तुम्हारी क्या बात है," मैंने कहा। और इसके उत्तर में जैसे एक ग्रामोफोन रिकार्ड शुरू हो गया हो। पहले रूपम् ने कालिदास के अनेक श्लोक सुना डाले, फिर भवभूति की ओर भी उसका ध्यान गया, पर जब वह स्वयं अपनी कविता पर पहुँचा तो जैसे ग्रामोफोन की सूई एक ही स्थान पर रुककर उकता देनेवाले स्वर उत्पन्न करने लगी।

जिस कोठी में मुझे ठहरने के लिए स्थान मिला है, वहाँ मौलसिरी के अनेक पेड़ हैं। उसने बड़े गर्व से कहा, "आप अपनी आँखों से देख लेंगे कि ये वृक्ष कितने सुंदर हैं।"

मैंने कहा, "ये वृक्ष अवश्य सुंदर होंगे। हाँ, जरा यह तो सोचिए कि यदि ये वृक्ष कालिदास ने देखे होते तो उनकी लेखनी से कितनी सुंदर कविता का जन्म हुआ होता!"

रूपम् ने इसे कालिदास की कोई कविता सुनाने का निमंत्रण नहीं समझा, बल्कि वह तो अपने कष्टों का बखान करने लगा।

उसने बहुत अनुरोध किया कि मैं इसके साथ उस कोठी पर अवश्य चलूँ। और मुझे उसकी बात रखनी पड़ी। मैं पैदल ही उसके साथ चल पड़ा और जाकर अपनी आँखों से देखा कि जहाँ उसे सुंदर वृक्षों से प्रेरणा मिल सकती है, वहाँ उसकी समस्या कुछ कम कठिन नहीं है।

मैंने बहुत कोशिश की कि रूपम् इधर-उधर की बातों में उलझ जाए, पर उसका मन उस समय इतना खिन्न हो उठा था कि न मैं राजधानी की सड़कों के विचित्र नाम सुनाकर उलझा सका और न राजधानी के बदलते हुए इतिहास के प्रमुख पृष्ठ दिखाकर ही मैं उसे अपनी ओर आकर्षित कर सका। हाँ, जब मैंने उसे अपने एक मित्र की बातें सुनानी शुरू कीं तो वह उछलकर कह उठा, "मुझे भी

मिलवाइए उनसे।'

"जरूर-जरूर," मैंने शह दी, "आपसे मिलकर मेरा वह मित्र सचमुच बहुत खुश होगा। उसके लतीफे सुनकर आप अश-अश हो उठेंगे। हाँ, वह अपने लतीफों की कीमत भी वसूल कर लेता है। आप उसे अपनी कुछ कविताएँ सुना सकते हैं।"

"कविताएँ तो मैं बीस सुना दूँगा," उसने एक विजयी वीर के समान उछलकर कहा, "पर इधर मेरे मन पर वेदना की भारी चट्टान गिरती जा रही है। उसका क्या इलाज किया जाए?"

बस, उस दिन सचमुच वह एकदम उदास होता चला गया। मैं समझ गया कि जब तक उसे कोई स्वतंत्र स्थान नहीं मिलता, तब तक उसकी समस्या ज्यों-की-त्यों बनी रहेगी।

इस कोठी में उसके साढ़ू रहते थे। उसकी साली जीवित होती तो उसे इस कोठी में रहना जरा भी न खटकता। अब तो वह समझता था कि अपने साढ़ू के गले में पड़े ढोल के समान हैं, पर आखिर वह कहाँ जाकर रहता? राजधानी में पहुँचने से पहले उसने बहुत सोचा था। उसका परिवार साथ न होता, तब भी शायद उसे जरा हिचक न होती। परिवार साथ था। पत्नी, तीन कन्याएँ—सबसे बड़ी याचना, जो गाती थी, मझली अर्चना, जिसे नृत्यकला की शिक्षा दी गई थी, सबसे छोटी श्यामली, जिसे सबसे अधिक सैर का शौक था, और तीनों बहनों से छोटा दिलीप, जिसका भविष्य माता-पिता और तीनों बहनों की दृष्टि से बहुत उज्ज्वल था। खैर, रूपम् इतने बड़े परिवार को अपने साढ़ू की कोठी में ले तो आया था, पर प्रतिक्षण उसे इस कोठी में रहना खलता था। वह चाहता था कि उसे कोई किराए का स्थान मिल जाए।

रूपम् से मेरी भेंट की कहानी कुछ कम मनोरंजक नहीं है। मैंने पहले उसका नाम तक नहीं सुना था। एक दिन ट्राम में मैंने उसे देखा। वह मेरे समीप ही खड़ा था। पास वाला व्यक्ति मुझे किनारे की ओर धकेलते हुए सिकुड़कर उसे थोड़ी जगह देना चाहता था, पर मैंने इसका विरोध किया और लाचार होकर उसे अपनी जगह पर खड़े रहना पड़ा। हम ट्राम से एक ही जगह उतरे। उसने न जाने क्या सोचकर मेरा नाम पूछ लिया। अपना नाम बताते हुए सचमुच मुझे बहुत संकोच हुआ, पर मुझे अपना नाम बताना ही पड़ा। उसने आगे बढ़कर मेरा आलिंगन कर लिया। बोला, "मुझे रूपम् कहते हैं!" रूपम्—यह नाम मानो मेरी आत्मा में उतर गया। मौलसिरी के वृक्ष उस समय हमारे समीप होते तो वे भी झूम उठते। हो

सकता है कि हम अपने-अपने रास्ते पर चल पड़ते और दूसरी या तीसरी बार मिलने का प्रश्न ही न उठता, पर रूपम् जाने क्यों मेरी तरफ कुछ अधिक ही खिंच गया। इसका कारण आज तक मेरी समझ में नहीं आया। उसने तुरंत अपनी डायरी में मेरा पता लिख लिया और अगले ही दिन मेरे यहाँ चला आया। दूसरी भेंट में जब उसकी कविताएँ सुनने को मिलीं तो पता चला कि वह पिछले पच्चीस वर्षों से कविता लिखता आ रहा है।

यदि रूपम् चार-पाँच बार आग्रह न करता तो मुझे कालिदास रोड की वह कोठी देखने का सौभाग्य कैसे प्राप्त होता? मैं उसके साथ चल पड़ा। रास्ते भर मैंने अपनी कमजोरी को कोसना चाहा। यह तो बड़ी जबरदस्ती है। हाँ, बड़ी जबरदस्ती। यों हर किसी के साथ हो लेने से किसी पर भी रोब नहीं रहता, पर मैंने पलटकर अपने मन को समझा लिया। इसमें रोब क्यों नष्ट होने लगा? मिलने-जुलने के बिना भी क्या जीवन? मिलने-जुलने से तो सौ-सौ गुत्थियाँ सुलझती चली जाती हैं। एक व्यक्ति की समस्या दूसरे व्यक्ति की समस्या से बहुत अलग तो नहीं है।

कोठी में पिछवाड़े का कमरा और वरांडा इन लोगों के पास था। वहाँ पहुँचकर रूपम् ने सबसे पहले मेरा परिचय अर्चना से कराया और उससे कहा कि वह मेरे लिए पीने का शीतल जल लेती आए। पता चला कि याचना और श्यामली बगीचे में बैठकर कुछ पढ़ रही हैं। दिलीप और उसकी माता सो रहे थे। वर्षा ऋतु का आरंभ हो चुका था। अतः मेरे मुख से ये शब्द न निकले कि यह कौन सा सोने का समय है?

अर्चना ने नीबू और चीनी को जल में मिलाते समय सुंदर अनुभव का परिचय दिया। पहला गिलास उसने मेरे हाथ में थमाया, दूसरा रूपम् के हाथ में। उस समय वह तनिक भी न शरमाई, न उसके हाथ तनिक भी काँपे। पतली गुँथी हुई वेणियाँ दोनों ओर गले में लटकती हुई, कानों के ऊपर से दो गुँथी हुई मेढ़ियाँ (चोटियाँ) सिर के ऊपर से जाकर बटे कलापूर्ण ढंग से आपस में गुँथी हुईं, कानों में सोने की बड़ी-बड़ी बालियाँ और माथे पर गोल टिकुली, जिसका नन्हा दर्पण दूर से चमक रहा था। जहरमोहरे रंग का गरारा, बादामी रंग की कमीज और कंधों पर लहराता दूधिया दुपट्टा—यह उसकी वेशभूषा थी। यह कैसी वेशभूषा है? मैंने अपने मन से पूछने का यत्न किया। नीबू और चीनी मिले जल के घूँट भरते हुए मैं सोच रहा था कि नीबू भी पहले से सस्ते हो गए हैं और चीनी पर भी कंट्रोल नहीं रहा। यह तो अच्छा है। प्रत्येक वस्तु ठीक दाम पर मिलनी चाहिए। कंट्रोल फिजूल है। युद्ध से पहले कहाँ ये सब कंट्रोल होते थे? और अब, जब युद्ध कभी का खत्म

हो गया, एक भी कंट्रोल की गुंजाइश नहीं रही।

रूपम् कह उठा, "अर्चना उदयशंकर की शिष्या है।"

मैंने कहा, "उदयशंकर ने संसार के अनेक रंगमंचों पर हमारी जन्मभूमि के अनेक नृत्य प्रदर्शित करने का श्रेय प्राप्त किया है, पर एक बात है…"

"कहिए," रूपम् ने शह दी।

"हाँ, तो मैं कहने जा रहा था कि युद्ध के दिनों में, जबकि चीनी पर भी कंट्रोल लग गया था, प्रत्येक वस्तु वार क्वालिटी होकर रह गई थी। यहाँ तक कि कला भी, और मैं तो कह रहा हूँ कि इसका कुप्रभाव नृत्यकला पर भी पड़ा है।'

अर्चना और भी परे सरक गई। शायद वह उदयशंकर की कला की आलोचना में ऐसी कोई बात सुनने के लिए तैयार न थी। मैंने सोचा कि काहे को व्यर्थ ही यह बात कह दी। इतने में रूपम् ने बीच-बचाव करते हुए कहा, "इधर आओ, अर्चना! बाहर से याचना और श्यामली को भी बुला लाओ।"

अर्चना बाहर बगीचे की तरफ दौड़ गई। दौड़ने का उसका अपना अंदाज था, जिसपर नृत्यकला की पुट चढ़ी हुई थी। वह झट याचना और श्यामली को अपने साथ लेती आई। याचना के मुख पर संयम और आत्मसम्मान का भाव बहुत प्रबल दिखाई देता था। खादी की सफेद धोती, खादी की सिंदूरी अँगिया में लिपटा हुआ उसका शरीर मानो इस बात की घोषणा कर रहा था—अभी संघर्ष के दिन खत्म थोड़े ही हो गए! श्यामली ने सरदई सलवार, कमीज और इसी रंग का दुपट्टा धारण कर रखा था। तीनों बहनें एक-दूसरी से कितनी अलग थीं। पिता का संकेत पाकर वे पास की कुरसियों पर बैठ गईं।

वरांडे में कुरसी पर बैठे-बैठे याचना ने आवाज दी, "माँ!" दूसरी आवाज के साथ इन कन्याओं की माँ भी उठ बैठी और बाहर वरांडे में चली आई। मेरे समीप आकर उसने दोनों हाथ जोड़कर प्रणाम किया। उसने हरी किनारीवाली खादी की सफेद साड़ी पहन रखी थी। देखने में वह अधेड़ आयु से भी कम लगती थी। रूपम् ने उसका परिचय कराते हुए कहा, "अर्चना की माँ सात वर्ष जेल में रह चुकी है!"

"राष्ट्रीय आंदोलन में स्त्रियों ने पुरुषों से कुछ कम काम तो नहीं किया।" मैंने अपनी कुरसी से उछलकर कहा।

"मैं तो कॉलेज में पढ़ाता रहा या कभी-कभी कविता लिखता रहा," रूपम् ने कुछ दबी-दबी सी आवाज में कहा, "मैंने राष्ट्र के लिए कुछ भी तो वीरता नहीं दिखाई।"

मैंने बात का रुख पलटते हुए कहा, "वीरता ही तो कसौटी नहीं है। सड़क पर खड़े हुए मौलसिरी के वृक्षों को ही लीजिए। इन्होंने कौन सी वीरता दिखाई है? इनके पुष्प, इनकी छाया, इनकी सुंदरता—यही इनकी विशेषता है।"

"अर्चना की माँ, अब कहो।" रूपम् कह उठा।

"ठीक ही तो कह रहे हैं," अर्चना की माँ के मुख पर मुसकान के परदे में कई महत्त्वपूर्ण रेखाएँ खिंचती नजर आईं, 'अगर कहो तो एक बात मैं अपनी ओर से जोड़ दूँ—मेह हो, धूप हो, आँधी हो, मौलसिरी के पेड़ अपने स्थान पर डटकर खड़े रहते हैं, यही तो उनकी वीरता है।"

"अच्छा, अब यह वीरता की गाथा छोड़ो, अर्चना की माँ। इनके लिए कोई चीज बना लाओ," रूपम् ने हँसकर कहा।

"जो कहो, बना लाऊँ? अर्चना की माँ ने पूछा। पर कुछ जवाब नहीं मिला तो खुद ही बोली, "अच्छा, तो थोड़ी प्रतीक्षा कीजिए।" और वह वरांडे के बाएँ कोने की ओर घूम गई। तीनों कन्याएँ भी उठकर माँ के पास चली गईं।

झट आग सुलगा ली गई। चूल्हे में आग की लपटें दिखाई दीं। झट कड़ाही चढ़ा दी गई। अर्चना ने आटा और मीठा घोल लिया। झट मालपूओं की तैयारी शुरू हो गई।

कड़कते घी की सुगंध से इतना तो स्पष्ट था कि घी खरा और ताजा है। मैंने कहा, "मालपूए तलने की प्रथा बहुत पुरातन होगी।"

"जी हाँ," रूपम् कह उठा, "किसी प्रथा की सुंदरता पहले इसी कसौटी पर परखी जानी चाहिए कि वह कितनी पुरातन है।"

मैंने हँसकर कहा, "सड़क पर मौलसिरी के वृक्ष खड़े हैं। ये स्वयं चाहे अधिक पुरातन न हों, पर इनसे इतना तो प्रत्यक्ष है न कि मौलसिरी इस देश की पुरातन वस्तु है; उतनी ही पुरातन, जितनी यहाँ की संस्कृति है। मौलसिरी पर सदैव नूतन पुष्प खिलते हैं—नितांत नूतन! और सच पूछो तो प्रत्येक नूतन पुष्प पुरातन प्रथा को एक पग आगे ले जाने में सहायक होता है।"

मौलसिरी के पेड़ तो बाहर सड़क पर खड़े थे। हम इस कोठी के पिछवाड़े वाले वरांडे में बैठे थे, जहाँ से मौलसिरी का एक भी वृक्ष दिखाई नहीं दे रहा था। कोठी के भीतर तो दूसरे ही वृक्षों की गोलाकार पंक्ति हमारा ध्यान खींच रही थी। फिर भी मुझे अपनी कल्पना पर मौलसिरी का आधिपत्य अनुभव हो रहा था। मौलसिरी, तुझे शत-शत प्रणाम! मैं कहना चाहता था, तेरे पुष्प सदैव खिलते रहें। तेरी छाया और तेरी सुंदरता का क्रम चलता रहे—अटूट गति से!

रूपम् ने पूछा, ''अभी और कितनी देर है मालपूओं में, अर्चना की माँ?''

''अब कुछ देर नहीं,'' अर्चना की माँ झट कह उठी।

''मालपूआ हमारी संस्कृति का प्रतीक है,'' रूपम् कह रहा था, ''वर्षा ऋतु प्रतिवर्ष एक बार अवश्य आती है और इन दिनों मालपूए कितने स्वादिष्ट लगते हैं। ऐसा क्यों है? कभी सोचा आपने?''

मैं रूपम् के इस प्रश्न के लिए तैयार न था। इसलिए मैंने इसका सीधा उत्तर देना ठीक नहीं समझा। मैं तो सोच रहा था कि रूपम् क्या पढ़ाता होगा। उसे वर्षा ऋतु के आगे-पीछे भी तो मालपूओं के स्वप्न आते होंगे।

मालूम होता था कि मालपूए आने में अभी देर है। जोर की हवा चलने लगी और बढ़ते-बढ़ते इसने आँधी का रूप धारण कर लिया। सामने के वृक्षों की गोलाकार पंक्ति जोर-जोर से झूमने लगी।

पर वरांडे के कोने में आग को सँभालने की चिंता में अर्चना की माँ ने घी की कड़ाही नीचे उतार दी और अर्चना ने पानी के छींटों से आग को शांत कर दिया। जितने मालपूए तैयार किए जा चुके थे, उन्हें याचना और श्यामली ने झट ढककर रख दिया। आँधी घटने के स्थान पर और बढ़ती ही चली गई। वृक्षों की गोलाकार पंक्ति का सजीव चित्र उड़ती हुई मिट्टी ने ढाँप लिया था। जिसे कहते हैं—हाथ को हाथ सुझाई न देना—बस, समझ लीजिए कि कुछ ऐसी ही आँधी थी। न जाने इतनी मिट्टी कहाँ से आ गई थी? जाने हवा की गति में इतना वेग कहाँ से आ गया था? मैं अपनी जगह पर डटकर बैठा रहा। रूपम् उठकर एक-दो बार अर्चना की माँ की तरफ गया। शायद वह सिद्ध करना चाहता था कि उसे भी घर की उतनी ही चिंता है, जितनी अर्चना की माँ को। हवा का वेग बढ़ रहा था। जैसे ढेरों मिट्टी कहीं समीप ही पड़ी हो और आज इस मिट्टी ने आकाश को छूने की शपथ ले ली हो। वही हवा, जो थोड़ी देर पहले शांत थी, अब इतनी भयंकर हो उठी थी। ऐसा भी क्या क्रोध था, जिसे प्रकट किए बिना हवा का काम नहीं चल सकता था?

याचना, अर्चना और श्यामली मिलकर ऊँची आवाज से चिल्लाने लगीं, मानो यह भी आँधी को रोकने का कोई उपाय हो। उनकी माँ उन्हें चुप रहने के लिए कहे जा रही थी, पर यों लगता था कि लड़कियों ने आँधी से होड़ लेने का फैसला कर लिया है। दिलीप भी जाग उठा था और वह भी अपनी बहनों के साथ सम्मिलित हो गया था। जब बहन-भाई मिलकर चीखते तो भाई के स्वर उछलकर एक तरफ ही आ गिरते। हवा बराबर चीख रही थी। मिट्टी उड़ रही थी। कोई

आवाज और कोई चीख हवा और मिट्टी की गतिविधि में किसी प्रकार का परिवर्तन न कर सकी।

रूपम् ने मेरे पास बैठे-बैठे जाने क्या सोचकर यह गाथा छेड़ दी कि किस प्रकार ऐतिहासिक तिथि १५ अगस्त से पहले ही वह लाहौर से मसूरी चला गया था। यह ठीक है कि उसका बहुत सा सामान वहीं लाहौर में रह गया, पर यह भी कुछ कम थोड़े ही था कि उसे किसी प्रकार के अनर्थ का सामना नहीं करना पड़ा। याचना, अर्चना की माँ, श्यामली, दिलीप और वह स्वयं—सभी सुरक्षित थे। बैंक से सबका सब रुपया उसने पहले ही उधर से निकलवाकर इधर जमा करवा दिया था। काम छूटने की तो उसे कुछ भी चिंता न थी। चिंता थी तो स्वतंत्र स्थान न मिलने की। दिन-रात वह इसी के लिए यत्न कर रहा था।

मैंने कहा, "ऐसी आँधी में तो प्रकृति का सिंहासन डोल उठता है।"

"शायद यह प्रकृति की परीक्षा है," रूपम् ने शह दी।

"वे आँधियाँ और होती हैं, जो मानवता की परीक्षा लेती हैं।"

"जी हाँ!"

"मानवता को उन्मूलित करनेवाली आँधी के अपराध कभी क्षमा नहीं किए जा सकते।"

"मैं आपसे सहमत हूँ।"

यह अंतिम बात रूपम् ने कुछ इन स्वरों में कही, जैसे वह अपनी गिनती उन्मूलित व्यक्तियों में करने की कुछ भी आवश्यकता नहीं समझता हो। कालिदास रोड की एक कोठी के पिछवाड़े वाला बड़ा कमरा और वरांडा उसके अधिकार में था ही, यद्यपि वह इससे कहीं अधिक स्वतंत्र स्थान प्राप्त करना चाहता था। वह उन लाखों व्यक्तियों से कहीं अधिक सौभाग्यशाली था, जिन्हें शरणार्थी कैंपों में रहने पर बाध्य होना पड़ रहा था।

मैंने कहा, "आँधियाँ मानवता को उन्मूलित करने का निश्चय भले ही कर लें, पर आँधियाँ अपने कार्य में सफल नहीं हो सकतीं। मानवता बची रह जाएगी। मानवता—जिसकी जड़ें धरती में कहीं गहरी चली गई हैं।"

"सच है," रूपम् ने यों ही स्वर में स्वर मिलाया।

मैंने फिर कहा, "घृणा, क्रोध, द्वंद्व, हिंसा—ये सभी आँधियाँ ही तो हैं। जाने ये आँधियाँ क्यों चल पड़ती हैं? ये मानवता की शत्रु आँधियाँ।"

रूपम् बोला, "ऐसी ही एक आँधी आई, जिसने मुझे अपनी जगह से इतनी दूर ला फेंका। आज हमारे रहने के लिए जगह नहीं। आज मुझे किराए पर भी

जगह नहीं मिल रही है।''

रूपम् ने कहने को तो यह बात कह दी, पर उसकी आवाज में वह दर्द न था, जो प्राय: शरणार्थी कैंपों में रहनेवाले व्यक्तियों की गाथा सुनते समय मेरे हृदय को छू-छू जाता था।

आँधी बिलकुल थम गई थी। अर्चना ने पास आकर सूचना दी, ''पापाजी, मालपूए तैयार हैं।''

''तो ले आओ!'' रूपम् कह उठा।

हमने उठकर अपने वस्त्रों से मिट्टी झटक डाली और हाथ धोकर मालपूए खाने के लिए तैयार हो गए। यह देखकर हमारे हृदय नाच उठे कि याचना, अर्चना और श्यामली इस सहभोज में सम्मिलित होंगी। दिलीप भी इधर ही चला आया। रूपम् कह उठा, ''तो तुम ही पीछे क्यों रह जाओ, अर्चना की माँ?''

चीनी की प्लेटों में मालपूए परोसे जा रहे थे। तीन बड़ी-बड़ी प्लेटों में आम सजाकर रख दिए गए। इधर हमने मालपूओं की तरफ हाथ बढ़ाया, उधर वर्षा होने लगी।

रूपम् झट कह उठा, ''लो, अब तो प्रकृति का राज्याभिषेक भी आरंभ हो रहा है। यह दिन कितना शुभ है।''

मैं कहना चाहता था कि इतनी जल्द भयानक आँधी को भूल गए, यह तो बड़ी विचित्र बात है; पर मैंने यही उपयुक्त समझा कि बात को बढ़ावा देने की बजाय उदरपूर्ति की समस्या का हल किया जाए।

''एक कवि का प्रणाम लो, वर्षा ऋतु!'' रूपम् कुछ-कुछ नतमस्तक होकर कह उठा।

इसपर अर्चना खिलखिलाकर हँस पड़ी। शायद वह कहना चाहती थी—वर्षा ऋतु को प्रणाम करते समय मालपूए पकानेवाले हाथों को प्रणाम करना क्यों भूल रहे हो पापाजी!

याचना कह उठी, ''मालपूए कैसे बने हैं?''

पर रूपम् ने इस प्रश्न का उत्तर देने की बजाय कवि-तरंग का परिचय देते हुए कहा, ''प्रकृति अँगड़ाई ले रही है प्रत्येक वृक्ष में, प्रत्येक शाखा में।''

अब याचना खिलखिलाकर हँस पड़ी। बोली, ''हम कितने दिन से बाट जोह रहे थे। दो सप्ताह पिछड़कर वर्षा ऋतु आई। चलो, वह आ तो गई।''

मैं कहना चाहता था कि दो सप्ताह का विलंब कुछ कम तो नहीं होता। हम वर्षा ऋतु का यह अपराध क्षमा नहीं कर सकते। और आज की आँधी का अपराध

भी तो हम वर्षा ऋतु के माथे पर ही मढ़ेंगे। मैं यह भी कहना चाहता था कि यह ऐसे ही है, जैसे हम घृणा, क्रोध, द्वंद्व और हिंसा की आँधी को क्षमा नहीं कर सकते।

रूपम् बोला, "मेरे हृदय में आज एक नया गीत जाग उठा है।"

"उस गीत के बोल आपके होंठों पर कब आएँगे, पापाजी?" याचना ने पूछ लिया।

"और वह जो किसी ने कहा है—होंठों तक आए हुए शब्दों को पीछे मत धकेलो!" मैंने शह दी।

"हाँ-हाँ, होंठों तक आए हुए शब्दों को पीछे धकेलना अशुभ है, अमंगल है," रूपम् ने विश्वासपूर्ण शब्दों में घोषणा की।

मालपूए या आम खाने से कहीं अधिक रूपम् वार्त्तालाप में रस ले रहा था। बोला, "मैं अपना समस्त भावी जीवन कविता की सेवा में अर्पण कर देना चाहता हूँ। मेरी अनेक कविताएँ अप्रकाशित पड़ी हैं और अनेक कविताएँ मेरे हृदय में मचल रही हैं या मेरे सामने हवा में तैर रही हैं। बस, उन्हें पकड़कर शब्दों में बाँधने भर की देर है।"

कोई और समय होता तो मैं चुप रहता। उस समय मैंने तमतमा कर कहा, "मैं आपसे सहमत नहीं हूँ, क्योंकि इस निर्णय से आपको अनेक कष्टों का सामना करना पड़ेगा। कविता का पारिश्रमिक इस देश ही में नहीं, बल्कि प्रत्येक देश में, सबसे कम अर्थात् लेखों, कहानियों, एकांकियों इत्यादि से कहीं कम दिया जाता है। आप इसे अपनी आय का साधन बनाकर भूल करेंगे। एक कविता ही क्यों, इस देश में तो लेख, कहानी और एकांकी लिखकर भी आप ढंग से निर्वाह नहीं कर सकेंगे, क्योंकि इतना तो सत्य है कि लेखक की आय का ठिकाना या भरोसा ही क्या? लेखक से अधिक मजे में तो एक ताँगेवाला ही कमाता-खाता है, जो अपनी आय को हवाई आमदनी कहकर एक प्रकार की नम्रता का प्रमाण दिया करता है।"

ताँगेवाले से लेखक का मुकाबला करने की बात सुनकर अर्चना खिलखिलाकर हँस पड़ी। हँसी रोकना उसके लिए असंभव था। वह दौड़कर भीतर कमरे में चली गई। सच पूछो तो जाते-जाते वह किसी नृत्य-मुद्रा का प्रदर्शन करती गई। याचना और श्यामली भी हँस रही थीं। माँ की गंभीर मुद्रा इस दृश्य को दूसरा ही पुट दिए जा रही थी। उससे अच्छा तो दिलीप ही रहा, जो बहनों की देखा-देखी अपनी मुसकान द्वारा हँसी तक पहुँचने का यत्न कर रहा था। स्वयं रूपम् अर्चना की माँ की भाँति गंभीर दिखाई दे रहा था। उसने अपनी बात के समाधान में कहा, "जहाँ न पहुँचे रवि, वहाँ पहुँचे कवि!"

याचना ने अर्चना को आवाज देते हुए कहा, ''अरी अर्चना, यहाँ इतनी अच्छी-अच्छी बातें हो रही हैं और तुम हो कि उनसे वंचित रहना चाहती हो।''

याचना का संकेत समझकर श्यामली उठकर कमरे में गई और अर्चना की बाँह पकड़कर लेती आई। उस समय मानो उसके गले में दोनों वेणियाँ भी खिलखिलाकर हँस रही थीं। याचना बोली, ''पगली मत बनो, अर्चना! अभी-अभी पापाजी कह रहे थे कि जहाँ न पहुँचे रवि, वहाँ पहुँचे कवि! ठीक है न?''

अर्चना सचमुच पगली ही तो थी। न जाने क्यों वह हँसे जा रही थी। मैंने बीच-बचाव करते हुए कहा, ''मैं यह बात मान लेता हूँ कि कवि की कल्पना बहुत बलवती होती है।''

''अब आए आप ढंग पर,'' रूपम् खुश होकर बोला, ''कवि की आवश्यकता तो प्रत्येक युग में रहेगी। कवि के बिना तो समाज की कल्पना ही मैं नहीं कर सकता।''

मैंने सँभलकर कहा, ''मैंने तो केवल इतना ही कहा था कि कविता को अपनी आय का साधन बनाने की भूल मत कीजिए।''

रूपम् के चेहरे पर उस समय अनेक रेखाएँ उभरीं। शायद उसे मेरी बात पर कुछ विश्वास आ रहा था। शायद वह कहना चाहता था कि पिछला संग्रह किया हुआ धन तो आधे से अधिक मसूरी में ही खत्म हो गया। शेष रुपए वहाँ रुई की भाँति उड़ते जा रहे हैं। आखिर एक दिन जब समस्त पूँजी खर्च हो जाएगी, तब उस समय इस आतिथ्य के साधन कहाँ से आएँगे? ये मालपूए, ये आम—ये सब कहाँ से आएँगे?

अर्चना बराबर हँस रही थी। सचमुच, वह पगली ही तो थी। याचना बोली, ''तुम्हें इतनी हँसी क्यों आ रही है, अर्चना?''

अर्चना ने सँभलकर कहा, ''पापाजी अब तक कॉलेज में संस्कृत पढ़ाते रहे। अब वे कविता लिखेंगे, क्योंकि उनकी नौकरी छूट गई और किसी दूसरे कॉलेज में उन्हें संस्कृत की प्रोफेसरी मिलती नजर नहीं आती। और मुझे…''

''कहो—आगे कहो,'' याचना ने चिल्लाकर कहा!

''कहो—बात पूरी तो करो,'' अर्चना की माँ भी चिल्लाई।

''अच्छा, कहती हूँ,'' अर्चना कहने लगी थी, ''मैंने दो वर्षों तक उदयशंकर से नृत्यकला की शिक्षा प्राप्त की। फिर दो वर्षों तक मेरी शिक्षा रुकी रही। तो भी किसी-न-किसी तरह मैं नृत्य की एकसूत्रता में बँधी रही हूँ। अब मेरे सामने नई समस्या है। पापाजी के नए मित्र आनंदनाथ कह रहे हैं कि यदि मेरी अँगुलियाँ टाइपराइटर पर चलना स्वीकार कर सकें तो वे मुझे अपने दफ्तर में टाइपिस्ट की

जगह दे सकते हैं।''

मैंने यह पूछना मुनासिब न समझा कि ये आनंदनाथ कौन हैं। उधर से याचना बोली, ''आनंदनाथ तो मुझे भी टाइपिस्ट बनाने की बात सुझा रहे हैं।''

श्यामली सरककर माँ के साथ सट गई। शायद वह किसी भी दशा में टाइपिस्ट बनने के लिए तैयार न थी।

रूपम् ने बात के रुख को बदलते हुए कहा, ''मालपूए तो खत्म हो गए। अब आम काटो, अर्चना!''

अर्चना उस समय आम काटने की बजाय आम खाने के लिए ही तैयार हो सकती थी। याचना आम काट-काटकर प्लेटों में रखने लगी। अर्चना की माँ बोली, ''अब बातें बाद में कीजिए, पहले आम खा लीजिए।''

सभी बढ़-बढ़कर हाथ चलाने लगे। मुझसे न रहा गया।

मैंने सँभलकर कहा, ''उन्मूलन ही इस युग का सबसे बड़ा अभिशाप है।''

''मैं उन्मूलन पर एक कविता लिखने जा रहा हूँ,'' रूपम् कह उठा।

''कविता लिखने से न आपको इसका अच्छा पारिश्रमिक मिलेगा और न उन्मूलन ही रुकेगा,'' मैंने व्यंग्य कसा।

''ये सब बातें कवि को कविता लिखने से नहीं रोक सकतीं,'' रूपम् आम की फाँक को मुँह के समीप ले जाते हुए कह उठा।

मैंने कहा, ''अर्चना के लिए नृत्य छोड़कर टाइपिस्ट बनने का सुझाव भी ऐसा ही है। यह बड़ा अभिशाप है। जीवन का इससे बड़ा अभिशाप और हो ही क्या सकता है? भयंकर आँधी और तूफान के लिए हम प्रकृति को क्षमा नहीं कर सकते। कवि बैठकर प्रकृति के सौंदर्य का बखान लाख करता रहे, पर प्रकृति तो प्रकृति है। एक दिन अपना वास्तविक रूप दिखाए बिना नहीं टलती। एक दिन वह साफ-साफ बता देती है कि उसे मानव के हाथों पालतू बनना बिलकुल नापसंद है, अर्थात् वह अपना वास्तविक रूप कभी नहीं भूल सकती। कोई कालिदास हो, वर्ड्सवर्थ हो या शैले हो—वे लाख प्रकृति की प्रशंसा के पुल बाँधें, पर इससे क्या होता है? प्रकृति अपने स्वभाव से बाज नहीं आती। सभ्यता लाख आगे बढ़ जाए। आँधी और तूफान तो आते ही रहेंगे। घृणा, द्वंद्व और हिंसा की आँधियाँ तो और भी भयंकर होती हैं। सभ्यता लाख नाज करे। ये आँधियाँ तो किसी के रोके नहीं रुकने वाली हैं। ये तूफान तो अवश्य आते रहेंगे। जैसे मानवता के उन्मूलन में ही इन आँधियों और तूफानों को मजा आता हो।''

''आप भी तो आम खाइए न,'' अर्चना ने मेरी तरफ आम की प्लेट बढ़ाते

हुए कहा। उस समय उसकी हँसी कम हो गई थी। उसके होंठों पर मुसकान तक का कहीं कोई चिह्न नहीं था। केवल सरलता की मुद्रा थी, जिसकी पृष्ठभूमि में किसी कपट की कल्पना भी नहीं हो सकती थी। शायद वह आँखों-ही-आँखों में यह कहना चाहती थी कि मैं अपने आदर्श पर डटकर खड़ी रहूँगी और यदि मैं जीवित रही तो देश की चिरंतन नृत्यकला के उत्थान में अवश्य सहयोग दूँगी। आनंदनाथ के दफ्तर में टाइपिस्ट बनने के लिए मेरा जन्म नहीं हुआ है।

रूपम् कह रहा था, ''याचना तो टाइप सीखने की बात मान गई है, अर्चना भी मान जाएगी। संगीत और नृत्य से तो टाइप बहुत सहज है।''

अर्चना की माँ कह उठी, ''जीवन में समझौता तो करना ही पड़ता है।''

मैंने व्यंग्य कसा, ''समझौते की भी आपने एक ही कही। यह तो ऐसे ही है, जैसे गुलमोहर के वृक्ष को काटकर उसके शहतीर बना लिये जाएँ। अब आप ही बताइए कि प्रकृति तो यही चाहती है कि गुलमोहर के पुष्प खिलकर चित्रपट में रंग भर दें। यह कुल्हाड़े का वार तो प्रकृति को कभी रुचिकर नहीं हो सकता।''

''हाँ-हाँ,'' अर्चना की माँ कह उठी, ''शहतीर बनाने के लिए और वृक्षों की कमी थोड़े ही है।''

मैंने कहा, ''टाइपिस्ट बनने के लिए भी और लकड़ियों की कमी नहीं है।''

''हाँ-हाँ,'' अर्चना की माँ ने मेरा समर्थन करते हुए कहा, ''पर जीवन तो जीवन है, मधुर भी, कड़वा भी। समझौता तो करना ही पड़ता है।''

मैंने रूपम् के समीप सरकते हुए कहा, ''आपको फिर संस्कृत की प्रोफेसरी ढूँढ़नी चाहिए। कविता लिखकर बात नहीं बननेवाली। एक जगह एक प्रोफेसर चाहिए। मैं पूछकर बताऊँगा।''

रूपम् के मुख से एक भी शब्द न निकला, पर अर्चना की माँ कह उठी, ''आप इन्हें प्रोफेसरी दिला दें तो हमारी सब समस्याएँ सुलझ जाएँ।''

अर्चना के मुख पर मूक मुद्रा सवाक् होती दिखाई दी। शायद वह कहना चाहती थी कि यदि पापाजी को प्रोफेसरी मिल जाए तो गुलमोहर के पेड़ सड़क पर खड़े-खड़े पुष्पों का प्रदर्शन किया करेंगे। वह यह विश्वास दिलाना चाहती थी कि पापाजी को प्रोफेसरी दिलाकर आप भारतीय नृत्यकला के भविष्य को उज्ज्वल करेंगे, क्योंकि उस अवस्था में मुझे आनंदनाथ के दफ्तर में टाइपिस्ट बनने के लिए मजबूर नहीं होना पड़ेगा। फिर उसकी मुद्रा बदल गई, जैसे वह कह रही हो—मैं साफ बता दूँ कि यदि पापाजी को प्रोफेसरी नहीं मिली तो भी मैं टाइपिस्ट नहीं बनूँगी। इससे सहज तो आत्महत्या का मार्ग ही होगा।

याचना की मुद्रा मानो यह कह रही थी कि पापाजी को फिर से प्रोफेसरी मिल गई तो समझ लीजिए कि भारतीय संगीत का भविष्य भी उज्ज्वल है, क्योंकि मैं भी टाइपराइटर पर अँगुलियाँ चलाने की बजाय वीणा पर अँगुलियाँ चलाने में अपने जीवन को अधिक सार्थक समझूँगी।

श्यामली और दिलीप सटकर एक ही कुरसी पर बैठे थे। उन्हें शायद यह प्रतीक्षा थी कि उनके पापाजी कब कोई कविता सुनाना आरंभ करते हैं। बहुत सी कविताओं के कुछ-कुछ शब्द तो उन्हें कंठस्थ हो गए थे, क्योंकि बार-बार सुनाई हुई और इस प्रकार प्रभाव की दृष्टि से खूब परखी हुई कविताएँ सुनाने में ही उन्हें तृप्ति होती थी।

मालपूओं की भाँति सब आम भी खत्म हो गए थे। वर्षा थम गई थी। मैं उठकर खड़ा हो गया। अर्चना पानी के लिए दौड़ी। बड़े उत्साह से उसने हमारे हाथ धुलाए। मैंने सबको धन्यवाद दिया। रूपम् बराबर कहे जा रहा था, "इतनी क्या जल्दी है। अभी बैठिए न!"

"कभी फिर आऊँगा," मैंने छुट्टी लेते हुए कहा, "अब आप लोग बैठिए। मैं चला जाऊँगा।"

अर्चना की माँ कह उठी, "इस कोठी का रास्ता भूल तो नहीं जाएँगे?"

मैंने कहा, "यह कैसे हो सकता है? कालिदास रोड तो मुझे भी प्रिय है। हाँ, मैं इसे कालिदास रोड ही कहता हूँ, क्योंकि इसके दोनों तरफ मौलसिरी के वृक्ष हैं, जो महाकवि कालिदास को भी अवश्य पसंद आते। और इस कोठी को तो मैं कभी नहीं भूल सकता, क्योंकि यही एक कोठी है, जिसके द्वार के भीतर बाईं ओर दीवार से सटा हुआ एक गुलमोहर का वृक्ष खड़ा है।"

रूपम् और अर्चना मेरे साथ-साथ दाएँ-बाएँ चले आ रहे थे। और ज्यों ही हम पिछवाडे से निकलकर द्वार की तरफ बढ़े, हमारे हृदयों पर तमाचा सा लगा। हमने देखा कि गुलमोहर का एकाकी वृक्ष जड़ से उखड़कर दीवार के ऊपर गिर पड़ा था और इससे दीवार भी टूट गई थी।

अर्चना ने गुलमोहर के गिरे हुए वृक्ष की ओर बड़ी करुण दृष्टि से देखा। फिर उसकी दृष्टि रूपम् की ओर घूम गई। जैसे वह कहना चाहती हो—आज का इनसान भी तो इसी तरह जड़ से उखड़ा जा रहा है, पापाजी!

(नाए धान से पहले)

□

मिस बिलिमोरिया

यह प्रदर्शनी का अंतिम दिन था।

उसने आईने के सामने खड़े-खड़े तेवरों का विचित्र सा त्रिशूल बनाया, जो नीलकमल की मुँहबोली माँ अर्थात् उसकी बुढ़िया पड़ोसन के माथे पर अकसर नजर आ जाता था। उसने जल्दी-जल्दी बालों में कंघी की और बन-सँवरकर सड़क पर आ गई। यह तय था कि वह ठीक समय पर नीलकमल के यहाँ पहुँच जाए।

तेज-तेज कदम चलते हुए वह सोच रही थी कि आज प्रदर्शनी के रास्ते में वह दिल की बात कह डालेगी। आखिर कोई कब तक रहस्य को छिपाकर रख सकता है? इससे लाभ भी क्या होगा? एक सूक्ष्म सा भय उसकी आत्मा की गहराई से उभरता और चलते-चलते उसके पैर धीमे पड़ जाते। आखिर यह बात वह नीलकमल से कैसे कहेगी? वह कैसे उसे समझाएगी कि उसकी मिस बिलिमोरिया आनंद और वेदना के बीच लटक रही है? वह कैसे उसे बताएगी कि उसे दुनियावालों से डर लगता है। इन दुनियावालों से खुदा ही बचाए। उनकी एक ही तोहमत औरत को कुचलकर रख सकती है। आज उसे नीलकमल की सहायता की आवश्यकता थी। आज उसे असीम निष्कपटता का प्रमाण मिलना चाहिए। नहीं तो बात फैल जाने के पश्चात् मामला बिगड़ जाएगा। जैसे वह गहरी झील में डूब रही हो। प्रदर्शनी का ध्यान आते ही वह सँभल गई । यह तय था कि आज नीलकमल वे सभी चीजें खरीद देगा, जिन्हें रिजर्व रखने के लिए वे दो-तीन दुकानदारों से कह आए थे। उसने फैसला किया कि वह प्रदर्शनी से लौटते समय नीलकमल को अपनी कहानी सुनाएगी, पहले नहीं। उसकी बेचैनी कुछ कम होती गई और वह तेज कदम बढ़ाने लगी।

वहाँ पहुँचकर पता लगा कि नीलकमल उपस्थित नहीं है। बुढ़िया पड़ोसन ने पहले के समान माथे के तेवरों का त्रिशूल बनाकर उसे चाबी थमाते हुए कहा,

"तुम बैठो, बेटी! नीलकमल का तो स्वभाव ही ऐसा है। वायदा करके भूल जाता है।"

वह चाहती थी कि अकेली ही प्रदर्शनी का रास्ता नापे। शायद उधर ही कहीं नीलकमल मिल जाए, पर बेदिली से कमरा खोलकर वह सोफे पर जा बैठी। बुढ़िया अपने कमरे की ओर चली गई थी। चलो अच्छा हुआ, इस चुड़ैल से तो छुट्टी मिल गई, उसने सोचा। यहाँ आ बैठती तो वही पुराना राग छेड़ देती—यह आजकल की लड़कियों को क्या हो गया बेटी? न लाज, न शर्म। तुम उनसे अलग हो। नीलकमल हमेशा तुम्हें सराहता है।

दीवारगीर पर रखी हुई मूर्ति की ओर उसने उचटती हुई निगाह डाली। यह मूर्ति उसे पसंद थी। कलाकार ने सुंदरी को कुछ इस अंदाज में पेश किया था कि देखनेवाले को स्वत: विचार आ जाए कि वह माँ बननेवाली है। उसका रंग कुछ इस तरह बदल गया था, जैसे आनेवाले बालक के विचार से ही उसे कष्ट हो रहा है।

सोफे के समीप फर्श पर ढेरों पुस्तकें बिखरी पड़ी थीं। कोई और समय होता तो वह उठकर इन्हें ठीक करने लग जाती। उस समय उसकी अवस्था ऐसी थी, जैसे किसी ने उसे संसार की आधी खुशियों से वंचित कर दिया हो। उसे याद था कि एक दिन नीलकमल ने उसे किसी स्त्री की भावनाएँ एक पुस्तक से पढ़कर सुनाई थीं—प्राचीन काल में देवता धरती पर उतरते थे और स्त्रियों से प्रेम करते थे। अब वे नीचे नहीं उतरते। यदि वे मर चुके हैं या बूढ़े खूसट हो चुके हैं, तो क्या मुझे वह प्रेम प्राप्त न होगा, जो ज़िंदगी के साज पर दर्द भरे गीत छेड़ सके? उठकर वह उस पुस्तक की तलाश करने लगी। यह विचार उसे गुदगुदाता सा लगा कि नीलकमल कोई मामूली व्यक्ति नहीं, बल्कि देवता है, जो आसमान से धरती पर उतर आया है। एक काली-कलूटी लड़की के सम्मुख प्रेम दिखानेवाला व्यक्ति जरूर कोई देवता होगा, पर अपनी कठिनाई का विचार उसे बुरी तरह सता रहा था। आज वह सब बात कह डालेगा। यदि देवता ने मुझे ठुकरा दिया तो मेरा क्या परिणाम होगा? ये कलाकार किस्म के लोग बहुत बेपरवाह होते हैं, पर अब इसका भी क्या इलाज कि नीलकमल का नाम मेरी आत्मा पर कुछ इस तरह अंकित हो गया है, जैसे संगमरमर पर किसी ने नोकदार चाकू से अपना नाम खोद दिया हो। यह सोचते हुए दीवारगीर पर रखी हुई मूर्ति की ओर एक बार फिर उसने उचटती सी निगाह डाली।

आईने के सामने उसने अपने बाल खोल डाले और दोबारा कंघी करने लगी। कमरे की बिखरी हुई चीजों पर उसे क्रोध आ रहा था। कंघी न की जाए तो बाल उलझ जाते हैं। कमरा भी सफाई चाहता है। भला कोई पूछे कि केले के

छिलके मेज के पास क्यों पड़े हैं? स्पष्ट है कि ये तो दीवारगीर की मूर्ति का मुँह चिढ़ा रहे हैं। छत के समीप मकड़ी ने जाले तान रखे हैं। दीवारों पर शायद वर्षों से सफेदी नहीं कराई गई। ये कलाकार किस्म के लोग अपने लिए कोई सिद्धांत बना लें तो जरा अच्छे रूप में जीवन का आनंद ले सकते हैं। हम मिलकर रहेंगे, मिलकर कमाएँगे। नीलकमल मेरी आवाज पर मरता है। कहता है—तेरी आवाज तो बुलबुल को शरमाती है, मिस बिलिमोरिया!

मूर्ति के समीप लपककर वह उसे ध्यान से देखने लगी। वह जानती थी कि मूर्ति की सुंदरी उस जैसी सौ लड़कियों पर भारी है, पर जब एक बार नीलकमल उसे 'अपनी' कह चुका है तो वह अपना फैसला कभी रद्द न कर सकेगा। अगले ही क्षण वह मूर्ति के समीप से हट गई। केले के छिलके उठाकर उसने बाहर फेंक दिए और फर्श पर बैठकर पुस्तकों को तरतीब से रखने लगी। सहसा उसके हृदय में यह इच्छा पैदा हुई कि बुढ़िया भी आ जाए और उसकी सहायता करे।

उसने बुढ़िया को आवाज दी। कोई जवाब न आया। शायद वह कहीं बाहर चली गई थी। उसने सोचा कि बुढ़िया अभी यहाँ चली आएगी, तो फिर से यही रट लगाने लगेगी—चाँद-सूरज की जोड़ी अच्छे कर्मों से ही बनती है। एक काली-कलूटी लड़की की उपमा चाँद से देना, यह कुछ बुढ़िया ही के हिस्से में आया है। उसके जी में आया कि झट उठकर आईने में अपना रूप देख ले।

प्रदर्शनी का अंतिम दिन हो और समय यों उड़ता चला जाए, वह घबरा रही थी। वह चाहती थी कि अकेली ही प्रदर्शनी की ओर चल पड़े। आखिर इस बात का क्या मतलब कि प्रदर्शनी का अंतिम दिन यों नीरसता का शिकार हो जाए?

न जाने क्यों उसे यों अनुभव होने लगा कि अब नीलकमल कभी इस कमरे में नहीं आएगा। जैसे दर्द के मारे उसका सिर फटा जा रहा हो। इन तीन महीनों में उन्होंने एक-दूसरे को पहचान लिया है। अब उसे दोबारा आँखमिचौनी खेलने की आवश्यकता क्यों होगी? न मैंने उसपर विश्वास किया होता, न आज मेरी यह अवस्था होती। मेरी बद्दुआएँ उसे खा जाएँगी। मैं वह बदला लूँगी कि दुनिया मेरे साहस की दाद देगी, पर नीचे जीने के पाँव की आहट सुनकर वह सँभलकर बैठ गई, जैसे कोई नर्तकी बाँह फैलाकर गत की प्रतीक्षा कर रही हो।

''मुझे मालूम था कि नीलकमल अभी तक न आया होगा,'' बुढ़िया ने नीचे से आकर कहना शुरू किया, ''बेटी! बस, ऐसा ही है मेरा मुँहबोला बेटा। उससे अच्छी तो तुम ही हो।''

बुढ़िया दहलीज पर बैठ गई। मिस बिलिमोरिया उठकर सड़क की ओर

खिड़की के सामने खड़ी हो गई। रात उतर आई थी। बिजली के बल्ब रौशन हो उठे थे। वह अंधकार में दूर कहीं किसी को आता हुआ देखने के लिए व्याकुल हो उठी। एक भारी-भरकम ट्रक सड़क की छाती को दहलाता हुआ निकल गया। उसे लगा, जैसे वह स्वयं भी एक सड़क के समान हो।

उसने मुड़कर दीवारगीर की मूर्ति की ओर देखा, जिसके अंग-अंग से प्रसव-वेदना की कल्पना स्पष्ट हो उठी थी। उसने सोचा—क्यों न अपनी बात बुढ़िया से कह डाले।

बुढ़िया कह रही थी, ''तुम उदास क्यों हो, बेटी? आओ, तुम्हें एक कहानी सुनाऊँ।''

कहानी! कैसी कहानी? मिस बिलिमोरिया पूछना चाहती थी, पर इससे पहले कि वह कुछ कहती, बुढ़िया ने कहना शुरू किया, ''बहुत पहले हमारे देश में एक भयानक अकाल पड़ा। झरने, तालाब और कुएँ—सब सूख गए। एक लड़की पानी की तलाश में निकली। थक-हारकर उसने मटकी जमीन पर रख दी और सो गई। आँखें खुलीं तो आँसू उमड़ आए। भगवान् की कृपा से उसकी मटकी ताजे पानी से भर गई थी। वह बहुत प्यासी थी, पर माँ को पानी पिलाए बिना उसे एक बूँद भी गले में टपकाना पसंद न था। घर पहुँची तो माँ के सिरहाने यमदूत खड़े थे। माँ बोली, 'बेटी, मेरा अंतिम समय समीप है। अब यह पानी तुम्हारे लिए है।' ज्यों ही उसने कटोरा भरकर पानी पीना चाहा, त्यों ही कहीं से एक राही आ निकला। लड़की ने अपना कटोरा उसके हाथ में पकड़ा दिया। सात बूँदें लड़की की गोद में आ गिरीं। मटकी से एक नदी बह निकली, जो आकाश पर पहुँचकर आकाशगंगा बन गई। और वे सात बूँदें सात तारों के रूप में बदल गईं।''

कोई और समय होता तो मिस बिलिमोरिया यही कहती—तुमने यों ही नीलकमल पर रोब जमा रखा है। यह कहानी तो बकवास है। मटकी से गंगा बह निकली। और फिर भला यह गंगा आसमान में कैसे जा पहुँची? राही के पकड़े हुए कटोरे से लड़की की गोद में सात बूँदें गिरीं जो सात तारों में बदल गईं। यह उससे भी बड़ी गप है। और जैसे नीलकमल ने मशहूर कर रखा है, तुम भी सात बेटों की माँ रह चुकी हो। इससे बड़ी गप दूसरी न होगी। देख ली तुम्हारी ज्ञान-गूदड़ी। इसे नीलकमल के सामने ही खोला करो। फिर उसे खयाल आया कि यह तो वही बुढ़िया है, जिसने अभी-अभी कहा था—बेटी! बस, ऐसा ही है मेरा मुँहबोला बेटा। उससे अच्छी तो तुम ही हो। वह बुढ़िया से कहना चाहती थी—दादी अम्मा, तुम्हारी वह आकाशगंगा वाली कहानी तो बहुत बड़ा सत्य है। शायद मैं ही वह

लड़की हूँ, जो प्यासी माँ के लिए पानी की तलाश में भटकती रही थी। तुम्हारा यह नीलकमल एक राही के समान हमारे यहाँ चला आया। और मैंने वैसा व्यवहार किया, जैसा हमेशा एक अतिथि के साथ करना चाहिए।

एक ओर सूली पर चढ़े हुए ईसा का रंगीन चित्र दीवार पर लटक रहा था, जिसे अभी अगले ही दिन अपने जन्मदिन के अवसर पर उसने नीलकमल को भेंट किया था और जिसे लेते हुए उसने एक साहित्यकार का कोई अछूता विचार पढ़कर सुनाया था, ''अपनी भोली-भाली भेड़ों पर किए गए जुल्म को खुदा का बेटा सह न सका और उसने सूली पर चढ़ना स्वीकार किया। ईसाई धर्म के अनुसार, यही मुक्ति का एक उपाय है।'' उसके मन में मुक्ति का विचार बिजली की कौंध की तरह लपका और वह खिड़की से हटकर सोफे पर बैठ गई।

बुढ़िया न जाने क्या सोचकर बड़बड़ा रही थी, ''लड़की के लेख तो उसके जन्म से पहले ही लिख दिए जाते हैं, बेटी!''

मिस बिलिमोरिया ने एक हलकी सी मुसकराहट फेंकते हुए बुढ़िया की ओर देखा। जैसे कह रही हो—यह लेख-वेख का किस्सा मेरी समझ में नहीं आ सकता। पर एक क्षण की खामोशी के बाद वह बोली, ''छोड़ो, कोई काम की बात करो, दादी अम्मा!''

बुढ़िया ने इस रूखे जवाब से जरा भी बुरा न माना। वह तो अपने पिछले जीवन के विचार में उलझ रही थी। न जाने क्या सोचकर वह कह उठी, ''बासी रोटी फिर से सेंककर खाने में मजा आता है, बेटी!''

मिस बिलिमोरिया चाहती थी कि बुढ़िया से कहे—यह पहेलियाँ किसी और समय के लिए उठा रखो। मैं सब समझती हूँ। मुझे निपट अनजान मत समझो। तुम यही कह रही हो न कि हमारा ब्याह हो जाए तो तुम्हें किसी के यहाँ काम करके रोटी कमाने की जरूरत ही न रह जाए। यह सत्य है कि यदि हम तुम्हें घर का काम सौंप देंगे तो तुम्हारी बीती हुई खुशियाँ फिर से लौट आएँगी। बारी-बारी से तुम्हारे जीवन में सात बेटे आए, पर एक भी तो न रहा। नीलकमल तुम्हारा मुँहबोला बेटा है। कभी-कभी तुम्हारे हाथ पर दो-चार आने रख देता है तो तुम खुश हो जाती हो। हमारा ब्याह हो जाए तो मैं तुम्हें और भी खुश किया करूँगी।

बुढ़िया अपने सारे विचारों का निचोड़ पेश करती हुई बोली, ''मैं तो तुम्हारे ब्याह पर तुम्हें चाँदी का छल्ला भी न दे सकूँगी, बेटी!''

इसके उत्तर में मिस बिलिमोरिया झट कह उठी, ''दादी अम्मा, तुमने ही तो कहा था कि रूप को श्रृंगार नहीं चाहिए।''

बुढ़िया खिसियानी सी हो गई। बोली, ''मैं धनवान होती तो बहू को सोने में पीली कर देती। मैं तो इधर तुम्हारे ब्याह के दिन गिन रही हूँ, बेटी!''

मिस बिलिमोरिया मुसकराकर इधर-उधर देखने लगी। वह कहना चाहती थी कि व्यर्थ दिन गिनते रहने से क्या लाभ? कल-कल करते रहो तो वह कल कभी आता ही नहीं। कल की कल्पना धुँधली है। यह 'आज' तो बहुत प्रतीक्षा के पश्चात् आया है। यदि यह 'आज' भी व्यर्थ चला गया तो समझ लो कि दो जीवन सदा के लिए एक-दूसरे से परे हट गए। दीवारगीर पर रखी हुई मूर्ति की ओर देखते हुए अब उसे पहले जैसा कष्ट न हुआ। अनजाने ही उसकी निगाहें सूली पर चढ़े ईसा की ओर घूम गईं।

बुढ़िया की आँखों में आँसू चमक उठे, मानो सात बेटों को खोकर उसने आठवाँ बेटा पा लिया हो। अब इस बेटे का ब्याह होगा। बहू बुरी नहीं है। क्रिस्तान है तो क्या हुआ? वह गेगों की तरह बाल तो नहीं कटाती। जैसा देश का रिवाज है, वह साड़ी पहनती है। और मिस बिलिमोरिया की सफेद साड़ी की ओर देखते हुए वह बोली, ''साँवले रंग पर सफेद कपड़ा ही शोभा देता है, बेटी!''

मिस बिलिमोरिया ने हँसकर कहा, ''पर ब्याह के अवसर पर तो लाल साड़ी चाहिए न। क्यों दादी अम्मा?''

बुढ़िया झट कह उठी, ''अपने हाथ से मैं तेरी माँग में सिंदूर भरूँगी, बेटी।''

मिस बिलिमोरिया कहना चाहती थी कि नीलकमल तुम्हारा बहुत सम्मान करता है। तुम कहोगी तो कल ही मुझसे ब्याह कर लेगा। हाँ, अब तो फैसला हो ही जाना चाहिए। आज मैं नीलकमल को अपनी अवस्था से परिचित करा दूँगी। महीने-डेढ़ महीने का हिसाब तो आसानी से इधर-उधर किया जा सकता है। यदि नीलकमल इनकार कर दे, तो मैं क्या कर सकती हूँ? मेरी माँ भी शायद मेरी सहायता न कर सके। छोटी बहन मुझे मूर्ख समझ सकती है। शायद मैं यों ही डरती हूँ। नीलकमल खुशी से उछल भी तो सकता है। वह चाहती थी कि सोफे से उठकर बुढ़िया के समीप दहलीज पर जा बैठे और उससे कहे कि खुदा ने चाहा तो कल ही मेरा ब्याह हो जाएगा। नीलकमल बाजार से लाल साड़ी लेता आएगा। सिंदूर तुम दे दोगी। पर न वह अपने स्थान से उठ सकी, न कुछ कह सकी। मालिक के समान बैठी अपनी भावनाओं को ब्याह के धागे में पिरोती रही। उसे विश्वास था कि नीलकमल की रगों में एक शरीफ घराने का रक्त बह रहा है। और थोड़ा सा जोर डालने पर ही वह मान जाएगा। 'आज' तो अब खत्म हो रहा है।

कल हमारा ब्याह हो जाना चाहिए। बुढ़िया सबसे पहले बधाई देगी। नीलकमल के मित्र कितने खुश होंगे। सबसे अधिक खुशी शंकर को होगी, जो अभी उस रोज हँसकर कह रहा था—कमल भैया, तुम्हारे ब्याह पर मैं तुम्हारे सागवान के सोफे पर नया पॉलिश कर दूँगा। फिर देखना, यह कितना सुंदर नजर आएगा! जवाब में नीलकमल ने आदाब अर्ज करते हुए कहा था—सुंदरता पॉलिश नहीं चाहती। उसे याद था कि वह तब हँस-हँसकर लोट-पोट हो गई थी, जब नीलकमल का कंधा झिंझोड़ते हुए कुशल कह उठा था—सच है, मियाँ मजनू! और वह जो रतन ने कहा था—सुंदरता और कुरूपता के बीच सदा एक अदृश्य सी सीमा-रेखा मौजूद रहेगी, पर कला के स्तर तक उभरने के पश्चात् कुरूपता भी कुरूपता नहीं रहती। दीवारगीर की मूर्ति की ओर एक उचटती सी निगाह डालकर उसने सोचा—रतन न जाने क्या कहना चाहता था? कल ही हमारा ब्याह हो जाए तो रतन न जाने क्या भेंट लाएगा!

बुढ़िया कह रही थी, ''बेटी, ऐसी सब गुणों से पूरी बहू तो हर सास को मिले।''

जवाब में मिस बिलिमोरिया कहना चाहती थी—तुम देख लोगी, दादी अम्मा। मैं अकृतज्ञ नहीं हूँ। सुंदरता तो केवल एक गुण है। इस दीवारगीर की मूर्ति की सुंदरी को ही ले लो। वह सुंदर अवश्य है, सब गुण पूरी नहीं।

एक अच्छी बहू बनने का विचार उसके रक्त को प्रतिक्षण गरमाने लगा। वह जो उस रोज रतन ने पद्मिनी, चित्रणी, हस्तिनी और शंखिनी का किस्सा छेड़ दिया था और स्त्री की इन चार किस्मों की चर्चा करते हुए नीलकमल कह उठा था—क्या यह संभव नहीं है कि पद्मिनी सुंदरतम होने पर भी असुंदरतम मस्तिष्क रखती हो? ना बाबा, मुझे पद्मिनी नहीं चाहिए। वह बुढ़िया से कहना चाहती थी—मुझे तुमसे कोई जेवर नहीं चाहिए, तुम्हारी शुभकामना ही काफी है।

बुढ़िया कहे जा रही थी, ''लाल साड़ी न भी लाई जा सकी तो अकेला सिंदूर ही बहुत है, बेटी!''

मिस बिलिमोरिया ने जवाब में केवल इतना ही कहा, ''नीलकमल चाहेगा, तो मुझे सिंदूर से माँग भराने में कोई आपत्ति न होगी। आत्माओं के मिलाप के लिए ब्याह तो जरूरी है।''

एक बार मिस बिलिमोरिया का खयाल अपनी सहेलियों की ओर चला गया। हर किसी ने अपनी पसंद का दूल्हा चुना था। मोहिनी का अंतिम फैसला यही था कि अच्छा पति वही है, जो हर रोज जारजट की नई साड़ी ला सके। जारजट

की साड़ी! उसे ठेस सी लगी। क्या आत्माओं के मिलाप के लिए जारजट की साड़ियाँ बहुत जरूरी हैं? दर्शी ख्याति की भूखी है। उसने एक फिल्म एक्टर से शादी कर ली। लाजी को न जारजट की साड़ियाँ चाहिए, न ख्याति। उसने शत-प्रतिशत पुरुष किस्म का पति चुन लिया है। मुझे भी चाहिए कि नीलकमल को हर कीमत पर खुश रखूँ। कलाकार किस्म का व्यक्ति निर्धन जरूर रहता है; पर यदि उसका चुनाव करते समय यह बात पहले से ही ध्यान में रहे तो विवाहित जीवन आराम से बीत सकता है। नीलकमल ही मेरी कठिनाइयों का अकेला हल है। संपूर्ण पुरुष मुझे कहाँ मिलेगा? संपूर्ण पुरुष! जैसे नीलकमल को संपूर्ण पुरुष से कुछ कम नंबर देकर उसे परीक्षा में प्रथम रखने पर भी उसे मानसिक कष्ट हो रहा हो! और संपूर्ण स्त्री! उसकी भी केवल कल्पना ही की जा सकती है, पर जब आत्माओं का मिलाप हो जाता है तो स्त्री-पुरुष का जोड़ा दुनिया भर की खुशियाँ अनुभव करता है।

वह उठकर खिड़की पर जा खड़ी हुई। सड़क पर बेहरकत साए रेंग रहे थे। अंधकार में प्रतिपल अपनी ओर आते हुए नीलकमल की कल्पना उसे गुदगुदाने लगी। उसे ध्यान आया कि इधर कुछ दिनों से नीलकमल एक फिल्मी कहानी लिखने के चक्कर में है। मैं लाख समझा चुकी हूँ कि यह एक चट्टान से टक्कर लेने वाली बात है। फिल्मवाले कहानी नहीं चाहते, चूँ-चूँ का मुरब्बा चाहते हैं। वह कहता है—एक कहानी बिक जाए तो तीन-चार हजार रुपए आ जाएँ। मैं कहती हूँ कि फिल्म कंपनीवालों का भी एक न एक चोर दरवाजा जरूर होता होगा। फिल्मी कहानी लिखने से पहले इस दरवाजे का पता लगा लो। शायद वह इस समय उसी दरवाजे की तलाश में भटकता फिरता हो।

खिड़की के बाहर जैसे अंधकार के परदे पर धुँधले-धुँधले बल्बों से बनाया गया 'स्वागतम्' उभरने लगा। बड़ी तीव्रता से वह नीलकमल की फिल्मी कहानी का विश्लेषण करने लगी। सात साल तक एक कश्मीरी लड़की अपने भावी पति के लिए एक सुंदर शॉल पर 'स्वागतम्' काढ़ती रहती है और उसकी डिजाइन में वह पुरातन और नवीन कला का सम्मिश्रण दिखाने में सफल हो जाती है; पर रास्ते में ही उसके भावी पति की दिलचस्पियाँ किसी और बिंदु पर केंद्रित हो जाती हैं। फिर उधर से निराश होकर वह अपनी मँगेतर के यहाँ पहुँचता है। वह बराबर निष्कपट रूप से उसकी बाट जोहती रही थी, पर 'स्वागतम्' भेंट करते समय उसके हाथ काँपते हैं और उसकी भयभीत आत्मा डूबने लगती है। प्रतिक्षण उसके जीवन में वह विष फैलने लगता है, जिससे वह अब तक बची हुई थी। पति को

इस वातावरण में सदा यही अनुभव होता है कि वह अपनी पत्नी के अयोग्य है और जो वस्तु वह 'स्वागतम्' के उत्तर में भेंट कर सकता है, उसे तो वह रास्ते ही में खो आया है। वह नीलकमल के सम्मुख इस दुखांत की बहुत प्रशंसा कर चुकी थी। भले ही उसे यह विश्वास था कि कोई कंपनी इस कहानी को फिल्माना स्वीकार नहीं करेगी।

बुढ़िया न जाने क्या सोचकर बोली, "बेटी, ब्रह्मा खुश हो तो अच्छा पति मिलता है।"

मिस बिलिमोरिया ने बेदिली से भी हुँकारा भरने की आवश्यकता नहीं समझी। उसे भय था कि बुढ़िया कोई पिटा-पिटाया किस्सा न शुरू कर दे। उसकी मानसिक अवस्था उड़ने के लिए उत्सुक अबाबील जैसी थी, जिसे बार-बार ध्यान आ रहा हो कि उड़ने से पहले अपनी मंजिल का फैसला कर लेना चाहिए। वह कहना चाहती थी कि वह नीलकमल के योग्य है और नीलकमल उसके योग्य है। फैसले बार-बार नहीं लिये जाते। उसे याद आया कि अभी अगले ही रोज नीलकमल कह रहा था—स्त्री को चाहिए कि ईर्ष्या को चीन की दीवार के समान रास्ता रोकने का अवसर न दे।

फिर उसे ध्यान आया कि बुढ़िया की पीठ पर जोर से एक ठोकर जमाकर कहे—दूर हो जा यहाँ से, बुढ़िया चुड़ैल! बड़ी आई है सास, ऊँह! मैं किसी सास को नहीं पहचानती। उसने विष भरी निगाहों से बुढ़िया की ओर देखा और देर तक दाँतों से नाखून नोचती रही। वह हमेशा के लिए इस परेशानी का हल ढूँढ़ लेना चाहती थी। बुढ़िया खामोश थी, जैसे कोई मिटती हुई परंपरा अतीत के खंडहरों के नीचे सदा की नींद सोने का बहाना न पाकर अफसोस कर रही हो। नीलकमल से कहकर यह घर बदलना होगा। हम अपने यौवन पर इस चुड़ैल का प्रतिबिंब क्यों पड़ने दें?

उसे घुटन सी अनुभव हो रही थी। अनजाने ही उसका क्रोध नीलकमल की बजाय बुढ़िया की ओर परिवर्तित होता चला गया। उसे ध्यान आया कि अगले ही रोज नीलकमल कह रहा था—मिस बिलिमोरिया! क्रोध को सदा के लिए थूक दो। और नीलकमल ने यह भी तो कहा था—मिस बिलिमोरिया, तुम एकदम अतिवादिनी स्त्री हो। जीवन सदा किसी एक ही धारा में बहनेवालों को सजा देता है। न अत्यंत घृणा अच्छी है, न अत्यंत लाचारी। न अत्यंत क्रोध अच्छा है, न दया। न बदले की भावना, न सेवा। न लगाव, न उपेक्षा, न सम्मान, न अपमान। इनमें से किसी को भी हमारे अनुभव के चारों तरफ तेजी से घूमने की आज्ञा नहीं होनी चाहिए। उसी

अवस्था में संभव है कि हमारी रगों में रक्त हमेशा समान गति से बहता रहे। उसी अवस्था में वह शांति संभव है, जिसकी तलाश कलाकार को व्याकुल किए रहती है। उसने सोचा कि काश! नीलकमल बाहर से झट आ जाए और हम प्रदर्शनी खत्म होने से पहले वहाँ पहुँच जाएँ। आईने के सामने खड़ी होकर वह फिर से बाल ठीक करने लगी। वह जैसे आईने से भी कहने जा रही हो—अब तो कमल को आ ही जाना चाहिए।

बुढ़िया बड़बड़ा रही थी, "बेटी, मैं नीलकमल से कहूँगी कि पिछले जन्म में कोई सौ-सौ मोती दान करे तो सभी गुणों से पूरी बहू मिलती है।"

मिस बिलिमोरिया ने फैसला कर लिया कि इस बुढ़िया की किसी बात का उत्तर न देगी। क्रोध की लहर के नीचे यह विचार भी दब गया कि वह आईने के सामने खड़ी होकर बालों में कंघी बेकार करती चली जाए। वह फिर सोफे पर आ बैठी।

अब वह नीलकमल के मुख से सुने हुए इस विचार का विश्लेषण करने लगी कि कल्पना का सौंदर्य सुंदरियों के सौंदर्य की अपेक्षा अधिक चमत्कारपूर्ण होता है। फिर उसे खयाल आया कि बुढ़िया तो जवानी के साथ कल्पना का सब सौंदर्य भी लुटा चुकी है। ले-देकर उसका मस्तिष्क पिटी-पिटाई परंपराओं के इर्द-गिर्द ही घूम सकता है। इसे कब कल्पना का सौंदर्य कहा जा सकता है? मेरी कल्पना का सौंदर्य तो बहुत ऊँचा है। और यों भी तो मैं सुंदरी हूँ। सुंदरी! जैसे किसी ने उसे चौंका दिया हो। झट सँभलकर वह सोचने लगी कि नीलकमल के सम्मुख केवल सौंदर्य ही सबसे बड़ा जीवन-मूल्य नहीं है। वह जानता है कि मैं उसकी प्रतिभा के विकास में हाथ लगा सकती हूँ, उसके रचनात्मक कार्य में बराबर की संगिनी बन सकती हूँ। मेरे पैर बताएँगे कि गायक ठीक 'गत' बजा रहा है या नहीं। मुझमें इतनी योग्यता अवश्य है कि मैं नृत्य को चरम सीमा तक ले जा सकूँ।

बुढ़िया फिर बोली, "बेटी, जब ब्याह होता है तो स्वर्ग के देवता आनंद से फूले नहीं समाते।"

मिस बिलिमोरिया ने कुछ उत्तर नहीं दिया। उसे ध्यान आया कि अभी पिछले ही रोज नीलकमल कह रहा था—सौंदर्य एक निश्चित वस्तु है, नकारात्मक कदापि नहीं। उसने बड़े ध्यान से बुढ़िया की ओर देखा। वह उससे कहना चाहती थी—अपनी बेसुरी बातों को बंद भी करोगी या नहीं!

सहसा नीचे जीने से तेज-तेज उठते हुए कदमों की आवाज आने लगी। बुढ़िया सँभलकर बैठ गई। मिस बिलिमोरिया बराबर के सोफे पर जमकर बैठ गई।

उस समय उसकी निगाहें न दीवार पर रखी हुई मूर्ति की ओर उठ सकती थीं, न सूली पर चढ़े ईसा के चित्र की ओर। वह दरवाजे की ओर देख रही थी।

नीलकमल ने अंदर आते ही नीले कागज में लिपटी हुई कोई चीज परे रखकर मिस बिलिमोरिया की ओर बाँहें फैला दीं। मिस बिलिमोरिया ने न उसके हाथ झटके, न यही स्पष्ट होने दिया कि वह उसकी कितनी प्रतीक्षा में बैठी रही थी। वह खिलखिलाकर हँस पड़ी। बोली, ''तुम्हें कुछ याद नहीं रहता, तुम कलाकार हो न, कमल।''

बुढ़िया कह उठी, ''आज ब्याह का फैसला कर लो, बेटा! कल ब्याह कर लो।''

नीलकमल और मिस बिलिमोरिया हँसी-ठट्ठों में खो गए। मिस बिलिमोरिया चाहती थी कि बुढ़िया और आगे बढ़ जाए। वह नीलकमल से अपने दिल की बात साफ-साफ कह देना चाहती थी, पर जैसे छींक आते-आते रुक जाए, वह चुप ही रह गई।

नीलकमल बराबर हँस रहा था। मिस बिलिमोरिया शरमाकर बोली, ''हाँ, आज फैसला कर लो, कल ब्याह हो जाए। दादी-अम्मा सच ही तो कह रही हैं।''

नीलकमल की हँसी एक झटके के साथ रुक गई। उसके चेहरे पर एक रंग आ रहा था, एक रंग जा रहा था।

गीले उपलों के कसैले धुएँ के समान आनेवाले बालक का विचार मिस बिलिमोरिया के मन पर पहले से कहीं ज्यादा गहरा हो गया। दीवारगीर की मूर्ति पर उसने एक उचटती सी निगाह डाली। उसे ध्यान आया कि यह मूर्ति कमरे के सौंदर्य में विशेष वृद्धि कर रही है, पर आज वह अपनी चिंता नीलकमल के सम्मुख स्पष्ट कर देना चाहती थी। और असमंजस का यह हाल था कि मन की बात होंठों तक पहुँचकर खामोशी की गहराइयों में खो जाती थी।

नीले कागज को अलग करते हुए एक मूर्ति निकालकर नीलकमल ने दीवारगीर पर पहली मूर्ति से कुछ फासले पर रख दी। मिस बिलिमोरिया ने इधर ध्यान नहीं दिया। वह कह उठा, ''इधर देखो, मिस बिलिमोरिया, इधर देखो। यह एक हब्शिन की मूर्ति थी, जिसे पीतल में ढालकर एक विशेष क्रिया की सहायता से चॉकलेट का रंग दे दिया गया है।''

मिस बिलिमोरिया ने नई मूर्ति पर नजरें गाड़ दीं। बोली, ''यह सूजे हुए मोटे-मोटे होंठ। ऊँह! यह पकौड़ा सी नाक! बाल तो जैसे सूखी हुई घास। भद्दी बेडौल गरदन। दाएँ बाजू के मुकाबले में बुरी तरह ऊपर को उठा हुआ बायाँ बाजू।

छाती ऐसी, जैसे फोड़े उभर रहे हों।''

नीलकमल मिस बिलिमोरिया की बात पर बुरी तरह झुँझलाया। उसने चाहा कि उसे फटकारते हुए कहे—चुप चुप, इस जिंदगी में तो तुम्हें कला को परखने की तमीज मिल नहीं सकती। पर उसने खामोश रहना ही मुनासिब समझा।

पहली मूर्ति की ओर अँगुली उठाकर मिस बिलिमोरिया कह उठी, ''मालूम है नीलकमल, इस सुंदरी की तरह मैं भी तुम्हें तुम्हारा प्रतिरूप भेंट करने जा रही हूँ। हाँ, तो अब हमें दुनिया के सामने पति-पत्नी के रूप में खड़े हो जाना चाहिए।''

नीलकमल ने नई मूर्ति को नए अंदाज से दीवारगीर के एक सिरे पर रखते हुए कहा, ''पर इसकी क्या आवश्यकता है? तुम और हब्शिन, जीवन और कला, कुरूपता और सुंदरता—इनमें बहुत विषमता है। कला में कुरूपता भी सुंदरता में बदल जाती है, पर जीवन तो जीवन है। नहीं, मिस बिलिमोरिया, नहीं...''

बुढ़िया दहलीज पर गठरी बनी पड़ी थी। मिस बिलिमोरिया ने दोनों मूर्तियों की ओर देखते हुए सूली पर चढ़े हुए ईसा की तरफ आँखें घुमाईं और बिना कुछ कहे-सुने बिजली की तरह लपककर कमरे से बाहर निकल गई।

(सड़क नहीं, बंदूक)

□

फत्तू भूखा है

भूख मर रही है। अब यह बढ़ तो नहीं सकती। पहले तो साँपिन की तरह बढ़ती चली आ रही थी। चूल्हे में आग नजर नहीं आती। आज आग नहीं जलेगी। दोपहर तो कभी की ढल गई। पिताजी भूखे हैं, चाचा भूखा है, चाची भूखी है, माँ भी, मैं भी, छोटा भाई भी। और फत्तू भी तो भूखा है।

फत्तू ने कल भी कुछ नहीं खाया था। इधर सारे घर में बताया तो यही गया कि किसी ने कुछ नहीं खाया, पर एक माँ को छोड़कर सबने कुछ-न-कुछ डाल ही लिया था मुँह में चोरी-छिपे। गुस्से से जला-भुना फत्तू भैंसों के समीप खाट डालकर सो गया था। अनेक वर्षों से वह इसी जगह सोता आया है।

फत्तू मुसलमान है। जी हाँ। हम हिंदू हैं, होंगे! पर फत्तू एक मुद्दत से हमारी भैंसों की सेवा करता आया है। कम दूध देनेवाली भैंसें अधिक दूध देने लगीं, नाच नचानेवाली अड़ियल भैंसें सीधी हो गईं। वह वेतन भी तो नहीं लेता। वह तो घर का आदमी है। जी हाँ, घर का आदमी। सब अपना-अपना काम करते हैं। वह भैंसों को सँभालता है। भैंसें उसे चाहती हैं। जरा किसी भैंस के शरीर पर हाथ फेर दिया, बस वह उसपर खुश हो गई। भैंस तो भैंस, अभी परसों तक तो यह हाल था कि वह किसी भैंस के शरीर पर अपना हाथ फेरता और मुझे यों लगता कि वह मेरे शरीर पर हाथ फेर रहा है। हाँ, तो आज फत्तू भूखा है।

भैंसें भी उदास नजर आती हैं। उन्होंने कैसे जान लिया कि फत्तू भूखा है? गोमा का मुँह तो उतर गया है। वंतो मुँह बाँधे बैठी है। रेशमा की आँखों में आँसू आना चाहते हैं। बेजुबान भैंसों ने कैसे जान लिया कि फत्तू भूखा है?

कल फत्तू भूखा नहीं रहा होगा। किसी भैंस का दूध पीकर पड़ रहा होगा। नहीं-नहीं, वह ऐसा आदमी नहीं है। जरूर वह कल भी भूखा रहा होगा। और वह आज तो भूखा है ही।

माँ कह रही है, "रोटी खा ले, फत्तू! पेट के साथ क्या दुश्मनी है? कल से चूल्हा ठंडा पड़ा है। अभी चूल्हे में आग जलाऊँगी। बस, तू जरा हाँ कर दे, फत्तू!"

मैं फत्तू के समीप खड़ा हूँ। इधर मेरी उदासी बढ़ रही है। फत्तू भूखा है। उसकी आँखें मंदिर के दीयों के समान टिमटिमा रही हैं। वह मुँह से कुछ नहीं बोलता।

तुम भी एक ही गुस्सैल हो, फत्तू! मैं कहना चाहता हूँ, तुम्हारे कपड़ों से तो गोबर की बू आती है। फिर भी मैं तुम्हारे पास दौड़ा आता हूँ। तुम्हारा यह गुस्सा मुझे सिरे से नापसंद है। पेट के साथ क्या दुश्मनी! माँ सच कहती है। अभी कल तक मेरे हँसने-खेलने के दिन थे, अब मैं समझदार हो रहा हूँ। केवल हँसता-खेलता रहता तो आठवीं की परीक्षा में पूरे स्कूल में प्रथम कैसे आता? सब लड़कों के सामने हेडमास्टर साहब ने मुझे शाबाशी दी थी। कुछ दिन और हूँ इधर। हाई स्कूल में भरती होने के लिए बाहर जाना होगा। फिर न वहाँ फत्तू होगा, न गोमा, न वंतो, न रेशमा। हाँ, तो फत्तू आज भूखा है।

जब पहले-पहल फत्तू इस घर में आया था तो वह मुझसे एक ही वर्ष बड़ा था—एक अनाथ लड़का। खुले शब्दों में वह वेतन माँग सकता था। उसने तो घर का आदमी बनना ही पसंद किया। लोगों ने उसे सौ-सौ पट्टियाँ पढ़ाईं। उसपर कुछ प्रभाव न हुआ। माँ ने भी बहुत कहा, "फत्तू, रुपए माँग ले," पर वह हमेशा इसे मजाक समझता रहा। "बेटा माँ से तनख्वाह ले, यह तो न होगा।" बस, यही उसका गढ़ा-गढ़ाया जवाब था।

चूल्हे में आग नहीं जली। पूरे घर में अफरा-तफरी फैल रही है। फत्तू चुप है। जी चाहता है कि उसकी खाट के गिर्द कोई अजीब सा नाच नाचूँ और उस गीत के बोल गुनगुनाऊँ, जो मुझे बहुत पसंद है—फत्तू की पगड़ी में कोयल का घोंसला। पर अब तो हवा भी थम गई। मुझे भी शांत होकर बैठ जाना चाहिए। मैं फत्तू की ओर टकटकी बाँधे देख रहा हूँ। कितना सूखा-साखा सा आदमी है, पर वह दूध में बसता है। रेशमा और गोमा को दुहते समय, शुरू में या आखिर में, उनके थनों को मुँह लगाकर जितना चाहे दूध पी सकता है। कोई निगरानी तो नहीं करता, पर नहीं-नहीं, वह इस तरह दूध नहीं पीता। घर का आदमी जो ठहरा। पूरा दूध दुहकर लाता है। मेरी निगाह में तो वह एक मूर्ख है। उसे तो खूब दूध पीना चाहिए। लाख कोई झख मारा करे, चोरी का नाम दिया करे। मैं तो इसे चोरी नहीं कहूँगा। अपने दूध की चोरी—खूब इनसाफ है। जी हाँ, फत्तू तो घर का आदमी है।

चाची ने आज भी चोरी-छिपे पंजीरी खा ली होगी। ऊपर से वह फत्तू की मिन्नत किए जा रही है, ''देख फत्तू बेटा, रेशमा कितनी उदास हो रही है।'' ठीक तो है। रेशमा को फत्तू से पूरी हमदर्दी है—चाची से कहीं ज्यादा।

रेशमा की बड़ी-बड़ी आँखों में झाँककर मैं पूछता हूँ—रेशमा, क्या तुम जानती हो कि चाचाजी फत्तू की सलाह लिये बिना ही तुम्हें बेच डालेंगे? और उसकी बड़ी-बड़ी आँखें आँसुओं से गीली हो गईं। जैसे वह कहना चाहती हो—फत्तू के बिना मैं कैसे जिंदा रहूँगी? और मेरे कारण वह इस घर को तो छोड़ने से रहा।

गोमा अलग उदास बैठी है। जैसे कहना चाहती हो—फत्तू यहाँ से चला गया तो मैं कैसे जिंदा रहूँगी। जब वह मुझे नजर नहीं आता तो मुझे बिनौले भी अच्छे नहीं लगते।

वंतो ने अपनी थूथनी गोबर और पेशाब से लथपथ जमीन पर रख छोड़ी है। जैसे वह अब इसी तरह बैठी रहेगी। उसके शरीर पर कभी फत्तू ने मालिश नहीं की। वह जानती है कि उसे सबसे अधिक प्रेम रेशमा से है। उसी को वह सबसे अधिक बिनौले खिलाया करता है, पर वह ईर्ष्या में फँसकर फत्तू से घृणा नहीं करती।

वचनी ने घास को मुँह तक नहीं लगाया। पहले फत्तू खाएगा। जी हाँ, पहले तो फत्तू को ही खाना चाहिए। और जब तक फत्तू अपनी जबान से हुक्म नहीं देता, तब तक वचनी अपने पेट की बात कभी नहीं सुनेगी।

चाची कह रही है, ''इन गरीब भैंसों का ही कुछ खयाल करो, फत्तू! क्या खाओगे? बोलो तो। जो खाओगे, वही पका दूँ। तेरे अल्ला का वास्ता। गुस्से को थूक दो। मैं देखूँगी कि किस तरह तुम्हारे चाचा रेशमा को बेच डालते हैं। उन्हें आने तो दो। मैं खुद उनका हाथ पकड़ लूँगी। फत्तू बेटा, वही होगा, जो तुम चाहोगे। बस, अब जिद न करो। पहले कुछ खा लो।''

रेशमा ने अपनी थूथनी फत्तू की खाट पर रख दी और अपनी बड़ी-बड़ी आँखों से उसकी ओर देखने लगी। जैसे कह रही हो—हाँ-हाँ फत्तू, पहले कुछ खा लो। चाची की बात रख लो, कब तक भूखे रहोगे? अपनी भूख की तो मुझे कुछ चिंता नहीं। तुम जरूर मेरे दूध की खीर बनवा लो अपने लिए।

मैं सोच रहा हूँ कि चाची से कैसे सवाल-जवाब करूँ? तेरे अल्ला का वास्ता! तो क्या फत्तू का अल्ला और चाची का भगवान् दो हैं! दो तो न होंगे। फत्तू कोई गाजी तो नहीं, पर उसका अल्ला उसपर खुश जरूर है। अल्ला ने ही

रेशमा का दूध अधिक-से-अधिक बढ़ा दिया था। एक बार एक नई ब्याई भैंस मर गई थी। फत्तू ने समझ लिया कि अल्ला नाराज है, पर कुछ दिनों के बाद फत्तू ने मुझे समझाया था कि अल्ला अपने बंदों को सजा देकर खुश नहीं होता। तेरे अल्ला का वास्ता! यह क्यों न कहा कि मेरे भगवान् का वास्ता?

कल जगदीश दुकान पर चाचा से कह रहा था, ''न कोई अल्ला है, न भगवान्। यदि कोई ऐसी शक्ति होती तो पहले अमीरी और गरीबी की सीमाओं को अपने वश में रखती। अमीरों को खून चूसनेवाली जोंकें न बनने देती और गरीबों को जन्म-जन्म के गुलाम और पददलित पशु बनने पर मजबूर न करती, बल्कि अगर कोई खुदा होगा भी तो जरूर कोई साहूकार होगा, क्योंकि आजकल साहूकारों की चाँदी है।''

जगदीश न जाने क्यों ऐसी बातें किया करता है? जी हाँ, वह अब ग्रेजुएट है। न वह फत्तू के अल्ला को मानता है, न चाची के भगवान् को। क्या सब ग्रेजुएट ऐसे ही होते हैं? आज जब मैंने उसे बताया कि मैंने चाची को चोरी-छिपे पंजीरी खाते देखा है तो वह गला फाड़कर हँसने लगा। बोला, ''मैं भगवान् होता तो चाची को चार घूँसों से कम सजा क्या देता?''

रेशमा और गोमा, वंतो और वचनी—चारों भैंसें, एक-दूसरे की ओर देख रही हैं। शायद वे मिलकर फैसला करना चाहती हैं कि फत्तू को खाना खा लेना चाहिए।

मुझे विश्वास नहीं होता कि कोई ग्रेजुएट भी भैंसों से इतना प्यार कर सकता है। मुझे यह भी विश्वास नहीं होता है कि भैंसें किसी ग्रेजुएट को भूख-हड़ताल करते देखकर खुद भी हड़ताल में शामिल हो सकती हैं, पर जगदीश तो नास्तिक है और उसने चाचा को भी नास्तिक बना दिया है।

जब से फत्तू हमारे यहाँ आया है, वह अपनी भैंसों को इसी तरह प्यार करता रहा है। हर साल ईद के अवसर पर वह सवेरे-सवेरे उन्हें नहलाता है और फिर एक-एक के कान में कहता जाता है—कल ईद है! और रात में नहर के किनारे वह अपने साथ उन्हें भी ईद का चाँद दिखाकर खुशी से झूम-झूम उठता है। दिवाली की रात आती है तो वह खुरलियों पर दीये जलाकर रखता जाता है। इस खुशी में भैंसों का दूध बढ़ जाता है। और फिर कार्तिक की पूर्णमासी पर वह उन्हें मेला दिखाने ले जाता है। कहता है—इन्हें भी तो मालूम होना चाहिए कि आज बाबा नानक का जन्मदिन है। जी हाँ, बहुत ही मजेदार आदमी है फत्तू। कहता है—आदमी अपने त्योहार मनाए और अपने मवेशियों को शामिल न करे,

यह तो बड़ी मूर्खता होगी।

कभी-कभी फत्तू अपने होंठ चूस लेता है। अब तो जरूर उसे कुछ-न-कुछ खा लेना चाहिए। शायद वह सोचता है—रेशमा, मेरी रेशमा मेरे पास से चली गई तो कौन उसे बिनौले देगा? सूखा-साखा सा भूसा खाते हुए वह कहा करेगी—किधर गया वह मेरा फत्तू? तेल की मालिश के बिना उसके सींग सूख जाएँगे। उसकी नरम और मुलायम पीठ सेही की पीठ की तरह खुरदरी हो जाएगी। उस समय वह मुँह उठाकर 'बाँय-बाँय' करती हुई कुछ तलाश करती हुई सी निगाहों से किसी को ढूँढ़ा करेगी; पर उसे उसका फत्तू कहीं नजर न आएगा। इससे अधिक वह कुछ नहीं सोच सकता। सिर को एक झटका देकर वह उठ बैठा है।

रेशमा अपनी बड़ी-बड़ी आँखों से फत्तू की ओर देखती हुई एक बार फिर अपनी थूथनी खाट की पट्टी पर रख देती है। जैसे कहना चाहती हो—तुम खाना खा लो फत्तू! चाचा जरूर चाची की बात रख लेंगे और मुझे बेचेंगे नहीं। और अगर उन्होंने मुझे बेच भी दिया तो मैं रस्सा तुड़ाकर भाग आऊँगी। मैं किसी भी तरह अपने नए मालिक के घर में बँधकर न रहूँगी। फत्तू, तुम तो जानते ही हो कि तुम्हारे बिना मुझे कुछ भी अच्छा नहीं लगता। तुम दूध दुहने बैठते हो तो मैं चाहती हूँ कि तुम मुझे घंटों दुहते रहो। मुझे उस समय एक गुदगुदी सी होती है; केवल तुम्हारे ही हाथों से दुहे जाने पर।

भूखी आँखों से फत्तू रेशमा की तरफ देखता है। जैसे कह रहा हो—बस चलते तो तुम्हें बिकने न दूँगा, रेशमा! मुझे मालूम है, तुम हमेशा मेरे हाथों से दुहा जाना पसंद करती हो, बल्कि तुम तो इस बात के लिए तरस जाती हो कि कभी तुम्हारे थन को मुँह में लेकर मैं दूध पिऊँ।

चाचा भी आ गए। फत्तू की ओर देखे बिना ही वह अंदर चले गए। फत्तू की नाराजगी के कारण चूल्हा ठंडा पड़ा रहे, यह बात उन्हें पसंद नहीं है। असल में वे फत्तू से तंग आ चुके हैं। फत्तू हमेशा खुद ही दूध दुहता है। और चाचा कहते हैं कि कोई देखनेवाला न हो तो वह भैंस के थन को मुँह में लेकर जितना चाहे, उतना दूध पिया करे हर रोज।

पिताजी कह रहे हैं, ''फत्तू बेटा! अब छोड़ो यह भूख हड़ताल। रेशमा तुम्हारी है और तुम्हारी ही रहेगी। वह बिकेगी नहीं, हम गिरेंगे नहीं।''

अगर रेशमा सचमुच बिकेगी नहीं तो खुद चाचा क्यों नहीं कह देता? न भगवान् की कसम खाए, न अल्ला की। केवल कह दें कि रेशमा बिकेगी नहीं, पर आश्चर्य तो इस बात का है कि जब से जगदीश चाचा के पास आने लगा है,

चाचा फत्तू की ओर और भी उपेक्षा से देखने लगे हैं।

चाची परे बैठी कमीज सी रही है। जरूर यह चाचा के लिए सिल रही होगी; पर मैं सोचता हूँ कि चाचा को यह कमीज हरगिज नहीं मिलनी चाहिए। चाचा जरा भी तो फत्तू का खयाल नहीं करते। जी हाँ, अब तो फत्तू को बहुत सख्त भूख लग रही होगी। भूख से उसकी जान निकल रही होगी, पर वह भी हठीला ही है। अड़ गया तो अड़ गया हमेशा के लिए। बस, अब खुद भी आकर कहे कि भूख हड़ताल बंद कर दो तो वह एक नहीं सुननेवाला।

फत्तू की जबान पर बराबर टाँका लगा है। अंदर से निकलकर चाचा उसकी खाट के समीप खड़ा हो गया। दोनों खामोश हैं। ऐसी भी क्या खामोशी है? शायद चाचा झुकने को तैयार है, लेकिन बात मुँह पर नहीं आती। कितना जिद्दी है चाचा भी। आखिर इसमें जिद की क्या बात है? रेशमा को बेचना इतना जरूरी कहाँ से हो गया? फत्तू भी आखिर इनसान है। अगर वह सचमुच रेशमा को बिकने नहीं देना चाहता तो व्यर्थ में ही चाचा को ही जिद करने की क्या जरूरत है?

फत्तू के दिल में तो पूरे घर का दर्द भरा है, सब भैंसों का दर्द भरा है। वह कितना भला आदमी है—बिलकुल घर का आदमी। आज वह कैसे पराया हो गया? वह अनाथ सही, उसका रक्त-मांस किसी अपरिचित परिवार का सही, उसका मजहब भी भिन्न सही, पर उसने अपना सारा जल इसी नदी में मिला दिया। और यदि यह सत्य है तो उसका सत्याग्रह भी ठीक है।

क्या रक्त का संबंध ही सबसे बड़ा संबंध है? फत्तू मेरा भाई है। उसका अल्ला मेरा भी अल्ला है। उसके साथ मैं भी मुसलमान हूँ। अरे, अरे! यह मैं क्या कह गया? पर ऐसी भी क्या बात है। फत्तू मेरा भाई है। जी हाँ, फत्तू हमेशा मेरा भाई रहेगा। उसकी आँखों में आँखें डालकर मैं हमेशा कह सकता हूँ—तुम कभी इतने नाराज तो नहीं हो जाओगे फत्तू, कि मुझे अकेला छोड़कर चले जाओ?

पिताजी कह रहे हैं, "अब जिद छोड़ दो, फत्तू बेटा। तुम देखोगे कि रेशमा तुम्हारे पास ही रहेगी।"

चाचा अब भी खामोश है। न जाने चाचा क्यों खामोश है! चाचा चाहे तो एक ही शब्द से फत्तू को खुश कर सकता है, लेकिन यह तो तभी हो सकता है, जब चाचा जिद छोड़कर सीधे मुँह बात करे। फत्तू में ऐसी क्या बुराई है कि चाचा व्यर्थ ही उसे नाराज करने पर तुल गया है। आखिर चाचा अपना इरादा जाहिर क्यों नहीं कर देता? क्या रेशमा को बेचने की जिद बहुत जरूरी है? रेशमा तो बहुत अच्छी भैंस है। उससे तो मुझे भी प्यार है। अब मैं कैसे कहूँ कि चाचाजी, फत्तू

के लिए नहीं तो मेरे लिए ही रेशमा को रख लो।

जिस दिन मेरी परीक्षा का परिणाम निकला था, मैंने फत्तू को चौदह अमरूद दिए थे। वह कितना खुश नजर आता था। कैमरा होता तो मैं उसका फोटो ले लेता। उस दिन उसने मेरे उत्तीर्ण हो जाने की खुशी में एक नया गीत बना डाला था। जब वह गा रहा था तो मुझे ऐसा लगा कि परीक्षा में तो फत्तू पास हुआ है और मैं केवल एक चरवाहा हूँ। फत्तू की पगड़ी में कोयल का घोंसला—मैं गा रहा था। उसने मुझे कान से पकड़ लिया। उसकी अँगुलियों ने चिमटी का रूप धारण कर लिया था। मेरी चीखें निकल गईं। फिर कहीं उसने मुझे छोड़ा और धमकी दी—अब मत कहना कोयल का घोंसला फत्तू की पगड़ी में। आठवीं पास कर ली, पर पुरानी शरारतें नहीं गईं। मैं उसके आगे-आगे दौड़ा जा रहा था। मैं उससे पूछना चाहता था कि कोयल का घोंसला उसने कभी देखा भी है या नहीं? उस समय मैंने सोचा कि अपने गीत का बोल बदलकर गाऊँ—रेशमा के सींगों पर कोयल का घोंसला। पर यह स्पष्ट था कि वह इसे भी पसंद नहीं करेगा। उसकी उम्र चौदह वर्ष की है और मेरी तेरह वर्ष की। इसीलिए तो मैंने तेरह अमरूद लिये थे और उसे दिए थे पूरे चौदह के चौदह।

माँ कह रही है, ''तेरा चाचा तुझे नाराज नहीं करेगा, फत्तू बेटा! मुँह से न बोल, इशारे से कह दे। बोल, आग जलाऊँ चूल्हे में?''

चाचा कह उठता, ''हाँ-हाँ, जलाओ आग। अरे, फत्तू तो बहुत समझदार लड़का है।''

मैं खुशी से उछलकर परे को सरक जाता हूँ। जी में तो आता है कि फत्तू के गले में बाँहें डालकर कहूँ—देखो, अब यह तुम्हारी भूख हड़ताल नहीं चल सकती, फत्तू भैया।

चाची ने कमीज पूरी कर ली। वह मशीन से उठकर चूल्हे के समीप जा बैठी और आग सुलगाने लगी। आज भी आग न जलती तो वह जरूर चोरी-छिपे चाचा को पंजीरी खिला देती और आप भी खा लेती।

मैं कहता हूँ, ''फत्तू के लिए भी आज एक नई कमीज होनी चाहिए।''

चाचा और पिताजी एक स्वर में कहते हैं, ''एक क्यों, पाँच!''

फत्तू उठ बैठा है। पूरा घर खुश नजर आता है। अब तो मालूम होता है कि जैसे फत्तू का अपने अल्ला पर ईमान है, वैसे ही चाचा का अपने भगवान् पर विश्वास है। है भी ठीक। जगदीश का असर इतनी जल्दी कैसे हो सकता था?

चाचा फत्तू से गले मिल रहे हैं। पिताजी परे खड़े यह तमाशा देख रहे हैं।

वे अब कुछ न बोलेंगे। फत्तू कहता है, ''रेशमा का क्या फैसला हुआ, यह तो कहो, चाचा?''

चाचा पहले खामोश रहता है। फिर बड़े विश्वास से कहता है, ''मैं रेशमा को कहीं बाहर नहीं ले जाऊँगा। यह तुम विश्वास रखो।''

चूल्हे पर खीर पक रही है। छोटा भाई बाहर से आकर कहता है, ''माँ, पहले मुझे देना खीर।''

''नहीं, माँ,'' मैं कहता हूँ, ''पहले मुझे देना खीर।''

पिताजी कह रहे हैं, ''आँच और तेज कर दो।''

न जाने खीर कब तैयार होगी? मरी हुई भूख फिर चमक उठी है। भूख तो आदमी को बावला बना देती है। सब स्वार्थों की माँ है यह भूख। अगले ही रोज जगदीश दुकान पर चाचा से कह रहा था—जिसने भूख की फिलॉसफी को समझ लिया, उसने जीवन का भेद पा लिया। फिर न कोई अल्ला रह जाता है, न भगवान्। न इनसान, न हैवान। मतलब यह है कि फिर अमीर-गरीब का फर्क न रहेगा। न कोई नौकर होगा, न मालिक। आदमी-आदमी सब बराबर होंगे।

खीर तैयार हो गई। छोटा भाई कहता है, ''माँ, पहले मुझे देना खीर।''

माँ डाँट बताकर छोटे भाई को चुप करा देती है। और मैं खुद ही शर्मिंदा हो जाता हूँ। माँ चमककर कहती है, ''पहले फत्तू खाएगा, फत्तू भूखा है।''

थाली में खीर भरकर चाची फत्तू के सामने ला रखती है और कहती है, ''यह लो रेशमा के दूध की खीर, फत्तू बेटा! बासमती के चावल, रेशमा का दूध और गन्ने का रस। ऐसी खीर तुमने पहले कभी न खाई होगी।''

फत्तू खीर खा रहा है और सोचता है कि सचमुच ऐसी खीर उसने पहले कभी नहीं खाई थी। छोटा भाई अलग चमचे भर-भरकर खीर खा रहा है।

सबने आज खीर ही खाई है—रेशमा के दूध की खीर!

रात के साए बढ़ रहे हैं। रेशमा और गोमा, वंती और वचनी—चारों भैंसें बड़ी बड़ी आँखों से फत्तू को देख रही हैं। जैसे कह रही हों—तुम्हारी जीत हमारी जीत है।

रात का अंधकार गहरा हो रहा है। रेशमा का ग्राहक भी आ पहुँचता है। पिताजी खामोश हैं। चाचा खामोश हैं। फत्तू भी खामोश है।

अमावस की रात के नन्हे टिमटिमाते दीये के समान फत्तू बड़े गर्व से सिर ऊँचा किए बैठा है, क्योंकि उसे भरोसा है कि चाचा अपना वायदा नहीं भूलेगा और रेशमा को हरगिज नहीं बेचेगा।

उधर चाचा रेशमा के ग्राहक की ओर सरक जाता है और उनकी कानाफूसी

और भी पेचीदा हो रही है।

फत्तू सोचता है कि रेशमा कभी नहीं बिक सकती। आखिर चाचा अपने वायदे का पक्का आदमी ठहरा।

हवा के जबरदस्त झोंके को दीये की लौ की क्या परवाह? जी हाँ, रेशमा का ग्राहक भी एक बार आकर खाली कैसे जा सकता है!

(सड़क नहीं, बंदूक)

□

ला बोहीम

रोजी गुलाब का फूल ही तो थी। वह सात समंदर पार से आई थी। अब यह उसका गुण समझें या अवगुण कि वह बहुत कम बातूनी थी। हमारे देश के अजनबी वातावरण में वह बड़ी हैरानी से देखने लगती थी और न जाने किस-किस तरह के एहसास में खो जाती। माँ की लोरी में उसने जिन धड़कनों की आवाज सुनी थी, वे पीछे रह गई थीं।

अब तो भाषा की अभिव्यक्ति के नए क्षितिज खुल रहे थे। वह इस तरह देखती, जैसे कोई माँ ममता भरी दृष्टि से बच्चे की आँखों में एक नया एहसास जगाती है। क्या पता, किस जादुई खोज में वह अपने घर से इतनी दूर चली आई थी। कभी-कभी हम लोगों को ऐसा लगता था कि रोजी के चिंतन के सामने नए क्षितिज ने एक दीवार सी खड़ी कर दी है।

फायर ब्रिगेड के सामनेवाले रेस्त्राँ 'ला बोहीम' में पहली बार हम लोगों की मुलाकात रोजी से हुई थी। आर्केस्ट्रा की मध्यम धुन के ताल पर रोजी ने हमें एक कहानी सुनाई, जो उसने अपनी माँ से सुनी थी।

वह यूरोपियन लोककथा बड़ी आकर्षक थी।

सातवें जंगल के सातवें पहाड़ के पास समंदर के किनारे एक मछुआ रहता था, जो किसी चरवाहे की बेटी से प्यार करता था। मछुआ बड़ा गरीब था और चरवाहे के घर में भी बड़ी मुश्किल से खाना पकता था। एक दिन सारी रात चिंता में डूबे रहने के बाद उसने समंदर में जाल फेंकते हुए खुदा से दुआ माँगी कि उसके जाल में सोने की मछलियाँ आकर फँसें, जिनकी आँखों में हीरे चमकते हों और कोख में मोती हों।

पहली बार जाल फेंकने पर तो मामूली मछलियाँ भी नहीं फँसीं। दूसरी बार भी काम न बना; लेकिन तीसरी बार जाल फेंकने के बाद जब उसने जाल

बाहर खींचा तो सिर पर पूनो का चाँद चमक रहा था। पूनो की चाँदनी में उसने देखा, उसका जाल चाँदी का बन गया था और चाँदी के जाल में सोने की मछलियाँ चमक रही थीं।

सोने की मछलियों के ऊपर एक जलपरी बैठी थी।

जलपरी ने मछुए से कहा, "पता नहीं, कब से मैं समंदर की तह में पड़ी रही थी। सुनो, मैं यह बात भी खोलकर बता दूँ कि मुझे खुदा ने समंदर की तह में इसलिए फेंक दिया था, ताकि वहाँ पड़ी-पड़ी मैं कामदेवी का रूप धारण कर लूँ।"

फिर जलपरी ने कहा, "तुम्हारी दुनिया में लोग साँपों से प्यार करते हैं। उनके दिलों में जो जहर भरा पड़ा है, वह समंदर से भी कहीं ज्यादा गहरा है। तुम्हारी हविस की मारी दुनिया के लोग बहुत दुःखी हैं। मेरे ऊपर तुम बस यही रहम करो कि मुझे समंदर की गहराई में मत फेंको। तुम मुझे उस चरवाहे की बेटी के पास ले चलो।"

मछुए ने मुसकराकर जलपरी से कहा, "क्या तुम मेरे रहने के लिए शीशमहल बनवा दोगी? क्या तुम मेरा घर सोने-चाँदी से भर दोगी, ताकि मेरी गरीबी दूर हो जाए?"

अगले ही क्षण जलपरी ने खिले हुए माथे से जवाब दिया, "मुझे शीशमहलों में रहने का शौक नहीं है। मेरे प्यार को न सोने की भूख है, न चाँदी की प्यास है।"

यह सुनने के बाद मछुए के सामने से मानो किसी बड़ी सचाई के चेहरे पर से परदा उठ गया और उसने सोने की मछलियोंवाले चाँदी के जाल को समंदर में फेंककर जलपरी को गले से लगा लिया।

और ला बोहीम में मुलाकात होने के बाद हम लोगों ने समझ लिया था कि उस जलपरी की तरह ही रोजी हमारे हाथ आ गई थी।

जब पहली बार रोजी से मुलाकात हुई तो उस वक्त नीलकंठ भी उसके साथ था। उन दोनों की पहली मुलाकात लंदन में हुई थी। नीलकंठ उसे अपने साथ पेरिस और रोम घुमा लाया था। रोजी की नीली आँखों की झीलों में कहानियों की किश्तियाँ तैर रही थीं, लेकिन वह खामोश बैठकर मुसकराती रही।

नीलकंठ ने लंदन के शानदार म्यूजियम की बात शुरू की, फिर लंदन की बात बीच ही में छोड़कर वह पेरिस की सड़कों पर चल निकला। फिर पेरिस की बात बीच में छोड़कर वह रोम की किसी इमारत की महानता का राग अलापने

लगा। उसने बताया कि उस इमारत की महानता का यही सबूत काफी है कि उसका नक्शा माइकेल एंजेलो ने बनाया था।

उसने गरदन अकड़ाकर कहा, ''रोजी भी जानती है कि रोम में लोग आपको बताएँगे कि यही वह जगह है, जहाँ बैठकर शेली ने फलाँ कविता लिखी थी, या यही वह गली है, जहाँ माइकेल एंजेलो रहता था।''

फिर उसने कहा, ''हमारे देश में तो कोई ऐसी परंपरा नहीं है। कोई नहीं कह सकता कि यह वही जगह है, जहाँ बैठकर अमीर खुसरो कविता और संगीत की साधना किया करता था, न ही कोई कह सकता है कि यही वह 'ला बोहीम' है, जहाँ बैठकर फलाँ-फलाँ चित्रकार या लेखक अपनी-अपनी कला के बारे में विचारों का आदान-प्रदान किया करते थे।''

उस दिन मेरे साथ मल्होत्रा और नागपाल भी थे। हम लोगों के मना करते-करते हम तीनों का बिल नीलकंठ ने चुकाया।

फिर तो हम कर्ज लेकर भी 'ला बोहीम' पहुँचना जरूरी समझने लगे, क्योंकि वहाँ रोजी से मुलाकात हो जाती थी।

वह अकेली ही वहाँ बैठी रहती थी। उसने खुद ही हमें बता दिया था कि नीलकंठ उसके साथ आधे घंटे से ज्यादा वक्त नहीं गुजार सकता—चाहे रोजी उसे मिलने सात समंदर पार से आई थी।

ला बोहीम का वातावरण भी अजब था। दिन के वक्त भी वहाँ अँधेरा छाया रहता था और इस अँधेरे के भेद भरे वातावरण में हर मेज पर नलदार शेडवाला बल्ब लटकता रहता था।

लगता था, जैसे सबके सब निश्चिंत लोग यहाँ आकर बैठे हों; लेकिन उनमें ज्यादा लोग बुर्जुआ किस्म के ही दिखाई देते थे।

एक दिन रोजी की इच्छा देखकर नागपाल ने उसे हिंदुस्तानी सिखाने की जिम्मेदारी अपने ऊपर ले ली। उसने हिंदुस्तानी का सबक इस दोहे से शुरू किया—

गोरी सोवे सेज पै, मुख पै डारे केस,
चल खुसरो घर आपने, साँझ भई चौदेस।

पहले उसने रोजी को इस दोहे का अंग्रेजी अनुवाद सुनाकर पूरी तसवीर उसके सामने पेश करने की कोशिश की और फिर इस दोहे की रचना पर रोशनी डालते हुए बताया कि अमीर खुसरो अपने गुरु निजामुद्दीन औलिया की मौत की खबर सुनकर जब बाहर से दिल्ली आए तो उन्होंने यह दोहा सुनाया और वह ऐसे

बेहोश हुए कि फिर उन्हें होश न आया।

रोजी दोहे में अंकित तसवीर से भी कहीं ज्यादा शायर की मौत से प्रभावित हुई। फिर उसने प्रसंग बदलकर कहा, ''नीलकंठ के लिए मेरे पास लंदन में भी टाइम था, लेकिन मेरे लिए उसके पास दिल्ली में वक्त नहीं है, चाहे मैं नीलकंठ के पास ही ठहरी हूँ। मैंने इतने दिन शौकत नदीम के साथ गुजार दिए। वह मेरा बहुत खयाल रखता है, लेकिन जब शौकत के ड्रामा सेंटर में मेरा दिल नहीं लगता तो मैं आकर ला बोहीम में बैठ जाती हूँ।''

अब नागपाल रोजी का खास ध्यान रखने लगा। मैं और मल्होत्रा भी, जहाँ तक हो सकता था, उसके साथ रहते थे। लेकिन ला बोहीम जाना हमारी जेबों पर एक बहुत भारी बोझ था। चार आदमी वहाँ छह-सात रुपए से कम में खा-पी नहीं सकते थे। बिल के अलावा बैरे को टिप देना भी जरूरी था। जेब खाली करते वक्त सचमुच सारा मजा किरकिरा हो जाता था।

मल्होत्रा ने इस शेर की ओट ले ली थी, ''शाम ही से बुझा रहता है, गोया चिराग मुफलिस का।''

हमारे साथ बैठी रोजी मुसकराती रहती थी, अपनी कहानी की जलपरी की तरह। सचमुच, उसकी मौजूदगी शांत क्षणों की खामोश आवाज बनकर हमें झकझोरती रहती। ला बोहीम के अँधेरे में महसूस होता कि वह हमारी तेज दृष्टि को और ज्यादा तेज कर रही है। जैसे ला बोहीम सचमुच कोई दरगाह हो, जिसके हर आले में अकीदत के चिराग रौशन हों। ला बोहीम के आर्केस्ट्रा की धुन को अनसुना करते हुए नागपाल नरम से तरन्नुम में अपना दिलपसंद शेर सुनाता, ''इसमें लहू हमारा जला है कि जानो-दिल, महफिल में कुछ चिराग फरोजाँ हुए तो हैं।''

रोजी की मुसकान हमारी कल्पना में नए खयालों के फूल खिलाती रहती थी। और यह सोचकर हमें बहुत अफसोस होता कि जिस आदमी से मिलने वह सात समंदर पार से आई है, वह उसके साथ आधे घंटे से ज्यादा वक्त नहीं गुजार सकता।

नागपाल की जबानी हमें पता चला कि रोजी की एक आदत से नीलकंठ बहुत परेशान है। बाहर जाते वक्त, इस बात पर रत्ती भर ध्यान दिए बगैर कि नीलकंठ अपने कमरे में बैठकर अपना नया नाटक लिख रहा है, वह बाहर से कुंडी लगा जाती। इसलिए नीलकंठ ने अपने नौकर को हिदायत दे रखी थी कि जब रोजी बाहर जाने लगे तो वह लपककर बाहर चला जाए और रोजी से कहे, ''आप जाइए मेम साहब। कुंडी बाहर की नहीं, भीतर की लगानी है। वह मैं लगा दूँगा।''

यह पता चलते देर न लगी कि रोजी की ममी रोजी के डैडी को इसी तरह घर के भीतर बंद कर देती थी। हम लोग यह समझने की कोशिश करते रहते कि विरासत में मिली इस आदत के पीछे कितना दर्द है।

रोजी बार-बार जोर देकर कहती थी, ''शौकत नदीम ने अपना वह नाटक पूरा कर लिया है, जिसकी हीरोइन मेरी तरह घर से बाहर जाते वक्त बाहर से कुंडी लगाकर भीतरवालों को बंद कर देती है।'' और फिर रोजी शौकत नदीम की तारीफ करने लगती कि वह उसका बहुत खयाल रखता है। इसके जवाब में मल्होत्रा कहता, ''मैं शौकत को जानता हूँ। इस मामले में वह भी नीलकंठ का भाई है। किसी के स्वप्नलोक का शाहजादा तो वही हो सकता है, जो उसकी मौजूदगी को आधे घंटे की तो बात ही क्या, आधी सदी तक बरदाश्त कर सकता हो।''

रोजी बहुत दर्द भरी आवाज में कहती, ''शायद नीलकंठ की उतनी गलती नहीं है। वह एक सच्चे आर्टिस्ट की तरह अपने नए नाटक की रचना में व्यस्त रहता है।''

नागपाल बड़ी संजीदगी से कहता, ''मैं सोचता हूँ, तुम्हारी उस कहानी की जलपरी को भी उस मछुए की लापरवाही नागवार नहीं गुजरी होगी।''

ला बोहीम की ये मुलाकातें बहुत महँगी साबित हो रही थीं।

हम लोग कई बार रोजी से कहते, ''ऐसा भी होता है कि हम किसी से मिलने का इरादा लेकर घर से चलते हैं और रास्ते में कोई दूसरा आदमी मिल जाता है, और कई बार हम उसी आदमी के साथ वक्त गुजारना पसंद करते हैं।''

रोजी इस बात पर भी हम लोगों से सहमत थी कि इनसान किसी हद तक अंदर से ईमानदार नहीं रह पाता है।

आखिर एक दिन हमें एक मामूली सी दुकान मिल गई, जिसे पहाड़ी काटकर बनाया गया था। सड़क के किनारे रात के वक्त यह दुकान खूब जँचती थी। हमें नागपाल ने इस दुकान के बारे में बताया था।

रोजी ने कहा, ''मैं उस पहाड़ी वाला 'ला बोहीम' जरूर देखना चाहती हूँ। आई विल वरशिप इट।''

हम लोग हमेशा की तरह बैरे को टिप देकर जब बाहर निकले तो रात हो चुकी थी।

हम लोग पैदल ही पहाड़ीवाले ला बोहीम की तरफ चल पड़े।

रास्ते में एक जगह मल्होत्रा ने कहा, ''मैं पाँच मिनट के लिए इजाजत

चाहता हूँ। ज्यादा देर नहीं लगाऊँगा।''

हम लोग सड़क के किनारे मल्होत्रा का इंतजार करते रहे। मैंने रोजी से कहा, ''पहाड़ी वाला ला बोहीम तुम्हें बहुत पसंद आएगा। पहाड़ी में से काटकर बनाया गया यह लिंक रोड रात के अँधेरे में एक कॉरीडोर की शक्ल धारण कर लेता है।''

रोजी ने मुसकराकर कहा, ''अब मैं तो वहाँ व्यू देखकर ही एप्रीशिएट कर सकती हूँ। आई विल वरशिप इट्स कॉरीडोर ब्यूटी।''

मल्होत्रा लौटा तो हम मंजिल की तरफ चल पड़े। चलते-चलते रोजी ने कहा, ''आखिर मेरा भी एक सपना था जो मुझे यहाँ ले आया।''

न जाने क्या सोचकर नागपाल ने कहा, ''मिर्जा गालिब दरिया में गर्क न हो सके, क्योंकि उनकी किस्मत में रुसवाई लिखी थी। उनका जनाजा भी इसी शहर में उठा, उनका मजार भी इसी शहर में बना। और अब मैं इस शहर में किताबों के जैकेटों की डिजाइन बनाकर रोटी खा रहा हूँ।''

''बात इस शहर या उस शहर की नहीं है,'' रोजी ने कहा, ''भीतर से इनसान किसी हद तक बोहीमियन होता है। और सुनो, मेरी मम्मी भी शायद बोहीमियन ही थी, जो मेरे डैडी को घर के भीतर बंद कर देती थी। और जहाँ तक किताबों के जैकेटों की डिजाइन बनाने का सवाल है, इस काम में तो मैं भी तुम्हारी मदद कर सकती हूँ।''

अब वह लिंक रोड आ गया था। दोनों तरफ पहाड़ी की दीवार देखकर रोजी ने स्वीकार किया कि सचमुच इसे एक कॉरीडोर कहा जा सकता है।

बातें करते-करते हम पहाड़ीवाले 'ला बोहीम' में पहुँच गए। दरवाजे के पास एक छोटा सा गैस-लैंप जल रहा था, छप्पर के नीचे छोटी सी मेज पर, हमारे सामने एक चिराग टिमटिमा रहा था। पास ही एक बेंच पड़ी थी। तीन-चार कुरसियाँ रखी थीं। हम लोग आराम से बैठ गए।

सड़क से गुजरनेवाली बसें और मोटर-रिक्शाओं की आवाजें जैसे फायर ब्रिगेड के सामनेवाले 'ला बोहीम' के आर्केस्ट्रा की कमी को पूरा कर रही थीं। हमारे साथ एक अंग्रेजी लड़की को देखकर सबकी आँखें चमक उठीं।

''गरम-गरम चाय लाओ, जमूरे!'' नागपाल ने बड़े फख्र से कहा, ''आज तुझे टिप भी मिलेगा।'' और फिर उसने दुकानदार से कहा, ''हम आपकी दुकान का नाम 'ला बोहीम' बताकर मेम साहब को यहाँ लाए हैं।''

दुकानदार ने कहा, ''यह दुकान आपकी अपनी है, बादशाहो! इसे 'ला

बोहीम' कहो या 'वा बोहीम'।'' इसपर सब हँस पड़े।

चाय बहुत गरम थी। मल्होत्रा ने जेब में से लिफाफा निकालकर मेज पर रखते हुए रोजी से कहा, ''रास्ते में आप लोगों को रोककर मैं यह इंडियन टॉफी खरीद लाया था। चखकर तो देखिए!''

हमारे सामने गुड़ की रेवड़ियाँ पड़ी थीं। हम लोग उनपर बढ़-बढ़कर हाथ चलाने लगे। रोजी को भी बहुत पसंद आईं। वह हँसकर बोली, ''यह टॉफी तो उस मछुए की जलपरी को भी बहुत अच्छी लगती।''

मल्होत्रा रोजी को समझाता रहा—कैसे गन्ने को बेलन में दबाकर उसका रस निकालते हैं, फिर कैसे गन्ने के रस से गुड़ बनता है, फिर उसने यह बताना शुरू किया कि किस तकनीक से उसी गुड़ से ये रेवड़ियाँ बनाई जाती हैं और खासतौर पर किस तरह उनपर तिल जमाए जाते हैं। कुछ बातें रोजी की समझ में आईं, कुछ नहीं। उसने मुसकराकर कहा, ''एक्सीलेंट!''

रोजी इस 'ला बोहीम' में बढ़-बढ़कर बातें करने लगी, जैसे यह मनपसंद वातावरण उसे बहुत देर के बाद नसीब हुआ हो। वह देर तक अपने एक सपने के बारे में बताती रही कि रोम में जाकर वह उस गली में ठहरना चाहती है, जहाँ कभी माइकेल एंजेलो रहता था। वह बोली, ''मेरी मम्मी मेरे कम बोलने की आदत को बहुत नापसंद करती थी, लेकिन नीलकंठ पसंद करता है।'' फिर लंबी खामोशी के बाद रोजी ने कहा, ''नागपाल, रोम की वह गली तुम्हें भी बहुत पसंद आएगी! आज मैं समझ गई हूँ कि अंदर से हम सब एक सी तबीयत के हैं। हम वहाँ जाकर रहेंगे। तुम घर में बैठकर किताबों के जैकेटों की डिजाइन बनाया करना और मैं बाहर जाते समय बाहर से कुंडी लगा जाया करूँगी।''

मुझे ऐसा लगा कि मैं समंदर की तह में से निकली जलपरी को सदियों पुरानी इस कहानी के मछुए से बात करते सुन रहा हूँ। जलपरी कह रही थी, ''समंदर की गहराई वाले स्वप्नलोक में सोए-सोए मैंने रोम की उस गली का सपना देखा, जिसमें माइकेल एंजेलो रहता था। वहाँ माइकेल एंजेलो की याद हंसों के नरम-नरम पंखोंवाले तकिए पर सिर रखे अभी तक सो रही है…।''

एक रुपया देकर जब हम बाहर निकले तो दुकानदार ने चवन्नी लौटा दी।

नागपाल ने बहुत कहा कि चवन्नी जमूरे की टिप है, लेकिन दुकानदार बोला, ''यहाँ टिप देने का रिवाज नहीं है, बादशाहो!''

दुकानदार की आँखों में चमक थी। और पास खड़ा जमूरा शायद हाथ आई चवन्नी छिन जाने की वजह से हाथ मल रहा था।

रोजी बहुत खुश नजर आ रही थी। मल्होत्रा ने मजाक में कहा, ''नागपाल,

अगर तुम अमीर लोगों के 'ला बोहीम' में गए होते तो पाँच रुपए का एक नोट तुम्हारी जेब में से गायब हो जाता, जो इस वक्त तुम्हारी जेब में पड़ा ऊँघ रहा होगा।"

नागपाल ने इस नोट को जेब में से निकालकर कहा, "बताओ, इसे कहाँ खर्च किया जाए?"

रोजी ने उसके हाथ से नोट लेकर कहा, "आज इसे खर्च करने की क्या जरूरत है। इसे मेरे पास रहने दो। तुम इसे खर्च कर डालोगे।"

"बहुत अच्छा," नागपाल चहक उठा, "तुम रख लो।"

फिर नीलकंठ की बात शुरू हो गई।

सब लोग नीलकंठ की एक बात की तारीफ कर रहे थे कि वह अपने नाटक पर बहुत मेहनत करता है। इस बातचीत में यह जिक्र भी आया कि नीलकंठ अपने कमरे में मॉडर्न किस्म का टेबल-लैंप नहीं रखता, बल्कि वहाँ पीतल का एक चौमुखा दीया है, जिसमें रुई की बड़ी-बड़ी बत्तियाँ डाली जाती हैं, जो सरसों के तेल से जलती हैं।

रोजी ने कहा, "नीलकंठ कहता है कि बिजली की रोशनी में मुझे अपने पात्र सामने बैठे महसूस नहीं होते।"

मल्होत्रा ने हँसकर कहा, "वह तो यूँ ही बनता है, क्योंकि सिर्फ इस बात को छोड़कर जिसे वह ओरिएंटल कहता है, उसके अंदाज में हर लिहाज से पश्चिम की छाप है।"

"हाँ-हाँ, मेरा भी यही विचार है," नागपाल ने कहा।

चलते-चलते वह सड़क आ गई, जो सीधे नीलकंठ के घर की तरफ जाती थी। रोजी कहने लगी, "अब मैं चली जाऊँगी।"

अगले दिन रोजी से मुलाकात हुई तो हम लोग फिर पहाड़ी वाले 'ला बोहीम' में जा बैठे। वहाँ उसी तरह दीया टिमटिमा रहा था।

रोजी ने बताया, "कल रात जब मैंने नीलकंठ का दरवाजा खटखटाया तो भीतरवाले कमरे में से उस चौमुखे दीये की रोशनी आ रही थी; लेकिन बार-बार खटखटाने पर भी दरवाजा नहीं खुला। शायद नौकर सो गया था। आखिर दरवाजा खुला तो नीलकंठ ने बताया कि घर में कुछ नहीं पका था। उसने भी कुछ नहीं खाया था। उसकी जेब खाली थी। मैंने कहा, 'ला बोहीम' चलते हैं।...वह बोला, 'पैसे कहाँ हैं?' मैंने कहा, 'आज बिल मैं दूँगी।'..."

मल्होत्रा ने पूछा, "तो आप पाँच रुपए का नोट गुल कर आईं?"

जवाब में रोजी खिलखिलाकर हँसती रही। फिर वह गंभीर होकर बोली,

''पहाड़ीवाले 'ला बोहीम' की चाय की तारीफ करते-करते मैंने नीलकंठ को बताया कि मेरा सपना पूरा होकर रहेगा और रिहाइश रोम की उस गली में होगी, जिसमें माइकेल एंजेलो का निवास था।''

''इसपर उसने क्या जवाब दिया?'' मल्होत्रा ने पूछा।

नागपाल के हाथ में दस रुपए का नोट उछल रहा था। रोजी ने अपनी हथेली पर वह दिखाकर कहा, ''इसे मैं रख लेती हूँ। तुम इसे बेकार खर्च कर डालोगे।''

(मिस फोकलोर)

□

दो घोड़े की बोसकी

चित्रा नागपुर से आ रही थी, जहाँ वह लड़कियों के एक कॉलेज में पढ़ाती थी। भारद्वाज एक पत्रिका का संपादक था, जिसमें उसने चित्रा को काफी पब्लिसिटी दी थी। हर महीने उस पत्रिका में चित्रा की कोई-न-कोई रचना अवश्य छपती। ज्यों ही वे एलोरा के डाकबँगले के सामने लॉरी से उतरे, चित्रा के होंठ मानो पहली बार खुले—

"तो हम एलोरा आ पहुँचे!"

उनका साथी शास्त्री हैदराबाद आ रहा था। वह सातवीं बार एलोरा देखने आया था। औरंगाबाद के डाकबँगले में वह चित्रा और भारद्वाज से मिला और समझ गया कि चित्रा एक मौनप्रिय युवती है, आवश्यकता के बिना वह बात नहीं करती। पंद्रह मील के रास्ते में वह मुश्किल से दो-चार बार बोली होगी। दौलताबाद का किला देखकर वह केवल मुसकराकर रह गई थी, हालाँकि शास्त्री चाहता था कि चित्रा इस किले के संबंध में कुछ तो कहे। फिर खुलदाबाद की सफेद मेहराब देखकर भी चित्रा ने कुछ नहीं कहा। सड़क के दोनों तरफ मकबरे नजर आ रहे थे। चित्रा ने लॉरी में बैठे-बैठे सुना कि इन्हीं मकबरों में औरंगजेब का मकबरा भी है, लेकिन शायद चित्रा इसपर भी किसी तरह की बहस नहीं करना चाहती थी। जब मेहराब के नीचे से गुजरकर लॉरी सड़क पर एक ओर घूम गई, तब भी चित्रा खामोश बैठी रही थी; बल्कि शास्त्री का तो विचार था कि चित्रा एलोरा के डाक-बँगले पर पहुँचकर भी जबान नहीं खोलेगी।

उसके साथ इसी लॉरी से एक नया ब्याहा जोड़ा भी उतरा। दुलहन साँवली थी और उसके विवाह के वस्त्र, विशेष रूप से उसका लाल सालू, जैसे उसका मजाक उड़ा रहे थे, लेकिन दूल्हा तो अपनी दुलहन को सोने की चिड़िया समझ रहा था। बार-बार दुलहन की ओर देखने लगता, उसकी आँखों में झाँकने लगता,

जैसे वह उसे एक-दो दिन में ही कहीं-से-कहीं उड़ा ले जाना चाहता हो।

दूल्हा और दुलहन बरामदे में ही खाना खाने बैठ गए। मालूम होता था कि इस सफर में दुलहन बहुत खुल गई थी। कसर थी तो यही कि अभी तक वह विवाह के वस्त्रों में थी, अभी तक सिर पर लाल सालू था, जिसके नीचे उसका व्यक्तित्व कुछ दबा सा लग रहा था।

भारद्वाज बोला, "अरे शास्त्रीजी, आप भी ले आइए अपना खाना, यहीं बरामदे में।"

"यही सही," शास्त्री ने मेज पर खाना रखते हुए कहा, "इसे कहते हैं प्रीति-भोजन!"

चित्रा बोली, "भारद्वाज, तुम सोच रहे होओगे कि खाना मैं उठाकर लाऊँगी अंदर से?"

"और नहीं तो?" भारद्वाज ने गंभीर होकर कहा।

"तुम क्यों नहीं ला सकते?" चित्रा ने अध्यापिका की तरह कहा, "भूख तो तुम्हें भी लगी होगी इतनी ही!"

भारद्वाज ने बात टालते हुए कहा, "अंदर उमस होगी, बरामदे में खुली हवा चल रही है। मुझे खुली हवा ही ज्यादा पसंद है।"

"खुली हवा तो मुझे भी पसंद है।" शास्त्री ने शह दी।

यह देखकर कि चित्रा और भारद्वाज में सत्याग्रह शुरू हो गया, शास्त्री हाथ धोकर कमरे में गया और उनका टिफिन-कैरियर उठा लाया। उसने स्वयं ही खाना परोस दिया।

भारद्वाज ने हाथ बढ़ाकर खाना शुरू कर दिया, जैसे उसे इस बात की परवाह न हो कि चित्रा खाती है या नहीं। भूख तो चित्रा को भी लगी थी। किसी तरह उसने भी खाना जहरमार तो कर लिया, लेकिन भारद्वाज के व्यक्ति का यह रुख उसे बुरी तरह खटकता रहा।

खाने से फारिग होकर पाँचों साथी एलोरा देखने निकले। तीसरे पहर का समय था। एलोरा का मुख पश्चिम की ओर होने के कारण यही समय था, जब लोग एलोरा देखना पसंद करते थे।

शास्त्री बोला, "यही समय है, जब एलोरा मुसकराती है!"

"अब आप ही हमारे गाइड हैं, शास्त्रीजी!" भारद्वाज ने मुसकराकर कहा।

"एलोरा में कुल मिलाकर पैंतीस गुफाएँ हैं।" शास्त्री ने कहना आरंभ किया, "पहले उन कलाकारों की प्रशंसा कीजिए, जिन्होंने पत्थर की यह प्राकृतिक

दीवार ढूँढ़ निकाली। वे जानते थे कि मूर्तिकला के लिए कैसा पत्थर चाहिए और वह कहाँ मिल सकता है। उन्होंने ये गुफाएँ न बनाई होतीं तो पत्थर की इस दीवार को माथा टेकने कौन आता? शताब्दियों में जाकर उन कलाकारों की यह तपस्या पूरी हुई होगी। एलोरा एक महान् सभ्यता का प्रतीक है। एलोरा की कला में पत्थर भी अँगड़ाई लेते हैं, और चाँद-सितारों की तरह मुसकराते हैं। एलोरा नई ऋतु की तरह आती हुई सभ्यता का स्वागत करती है। वैसे, एलोरा चुप है, लेकिन हम एलोरा के सामने खड़े हैं और मुझे अनुभव हो रहा है कि मेरी कल्पना में एक शहनाई बज उठी है—सभ्यता की शहनाई, मूर्तिकला की शहनाई। मूर्तिकला भी सभ्यता का दूसरा नाम है। चित्राजी, जरा ध्यान से मेरी बात सुनिए, अंदर चलकर आप सब अपनी आँखों से देख लेंगी। एक नई सभ्यता की प्रतीक्षा में एलोरा की मूर्तिकला में पहली सभ्यता ने अपने पद-चिह्न छोड़ दिए। सभ्यता तो आनी-जानी है, लेकिन मानव सदैव जीवित रहता है। इसीलिए एलोरा जीवित है, एलोरा में एलोरा के कलाकार जीवित हैं, एलोरा में भारत के इतिहास का एक बहुत बड़ा अध्याय जीवित है।''

भारद्वाज बोला, ''आपका मंगलाचरण बहुत लंबा हो गया, शास्त्रीजी!''

चित्रा आश्चर्य से उस पत्थर की दीवार की ओर देखती रही, जैसे वह शास्त्रीजी की लंबी भूमिका की ऐनक से काम न लेने का फैसला कर चुकी हो। दुलहन अपने दूल्हे की ओर देखकर मुसकरा रही थी।

''एक बात और सुन लीजिए!'' शास्त्री ने तीन कदम एलोरा की दीवार की ओर बढ़कर कहना शुरू किया, ''एलोरा पर तीन धर्मों की छाप है—बौद्ध धर्म, हिंदू धर्म और जैन धर्म। पहले कैलास में चला जाए, जो बिलकुल समीप है और हिंदू कला की अद्वितीय वस्तु है।''

चित्रा अकेली ही कैलास की तरफ चल दी। उसके पीछे-पीछे दुलहन भी चल पड़ी।

भारद्वाज बोला, ''अरे, जल्दी करो, शास्त्रीजी!''

लेकिन शास्त्री के पैर गति में न आए। बोला, ''आप अंदर चलकर स्वयं अपनी आँखों से देख लेंगे कि कैलास की क्या विशेषता है। पूरा मंदिर एक ही चट्टान को काटकर रचा गया है। चारों ओर सुंदर गुफाएँ हैं, जो उतनी ही ऊँची हैं, जितना ऊँचा कैलास है। कैलास के चारों ओर गुफाएँ हैं, जिनकी कई-कई मंजिलें हैं। किसी युग में यह सब एक ही चीज रही होगी—पत्थर की चट्टानी दीवार!''

''अरे, अब जल्दी करो, शास्त्रीजी!'' दूल्हा बोला, ''हम पीछे रह गए!''

चित्रा के जूड़े पर लाल गुलाब नजर आ रहा था। काली अँगिया पर अरगवानी साड़ी, लंबा कद, गरदन से काफी ऊँचाई पर बाँधा गया जूड़ा उसकी लंबाई में वृद्धि कर रहा था। उसके सामने दुलहन एक नपी-तुली सी चीज मालूम हो रही थी। अंतर था तो यही कि चित्रा मुश्किल से एक-आध बार मुसकराती पर दुलहन खुलकर हँसती और अपने लाल सालू को सिर पर ठीक करने लगती।

चित्रा और दुलहन कैलास के गिर्द परिक्रमा करती रहीं। तीनों मित्र भी भीतर आकर कैलास के पूर्वी बरामदे में शिव-पार्वती के विवाह के दृश्य देखने लगे, जिन्हें एलोरा के कलाकारों ने बड़ी कुशलता से चट्टानों पर छैनी चला-चलाकर अंकित किया था।

"आओ चित्रा देवी, हमारे साथ आओ!" शास्त्री ने बाहर झाँककर कहा।

चित्रा न मुसकराई, न बोली। उसके साथ दुलहन भी एक बार हँसकर चुप हो गई। दोनों ने एक-दूसरे की ओर देखा और वहाँ चली आईं, जहाँ भारद्वाज और दूल्हे को शास्त्री शिव-पार्वती के विवाह के दृश्यों की विशेषताएँ बता रहा था। पूर्वी बरामदे में शिव-पार्वती के चौसर खेलने के दृश्य प्रस्तुत किए गए थे। रावण का कैलास-धारण, भैरव और तांडव नृत्य, ये जगह-जगह दोहराए गए थे। कैलास के चारों ओर की गुफाओं की हर मंजिल पर जाकर उन्होंने मूर्तिकला का अध्ययन किया। गुफाओं में कहीं-कहीं अंधकार था। अंधकार में भारद्वाज सरककर चित्रा के समीप चला जाता और दूल्हा अपनी दुलहन के अहलू-पहलू रहने का यत्न करता। दूल्हा-दुलहन के कहकहे गुफाओं के अंधकार को प्रकाशित करने का यत्न करते प्रतीत होते। प्रकाश में पहुँचते ही भारद्वाज पीछे हट जाता, लेकिन दूल्हे को दुलहन से परे हटने की जरा भी आवश्यकता महसूस न होती। हर बार प्रकाश में आने पर भारद्वाज देखता कि चित्रा के चेहरे पर तनाव की रेखाएँ और भी गहरी हो गई हैं।

शास्त्री का ध्यान इस बात पर जमा हुआ था कि गाइड का दायित्व निभाने में वह किसी से पीछे न रह जाए। उसकी जबान कहीं भी बंद नहीं हुई। बराबर कुछ-न-कुछ कहता चला गया।

नीचे आकर उन्होंने फिर से कैलास की परिक्रमा आरंभ कर दी। शास्त्री गरदन उठाकर कैलास की ऊँचाई निहारता रहा। साथ-साथ वह सोचता रहा कि किस तरह एलोरा के कलाकारों ने यह कार्य किया होगा।

"चारों ओर की गुफाओं की हर मंजिल से कैलास की सुंदरता का अंदाजा आप लगा चुके।" शास्त्री ने सँभलकर कहा, "अब यहाँ से कैलास का पूरा रूप नजर आता है।"

चित्रा ने दुलहन के कान में कुछ कहा।

दुलहन मुसकराई।

चित्रा न मुसकराई, न उसने भारद्वाज या शास्त्री से आज्ञा लेने की आवश्यकता समझी। वह दुलहन के साथ बाहर की ओर चल पड़ी, लेकिन दुलहन को जैसे कोई भूली हुई बात याद आ गई। पलटकर वह दुल्हा के पास आई और लाल सालू सँभालते हुए बोली, ''मैं बहनजी के साथ एलोरा देख आऊँ?''

भारद्वाज को चित्रा का व्यवहार अनुचित प्रतीत हुआ, लेकिन उसने इसके संबंध में कुछ कहना उचित न समझा। दूल्हा चुप था, लेकिन उसके मुख पर ऐसी रेखाएँ उभरीं, जिनसे प्रतीत होता था कि उसे जीवन पर कितना विश्वास है। उसने अपनी जेब से बाँसुरी निकालकर होंठों से लगाई और वातावरण में एक गान उछाला। शास्त्री को दूल्हा का यह व्यवहार अच्छा न लगा, लेकिन वह खामोशी से प्रतीक्षा करने लगा कि दूल्हा इस बेहूदगी से स्वयं ही उकता जाएगा। गुफाओं की ऊँची मंजिलों से लोग झाँक-झाँककर बाँसुरी की मीठी तान की दाद देते रहे। यह बाँसुरी के गान की अँगड़ाई थी, जैसे एलोरा के कलाकारों ने स्त्री-पुरुष के प्रेम को देवताओं के प्रेम में अँगड़ाई देते दिखाया था। बाँसुरी की लय कह रही थी कि बाँसुरी तो जरूर बजेगी, क्योंकि इनसान की बाँसुरी का प्रवेश तो सर्वत्र है, चाहे घर हो, चाहे खेत हो, चाहे एलोरा की गुफा हो। भारद्वाज ने आँखों-ही-आँखों में शास्त्री को समझाया कि हम चलते हैं, बाँसुरीवाले को बाँसुरी बजाने दो। वे दोनों लपककर बाहर निकल आए।

''अजी, चित्रा देवी का दिमाग खराब हो गया है!'' शास्त्री कह रहा था, ''यह कैसा तनाव है, जो उसे तंग कर रहा है?''

''उसका तनाव उसके साथ है। हम क्यों परेशान होते फिरें?''

''और वह बाँसुरीवाला दूल्हा?''

''उसे तो उसके हाल पर छोड़ दीजिए!''

''तो चलिए, अब सीता की नहानी देखने चलते हैं।''

''मैं तो आपके साथ हूँ ही।''

जब वे सीता की नहानी के द्वार पर पहुँचे, तब चित्रा और दुलहन बाहर निकल रही थीं, लेकिन उनमें से पहले तो किसी ने उनकी ओर देखना उचित न समझा, फिर जब दुलहन ने देखा कि उसका दूल्हा पीछे रह गया, तब उसने चित्रा के कान में कुछ कहा और कई बार पलटकर उन लोगों की तरफ देखा। सीता की नहानी अर्थात् सीता का स्नानागार कैलास के सामने बहुत घटिया था। वही शिव-

पार्वती का विवाह, वही शिव-पार्वती का चौसर, वही रावण का कैलास-धारण, वही योगीश्वर शिव, वही भैरव और तांडव-नृत्य। भारद्वाज झुँझलाया, ''अरे शास्त्रीजी, क्या हो गया एलोरा के कलाकारों को? हर जगह वही चीज दोहराई जा रही है?''

शास्त्री ने हँसकर भारद्वाज की ओर देखा, फिर दूसरी ओर संकेत करते हुए कहा, ''उधर चलिए, जहाँ नीचे कुंड की ओर सीढ़ियाँ उतरती हैं।''

भारद्वाज के कदम मुश्किल से उठ रहे थे। चित्रा से अलग होने की वेदना उसके मस्तिष्क पर एक ऐसी प्रतिक्रिया कर रही थी कि वह देखकर भी कुछ नहीं देख रहा था।

''सामने की दीवार पर एक बड़ी मूर्ति में नारी के शरीर को कितनी सुंदरता से प्रस्तुत किया गया है!'' शास्त्री ने गंभीर होकर कहा, ''एलोरा के कलाकारों का नारी सौंदर्य से सदैव लगाव रहा, लेकिन यह नारी की नहीं, नदी देवी की मूर्ति है। पासवाली छोटी मूर्ति में एक नारी दिखाई गई है—नदी देवी की कोई भक्तिन है, पीछे कुछ गंधर्व भी दिखलाए गए हैं। कहिए, यह मूर्तिकला का बहुत ही सुंदर नमूना है या नहीं? इस कुंड में पानी रहता होगा। इसीलिए इसे सीता की नहानी कहा जाता है। भारद्वाजजी, एक बात और सुनिए, चित्रा को तो किसी ने बताया नहीं होगा नदी देवी के संबंध में! अरे भई, हम पसंद न थे तो और कोई गाइड देख लिया होता।''

''वह तो मुझे भी अपना गाइड नहीं बनाना चाहती!'' भारद्वाज ने बिगड़कर कहा, ''पागलों का क्या इलाज किया जाए?''

''अब बुद्ध की विशाल मूर्ति देखने चलिए।''

''बहुत थक गए, शास्त्रीजी। चलिए, बुद्ध की मूर्ति तो देखनी ही होगी।''

गुफा के भीतर बुद्ध की विशाल मूर्ति पर अंधकार में आती हुई सूर्य की अंतिम किरणों ने जाल सा बुन रखा था। पद्मासन में भगवान् कदाचित् संसार की शांति के संबध में साधना कर रहे थे। इसे देखकर भारद्वाज बहुत जल्द पीछे हट आया। वह दूर से इस मूर्ति को देखने लगा और बोला, ''अब मेरे समीप चित्रा खड़ी होती!''

चित्रा न जाने कहाँ गुम हो गई थी! कुछ देर बाद एक जैन गुफा में इंद्र और इंद्राणी को देखकर भारद्वाज ने फिर कहा, ''अरे शास्त्रीजी, आपके मंगलाचरण से हमारी इंद्राणी के तेवर चढ़ गए थे!''

''मेरा तो विचार है कि शिव-पार्वती के विवाह के दृश्यों को देखकर उसका दिमाग और भी बेकाबू हो गया होगा। सच-सच बताओ मित्र, क्या बात

है? शायद चित्रा नागपुर ही से अपने दिमाग का यह तनाव लेकर आ रही है!"

"तुम तो कोई ज्योतिषी मालूम होते हो, गुरु!"

"तो लाओ, हाथ दो। मैं ठीक कह रहा हूँ।"

भारद्वाज सोच रहा था कि चित्रा की यही दशा रही तो उसे पागलखाने की हवा खानी पड़ेगी; जिस कॉलेज में वह पढ़ती है, वहाँ से भी उसे छुट्टी मिल सकती है। "अब इस हिमाकत का क्या इलाज कि वह नागपुर से मेरे साथ आई और यहाँ आकर वह यों मुझसे तनी-तनी सी रहने लगी है। उसका दिमाग कभी-कभी बहुत ठीक तौर से सोचता है। हमारी पत्रिका में उसकी रचनाएँ बहुत पसंद की गई हैं। मैंने भी उसके लिए क्या-क्या नहीं किया! नागपुर से चलते समय उसकी माताजी ने विशेष रूप से मुझे ताकीद की थी कि चित्रा को किसी तरह का कष्ट न हो। अब मैं क्या करूँ, अगर वह मेरी बात ही न सुने?"

शास्त्री ने गाइड का दायित्व निभाते हुए कहा, "एक अंग्रेज ने एलोरा के कलाकारों की कटु आलोचना की है कि उनके मस्तिष्क पर नारी सवार थी। स्त्री-पुरुष के प्रेम के सबके सब रूप और इसकी अभिव्यक्ति की सभी अवस्थाएँ एलोरा के कलाकारों ने विशेष रूप से कैलास में उजागर कर दीं। नारी-पूजा की यह भावना उन्हें आखिर ले डूबी। आक्रमणकारी आए और उन्होंने उनके देवताओं की नाक तोड़ डाली, इसलिए बहुत सी मूर्तियों की नाक गायब है।"

"देवताओं का तो केवल नाम था, शास्त्रीजी? स्त्री-पुरुष के प्रेम पर यों ही एक परदा सा डालने का यत्न किया गया। और देखिए, शास्त्रीजी! मैं तो व्यक्ति के अहं का कायल हूँ और यही कारण है कि मैं नारी को अपने से श्रेष्ठ नहीं देख सकता, अपने ऊपर प्रभाव जमाने का मैं उसे अवसर नहीं दे सकता!"

"लेकिन यह शिकायत नारी को भी तो हो सकती है, महाराज!" शास्त्री ने पलटकर कहा, "आखिर नारी क्यों पुरुष को अपने ऊपर अधिकार जमाने दे? और मेरा तो विचार है कि इस दृष्टि से वह नया ब्याहा जोड़ा अच्छा रहा। शायद उनका जीवन कड़वा न होने पाए!"

"कड़वा क्यों न होगा? ताजा नशा उतरने की देर है, गुरु! फिर उनके सामने भी वही प्रश्न होगा, वही संघर्ष।"

"उनके सामने शायद इतना संघर्ष न हो। उनकी चेतना आरंभिक युग से संबंध रखती है। असल दिक्कत तो उनकी है, जिनकी चेतना बहुत मंजिल पार कर आई है।"

भारद्वाज को यह समझते देर न लगी कि शास्त्री का संकेत उसी की ओर

है। वह कहना चाहता था कि वह ख्वाहमख्वाह चित्रा को अपने साथ लाया। चित्रा की अहमन्यता भी यों सिर उठाकर चलेगी, यों वह तनी-तनी सी रहेगी, यों कटी-कटी सी, इसकी तो उसने कल्पना भी न की थी, जैसे उसकी एलोरा-यात्रा धूल में मिली जा रही हो।

वे डाकबँगले की ओर चले आ रहे थे। लेकिन उनके कदम जैसे उठाए न उठते हों। चारों तरफ अंधकार उतर आया था।

चित्रा डाकबँगले के द्वार पर खड़ी थी, जैसे वह भारद्वाज की प्रतीक्षा कर रही हो।

"अंदर चलो, चित्रा!" भारद्वाज ने पास आकर कहा, "यहाँ खड़ी क्या कर रही हो?"

चित्रा ने मुँह फेर लिया। भारद्वाज इस प्रतीक्षा में खड़ा रहा कि चित्रा क्षमा-याचना के भाव से मुड़कर उसकी तरफ देखेगी। लेकिन चित्रा ने उसकी तरफ न देखा।

भारद्वाज पलटकर शास्त्री के समीप चला आया, जो सड़क के दूसरे किनारे पर खड़ा था।

चित्रा अपनी जगह पर खड़ी रही। उसे ध्यान आया कि भारद्वाज एक उपन्यास लिख रहा है। परवाह नहीं, अब वह उसका चरित्र किसी भी रूप में प्रस्तुत करे। उसने बार-बार जोर देकर कहा था कि वह इस उपन्यास में चित्रा को जरूर लाएगा। अब चित्रा न पार्वती है, न नदी देवी, न इंद्राणी। चित्रा अपना रूप पत्थर में ढलते देखना सहन नहीं कर सकती। उसे मूर्ति बनना बिलकुल पसंद नहीं। ये पूजा करनेवाले नारी को मूर्ति बनाकर जीवन में उसे गुलाम बनाने पर तुल जाते हैं।

सड़क के दूसरी तरफ भारद्वाज और शास्त्री न जाने किस विषय पर चर्चा कर रहे थे।

चित्रा को फाटक के पास खड़े-खड़े याद आया कि उसकी माँ नागपुर में क्या सोच रही होगी। उसके पिता शहर के खाते-पीते बजाज थे, और उसकी माँ ने पिछले ही वर्ष उसके विवाह की तैयारी कर ली थी। बस, वह अंतिम क्षण तक अपनी बेटी की स्वीकृति की प्रतीक्षा करती रही। उसकी माँ ने तो दहेज में दूल्हे को देने के लिए दो घोड़े की बोसकी की एक दर्जन कमीजें तक सिलवा रखी थीं। भारद्वाज की ठीक-ठीक परीक्षा लिये बिना वह कैसे उसके साथ विवाह के बंधन में बँध जाए? वैसे, भारद्वाज मुसकराकर बात करता है। ऊपर से बहुत शरीफ भी

नजर आता है, लेकिन उसके व्यक्तित्व का तनाव तो कभी कम नहीं होता। आज उसका यह हाल है, तो कल उससे क्या आशा रखी जाए?

उसे याद आया कि बचपन में उसकी माँ उसे प्यार से 'बोसकी' कहकर पुकारा करती थी। आखिर वह बजाज की बेटी थी, लेकिन उसका मन तो खिन्न था। वह वहाँ से हटकर भीतर चली आई, जहाँ बरामदे में नया ब्याहा जोड़ा कुरसियों पर बैठकर कहकहों में खोया जा रहा था। उसे दुलहन पर भी गुस्सा आया। उसने मन में कहा, "पगली! तू क्या जाने, पुरुष कैसे होते हैं! तो फिर दो घोड़े की बोसकी की कमीजें भी इन्हें रिश्वत में क्यों दी जाएँ?"

"आइए, बहनजी!" दुलहन ने चित्रा को समीप आते देखकर कहा।

दूल्हा कुरसी निकाल लाया और चित्रा 'धन्यवाद' कहती हुई कुरसी पर बैठ गई।

दूल्हा-दुलहन में कोई बहस चल पड़ी, लेकिन चित्रा ने इस बहस में भाग लेना उचित नहीं समझा।

"क्या सोच रही हैं, बहनजी?" दुलहन ने पूछा।

दूल्हे ने बोसकी की कमीज पहन रखी थी। चित्रा लालटेन के प्रकाश में यह फैसला न कर सकी कि यह दो घोड़े की बोसकी है या चार घोड़े की। वह सोच रही थी कि बजाज की बेटी को इतना अनुभव तो होना चाहिए कि कपड़े को हाथ लगाए बिना ही इसकी पहचान कर सके; लेकिन दुलहन की बात भी अनसुनी नहीं की जा सकती थी। उसने उभरकर कहा, "कमला बहन, यही सोच रही हूँ कि दो घोड़े की बोसकी अच्छी होती है या चार घोड़े की!"

"जैसे दो घोड़े की बोसकी होती है, वैसे ही दो घोड़े की अक्ल भी होती है!" दूल्हे ने व्यंग्य सा कसते हुए कहा।

दुलहन खिलखिलाकर हँस पड़ी। दूल्हे ने डाँटकर कहा, "तुम बहुत बदतमीज हो, कमला!"

चित्रा चीख-चीखकर कहना चाहती थी कि दुलहन को 'बदतमीज' कहने का कोई अधिकार दूल्हे को नहीं है; बदतमीज तो दूल्हा स्वयं है, जिसे अपनी दुलहन की हँसी भी अनुचित प्रतीत होती है।

दूल्हा न जाने क्या सोचकर भीतर से अपनी बाँसुरी उठा लाया और कोई धुन अलापने लगा। दुलहन चाहती थी कि दूल्हे का हाथ पकड़कर झटक दे और उसके हाथ से बाँसुरी छीन ले; लेकिन चित्रा को बाँसुरी की धुन प्रिय लगी, जैसे यह धुन कुछ ढूँढ़ रही हो, जैसे वह कह रही हो, "कोई मुझे खत्म नहीं कर

सकता, मेरी तलाश हमेशा जारी रहेगी; आखिर मैं भी तो एलोरा की यात्रा करने आई हूँ।'' चित्रा बीच-बीच में मुसकरा उठती, जैसे वह अपनी मुसकान से बाँसुरी की धुन का आँचल थामने का प्रयास कर रही हो।

चित्रा को याद आया कि सीता की नहानी की नदी देवी को देखते समय दुलहन ने बताया था कि उसका दूल्हा फिल्म में काम करता है और बाँसुरी का तो उसे बचपन से ही शौक रहा है। वह फिल्म में काम करता था रोटी कमाने के लिए, बाँसुरी बजाता था अपना जी बहलाने के लिए। दुलहन ने यह भी तो बताया था कि दूल्हे में बहुत सी खूबियाँ हैं। एक बार किसी काम का इरादा करते ही वह उस काम में कूद पड़ता है; दूसरों के काम आना उसे सबसे ज्यादा पसंद है। उसकी आवाज में बाँसुरी का गान घुला हुआ है। हाँ, कभी-कभी तैश में जरूर आ जाता है और उसके इस तैश को वह अपने कहकहों से काबू में रखती है।

दूल्हा बराबर बाँसुरी बजा रहा था, मानो उसके हाथ से अब कोई यह बाँसुरी छीन न सकता हो। चित्रा चाहती थी कि यहाँ से उठकर अपने कमरे में चली जाए और भारद्वाज आए तो उसके साथ वार्त्तालाप न करे, लाख सिर मारने पर भी भारद्वाज से न बोले, लेकिन वह अपनी कुरसी से नहीं उठी।

कुरसी पर बैठे-बैठे उसे याद आया कि नागपुर से चलते समय रेलवे स्टेशन के टी-स्टाल पर भारद्वाज ने उससे कहा था, ''देखो चित्रा, जो उपन्यास तुम अपने हिसाब से आधे के करीब लिख चुकी हो, उसे फाड़ डालो; उसे दुबारा लिखो और फिर फाड़ डालो; तीसरी बार फिर लिखो। जब तक मैं उसपर अपनी मोहर न लगा दूँ, तुम यह मत समझो कि तुम उपन्यास लिख सकती हो, क्योंकि उपन्यास लिखना बच्चों का खेल नहीं है। उपन्यास में तो एक दुनिया को साँस लेते दिखाना होता है। वैसे तो उपन्यास कई तरह से प्लैन किया जा सकता है, लेकिन सर्वोत्तम उपन्यास वह है, जिसमें पात्रों को एक विशेष दृष्टिकोण से प्रस्तुत किया जाए, एक विशेष शैली से तराशा जाए। तुम एलोरा चल रही हो हमारे साथ। तुम देखोगी कि एलोरा के कलाकारों ने किस तरह पत्थर को काट-काटकर पहले गुफाएँ तैयार कीं; फिर मूर्तियाँ बनाईं छैनी चलाकर। मैं भी एलोरा पहली बार जा रहा हूँ, लेकिन मैं एलोरा के संबंध में बहुत कुछ पढ़ चुका हूँ। एलोरा की गुफाओं और मूर्तियों के चित्र बार-बार देख चुका हूँ। सुनो चित्रा, जो उपन्यास मैं लिखने जा रहा हूँ, उसमें तुम्हारी प्रतिमा तो रहेगी ही। अब मुझे इस बात की परवाह न होगी कि तुम उसे कितना पसंद करती हो; न यह परवाह होगी कि दुनिया क्या कहती है। तुम लेख तो ठीक लिख लेती हो; उपन्यास अभी तुम्हारी लेखनी के

काबू में नहीं आता, लेकिन बेफिक्र रहो, हम तुम्हें यों नहीं छोड़ेंगे, हम तुम्हें बनाएँगे और अपने साथ चलना सिखाएँगे।''

''ऊँह! हमें बनाएँगे ये हजरत!'' चित्रा ने जैसे कल्पना में भारद्वाज को धक्का देकर कहा, ''हटकर बैठो! आए बड़े उपन्यासकार! मैं तुम्हारे रोब तले दबनेवाली नहीं हूँ।''

''चित्रा बहन, तो कल चलने की पक्की तैयारी है न?'' दुलहन ने पूछा, ''वे लोग कहाँ रह गए? अभी कितनी छुट्टियाँ शेष हैं!''

चित्रा कुछ नहीं बोली। वैसे, पूछना चाहती थी, ''तुम्हें मेरी छुट्टियों की इतनी फिक्र क्यों है?'' उसने देखा कि दुलहन अपने प्रश्नों के उत्तर की प्रतीक्षा में मुसकरा रही है। इसलिए चित्रा ने यह भी मुनासिब नहीं समझा कि वह खामोश बैठी रहे। बोली, ''कमला! अभी गरमी की एक महीने की छुट्टियाँ रहती हैं। मेरा विचार है कि ये छुट्टियाँ मैं यहीं गुजारूँ। एक उपन्यास तो मैं आधे से ज्यादा लिख चुकी हूँ। उसके साथ-साथ अब दूसरा उपन्यास भी शुरू करना चाहती हूँ। सोचती हूँ कि दोनों उपन्यासों को एक साथ खत्म कर लूँ।''

दूल्हे ने यह सुना तो बाँसुरी परे रख दी और बोला, ''इस हिसाब से आपकी अक्ल दो घोड़े की अक्ल हुई!''

उसी समय शास्त्री और भारद्वाज भीतर आए। शास्त्री अपने कमरे में चला गया। भारद्वाज ने चित्रा को कुरसी पर झुककर कहा, ''अरे! तुम अभी तक यहीं बैठी हो, चित्रा?''

चित्रा की ओर से कोई उत्तर न मिलने पर भारद्वाज अपने कमरे में चला गया।

दूल्हे ने कुछ न कहा। दुलहन भी चुप बैठी रही।

चित्रा ने अपना बिस्तर वहीं बरामदे में बिछा लिया। दूल्हा इस बात पर रजामंद हो गया कि दुलहन और चित्रा साथ-साथ पलंग लगाएँ और वह स्वयं भारद्वाज और शास्त्री के साथ शामिल हो जाए।

रात बहुत नीरसता से गुजरी। दोनों नारियाँ अलग गपशप की खिचड़ी पकाती रहीं। तीनों पुरुष अलग इधर-उधर की बहस में लगे रहे। और फिर वे बातें करते-करते सो गए। सवेरे सब लोग उठकर जाने की तैयारी करने लगे, लेकिन चित्रा ने जैसे पलंग से न उठने की कसम खा ली हो। वह बहुत परेशान थी और चादर ओढ़े पड़ी थी।

पहले दूल्हा-दुलहन ने चित्रा को समझाया कि बाहर लॉरी का हॉर्न बज

रहा है। फिर भारद्वाज और शास्त्री उसे तैयार होने के लिए मनाते रहे।

बाहर हॉर्न बज रहा था और लॉरी औरंगाबाद जाने के लिए तैयार खड़ी थी।

"तो आज चलने का इरादा नहीं है?" भारद्वाज ने चित्रा को मनाते हुए पूछा।

"तुम जाओ, मुझे मेरे हाल पर छोड़ दो!"

"तुमने कहा था कि नागपुर से लौटकर तुम अपनी माताजी को अपना फैसला बताओगी। और देखो चित्रा, तुम्हारी माताजी तो मुझे तुम्हारे लिए पहले से चुन चुकी हैं। बस, तुम्हारी ओर से अंतिम स्वीकृति चाहिए। तुमने नागपुर से चलते समय कहा था कि तुम एलोरा से पूछकर फैसला करोगी। तो क्या बताया एलोरा ने?"

चित्रा इसपर भी कुछ नहीं बोली, जैसे एलोरा की इंद्राणी ने एलोरा के इंद्र को चुनौती देने का फैसला कर लिया हो।

दुलहन ने आकर कहा, "कल रात चित्रा बहन कह रही थीं कि वे दूसरा उपन्यास भी साथ-साथ शुरू करके दोनों उपन्यास एक साथ लिखना चाहती हैं।"

"तो जैसे उपन्यास लिखना भी मजाक हो गया!" भारद्वाज ने व्यंग्य कसते हुए कहा।

चित्रा इसपर भी कुछ नहीं बोली। जैसे एलोरा की कोई प्रतिमा अपनी मूक भाषा में अपने निर्णय की घोषणा कर रही हो।

"अजी, पैंतीस घोड़े की एलोरा के तीन घोड़े के गाइड साहब, आप ही समझाइए इन्हें!" दूल्हे ने शास्त्री की तरफ देखकर कहा।

शास्त्री ने मचलकर कहा, "एलोरा में पैंतीस गुफाएँ हैं। इसलिए एलोरा को पैंतीस घोड़े की एलोरा तो कह ही सकते हैं। और मैंने आप लोगों को बताया था कि एलोरा पर बौद्ध धर्म, हिंदू धर्म और जैन धर्म—तीनों प्रभाव हैं। इसलिए मैं हुआ तीन घोड़े का गाइड।"

लॉरी का हॉर्न जोर से बजा। भारद्वाज चिल्लाया, "जल्दी करो, चित्रा!"

"सब लोग हमारी खातिर परेशान हो रहे हैं!" दूल्हे ने चिल्लाकर कहा।

"उठ जाओ, चित्रा बहन!" दुलहन ने चित्रा के चेहरे से चादर हटाते हुए कहा।

चित्रा अपने पलंग पर बैठ गई। उसने अपने सिरहाने के नीचे से कागज पेंसिल निकाली और शास्त्री को संबोधित करते हुए कहा, "एलोरा का वह मंगलाचरण

तो लिखवा दीजिए!''

शास्त्री ने गाइड के अंदाज में बोलना शुरू कर दिया और चित्रा लिखती चली गई। शास्त्री वैसे ही बोल रहा था, जैसे वह कल तीसरे पहर इन लोगों को एलोरा दिखाते समय बोलता चला गया था।

चित्रा की लेखनी जल्दी-जल्दी चल रही थी। लॉरी का हॉर्न बीच-बीच में बज उठता।

चित्रा बोली, ''मेरा दूसरा उपन्यास एलोरा के मंगलाचरण से शुरू होता है। आखिर ऐसी भी क्या बात है? मैं दोनों उपन्यास एक साथ लिखकर दिखाऊँगी। देखो भारद्वाज, मैं माताजी को लिख दूँगी कि वे चार घोड़े की बोसकी की एक दर्जन कमीजें तुम्हें दे डालें, जो तुम्हारे लिए ही तैयार हैं, बल्कि तुम चाहो तो दो घोड़े की बोसकी की एक दर्जन कमीजें भी सिलवा दें। मैं अब ये छुट्टियाँ एलोरा में ही गुजारूँगी।''

भारद्वाज ने इसका कुछ भी उत्तर नहीं दिया। वह एलोरा के इंद्र के समान तनकर खड़ा रहा, मानो वह अपनी इंद्राणी से एकदम असहमत हो; मानो उसे मन-ही-मन चित्रा की अनुभवहीनता पर हँसी आ रही हो।

''तो आप भी रह जाइए,'' शास्त्री ने अवसर की नजाकत समझते हुए कहा, ''हम चलते हैं, नहीं तो लॉरी निकल जाएगी।''

भारद्वाज कुछ न बोला, जैसे उसके मन पर एलोरा की समूची कला की छवि छा गई और उसका 'अहं' एलोरा की नारी-पूजा की परंपरा को चुनौती दे रहा हो।

दूल्हा हैरान था, दुलहन हैरान और शास्त्री भी हैरान! सड़क पर लॉरी का हॉर्न बज रहा था।

चित्रा अपने निर्णय पर दृढ़ थी। उसने एक साथ दो घोड़ों की अक्ल से काम लेने का फैसला कर लिया था।

दूल्हा-दुलहन अपना सामान उठवाकर बाहर चले गए। शास्त्री भी उनके पीछे हो लिया। फिर भारद्वाज भी अपना सामान उठवाकर बाहर चला आया।

(मिस फोकलोर)

□

जंगल-जंगल

: एक :

भूख मरे, उजाड़ दिन—दुखियों के हाशिए पर। शब्दों की जोगमाया कला के अंतर्मन में उतरती चली गई।

शुभ-अशुभ का शकुन कहाँ रह गया? जहाँ···कीर्तन रुदन भरा, मातमी आलाप। और एक ठंडा, वीरान सन्नाटा—रेंगता सब ओर। नागफनियों में अटके धुँधले, बिखरे चित्रों को जोड़कर कोई एक चेहरा तलाशता रहता यायावर। चुपचाप। पर बड़ी मुश्किल से नजर आता अतीत का चेहरा। किसी मृगनयनी की अल्हड़ कुलाँचें, जिसकी भवों में सब्ज बनफ्शई रंग उभरता। आँखों में छलकता समंदर।

और फिर वक्त का ताप सभी कुछ सुखाता चला गया। वे खुशनुमा लमहे। वे छलकते सपनों के रंगीन मौसम। हाथ से छूटता चला गया अपना ही वजूद।

कल जो याचक बनकर आए थे, आज कंधों पर पैर रखकर यह जा, वह जा। बहुत दूर निकल गईं उनकी महत्त्वाकांक्षाएँ। और वह···जा पड़ा किसी दलदल में, मगर वहाँ भी जारी खोज जड़ों की, जीवन की पांडुलिपियों में मोहनजोदड़ो का दर्द समेट लाने की कोशिश।

"गोरे देखे, काले देखे। बैंड बजानेवाले देखे···जाने कौन-कौन कतार में।" कहते-कहते यायावर हँस पड़ता।

गली में शाम ढले बतखें पुकार उठतीं—

कैं-कैं, कैं-कैं बदलता, क्योंकर जमाना न पूछो!

"क्या कोई पहेली बुझा रहे हो, यायावर?"

"नहीं देवयानी। मैं सोचता हूँ, शांतिनिकेतन हो आएँ, लेकिन खाली हाथ···?"

□

डेढ़ साल से देवयानी हाई ब्लड प्रेशर से परेशान। पूरा घर अस्त-व्यस्त।

जैसे बरसों से एक ही जगह रुकी जिंदगी को अब किसी ने सचमुच कील दिया हो।

दवाइयों की अजीब सी बेस्वाद, खट्टी बू, उबाऊ सन्नाटा घर भर में। घर बना अस्पताल। और यायावर का फकीरी ठाठ भी रह न सका।

"हे राम! दीनबंधु···" देवयानी की कराह।

इलाज जारी।

साजन-साजन हूँ करूँ···जैसे ढोलक की गति के साथ गायक का स्वर बदलता है, देवयानी की हालत में सुधार। कहाँ वह इतनी निराश थी कि प्रतिपल मृत्यु की प्रतीक्षा करती रहती और यहाँ तक कह डाला कि अपनी अंत्येष्टि के लिए तीन हजार रुपए अपनी मझली बिटिया चंपा के पास रख दिए हैं।

यायावर विश्वास दिलाता रहता कि उपचार रास आएगा। उसकी भविष्यवाणी सच्ची निकली, लेकिन अंत्येष्टि वाली रकम के ऊपर एक हजार रुपए की रकम इलाज की नजर हो गई। और अब हर महीने तीन सौ की औषधियाँ आ रही थीं।

बहरहाल, उम्मीद पर दुनिया कायम।

□

कहानी घोड़े बेचकर नहीं सोती। बादल बरसे, फिर गरजे।

यायावर के सामने चाय का कप रखते हुए देवयानी ने कहा, "उखड़े हुए शब्दों को फिर से जुड़ते देर लगती है।"

□

बार-बार सोचता रहता यायावर और दोनों हाथों से सहलाता रहता चेहरे का जंगल।

"पल-दो पल की बात नहीं, ये निसफ नदी का किस्सा है।"

संग मिला अच्छा-बुरा। रास्ता पहाड़ से होकर गुजरा। कथा की फसल इसी तरह लहलहाती है। यायावर ने कथा का अंदाज अपनाया—

"जिस इलाके में मेरा जन्म-स्थान, उसका पुराना नाम—जंगल। खेती के लिए किसान को बारिश का सहारा। फिर जब नहर सरहंद निकली तो जंगल की काया-पलट होती चली गई।"

"घर में टोटा-ही-टोटा। जंगल कटता चला गया···"

"कई गाँव फूल-फलकर कसबे बने और कई कसबे छोटे-छोटे नगर बने। ऐसे ही एक छोटे नगर में मैंने हाई स्कूल की शिक्षा पाई और ऐसे ही एक छोटे शहर में तुम्हारा मायका यानी मेरी ससुराल। शिक्षा के सिलसिले में डेढ़ साल

लाहौर में बिताया, लेकिन शादी से पहले मेरी लोकयात्रा के दौरान चेहरे पर उगा जंगल, जो शादी की खातिर साफ हो गया। काश! तुमने उसके अंदर झाँका होता।''

''लेकिन चेहरे के जंगल के बिना ही तुम्हारी बहनों ने मुझे 'जंगली' की पदवी दे डाली···देवयानी, इसे भाग्य-रेखा ही कहना होगा कि मेरे अंदर और बाहर अलबेला दिलशाह जंगल कायम रहा। अपनी रक्षा की मनौती करता जंगल। सुख-दुःख सहनेवाला। कहीं गुड़ियों का मेला, कहीं बुलबुल की अटारी।''

देवयानी ने बातचीत की बागडोर सँभालते हुए कहा, ''शादी के बाद मुझे बताए बगैर ही तुम घर से भाग गए। तुम्हारी अनुपस्थिति में गम का पहाड़ उठाए आँसुओं के समंदर में डुबकियाँ लगाते-लगाते, सोचती रहती कि घर से भागा 'जंगल' कितना निर्दयी!''

''उजड़ी-उजड़ी हर आस तड़पाती रही। आखिर दो साल पूरे होने पर तुम लौट आए। चेहरे पर जंगल सजाए, जिसे मैं न देख पाई, क्योंकि मैं मायके में थी और तुम्हें अपने पिता के मजबूर करने पर स्वयं अपने हाथों कैंची चलाकर चेहरे का जंगल काटना पड़ा। और ससुराल में वही शेव किया चिकना चेहरा लेकर पहुँचे।''

''मुझे उम्मीद थी, मना ही लूँगा अपने रूठे हमसफर को···''

कहते-कहते यायावर को हँसी आ गई, लेकिन देवयानी ने जैसे कुछ सुना ही नहीं। आज वह अपनी रौ में थी। भीतर की दहकती आँच आँखों में लपलपा आई थी, ''तुम मुझे लिवा लाए। फिर से झूठी उम्मीद का रंग भरने लगे मेरी आँखों में, लेकिन दो साल की अग्नि-परीक्षा में मैं भी बहुत बदल गई थी। तुम फिर यात्रा के लिए तैयार। भला हो भाभी धनदेवी का, जिसने मुझे पट्टी पढ़ाई कि वनवास लेनेवाले अपने राम की संगिनी बनने से मैं न चूकूँ।''

''तुमने कितना चाहा कि मैं साथ न चलूँ, लेकिन···मैं तुम्हारी हमसफर बनी और वही हुआ जो होना था। मैं माँ बननेवाली थी, और तुम मुझे बरहमपुर गंजम-निवासी दाँतों के डॉक्टर सेनापति की पत्नी रानी, जो मेरी मुँहबोली बहन बन गई थी, के पास छोड़कर मुझे बताए बगैर बर्मा की लोक-यात्रा पर निकल गए। और जिस रोज तुम पहुँचे, केतकी का जन्म हुए चार दिन हो चुके थे···वह भी तब, जब तुम्हें तार देकर बुलाया गया।''

''अब तो हँसी आती है, देवयानी अपनी बरसों पुरानी मूर्खता पर।''

''हँसने से क्या पाप पुण्य में बदल जाएगा? केतकी ने कितना कुछ सहा, तुम्हें पता है? उसने हमेशा यही सोचा कि जंगल में उसका जन्म हुआ।''

''तुमने मुझे और केतकी को किताब की तरह पढ़ना शुरू किया, और मैं भी अध्याय पर अध्याय तुम्हें पढ़ने लगी।''

''अपना लाहौर सोता-जागता लाहौर।''

''लाहौर से दिल्ली चले आए, जहाँ केतकी के जन्म के सोलह साल बाद चंपा आ गई, और फिर तीन साल बाद जूही। दिन, महीने, साल गुजरते रहे। केतकी ने एम.ए. किया और होली फैमिली में एक कन्या को जन्म देकर भगवान् को प्यारी हो गई; लेकिन यहाँ फिर तुम्हें खड़ा होना होगा कठघरे में। आई कुछ याद बेपनाह आई! तुम यात्रा पर थे, और अस्पताल में केतकी का निधन हो गया, और तुम तीन सप्ताह बाद लौटे।''

यायावर ने आँसू पोंछते हुए कहा, ''चलो, केतकी भगवान् के घर चली गई। चंपा और जूही अपनी-अपनी शिक्षा से मुक्त होकर, अपनी-अपनी ससुराल में···और अब हम दोनों तनहाई के मार्ग पर चलते हुए जाने क्या-क्या सोचते रहते।''

''सुबह से तुम क्या लिख रहे थे?''

''एक कविता—

सभी चाहते शुभ दिन आएँ,
अपने-अपने गीत सुनाएँ।
लगा फूलवालों का मेला,
गुंबद कैसे कसमें खाएँ।''

: दो :

आजादी से सात साल पहले। कहानी लाहौर की।

''तेरे ही बच्चे, तेरे ही बाले। धरती माँ, छाती से लगा ले!''···संत नगर, विष्णु गली। और एक गली छोड़कर कन्हैयालाल कपूर का घर। दाएँ ऋषि नगर, जहाँ राजेंद्रसिंह बेदी का घर था। बाएँ कृष्ण नगर, जहाँ हिंदी कवि बटुक का घर था।

खिड़की भर आकाश, अधूरा सफरनामा अर्थात् सिरहाने विश्वकोश। और यायावर को पुस्तकालय में रोजाना चार घंटे बिताने का शौक।

कभी चिड़ियाघर की सैर, कभी अजायबघर का चक्कर और कभी सपरिवार चुगताई साहब से मुलाकात।

अखबार दूसरे महायुद्ध के समाचारों से उबलते रहते। हर ओर घमासान

युद्ध के चर्चे। और हम युद्ध से ज्यादा इस बात से भयभीत कि कल भी हमारे पास रोटी का टुकड़ा होगा?

रेडियो स्टेशन के पास शिमला पहाड़ी की सैर। और वहाँ कितने ही सहयात्री मिले। मुलतान रोड पर करतारसिंह दुग्गल, माल रोड पर खुशवंतसिंह और इसलामिया कॉलेज में फैज अहमद 'फैज'।

☐

मियाँ बशीर अहमद, संपादक 'हुमायूँ' यायावर के परम मित्र और अद्‌भुत प्रशंसक। गर्दिश के दिनों में उनकी चिट्ठियाँ यायावर को टूटन और हताशा से बचाकर फिर किसी उम्मीद के टापू पर खड़ा कर जातीं। कोलंबो में समंदर किनारे बैठकर लिखा हुआ एक रेखाचित्र डाक से लाहौर भेजा गया तो 'हुमायूँ' के एक अंक में 'सफे-अव्वल' की रचना के रूप में प्रकाशित हुआ। फिर लाहौर से ही छपनेवाले 'अदबे लतीफ' ने अपने 'गिर्दो-पेश' वाले कॉलम में छापकर इसे अदब का एक शाहकार तस्लीम किया।

और जब यायावर ने मियाँ बशीर अहमद को बताया कि अब यही उसकी किताब का नाम होगा, तो वे बोले, "मैं हूँ खानाबदोश का पेश-लफ्ज, मैं लिखूँगा।"

"शुक्रिया!"

और मियाँ साहब ने वचन निभाया।

☐

शाह आलमी दरवाजे के अंदर सरूपो की गली में देवयानी की दो बहनें रहती थीं। बड़ी केसरो और छोटी शीला, जिनसे मिलने के लिए पैदल चलकर देवयानी आध घंटे में वहाँ पहुँच जाती और आध घंटा वहाँ गुजारकर लौट आती। सप्ताह में एक बार, कभी देवयानी का चक्कर, कभी केसरो और शीला...

चाँदी का रुपया केतकी के हाथ पर, चाहे यायावर सपरिवार चुगताई साहब से मिलने आए या फिर स्वयं चुगताई साहब मिलने आएँ। मुहल्ला चाबुक सवाराँ। यायावर को किसी सगे से भी ज्यादा अपना लगता चुगताई साहब का घर।

कभी निसबत रोड पर 'पंजदरिया' कार्यालय में मोहनसिंह के साथ गप लड़ाता, कभी रेडियो स्टेशन का चक्कर और कभी माल रोड पर अदबी दुनिया कार्यालय में मौलाना सलाहुद्‌दीन अहमद के सवाल का जवाब कि "मैं हूँ खानाबदोश।"

कभी अमृता प्रीतम से मुलाकात, कभी नगर का चक्कर...प्रेरणास्रोत सरदार गुरबख्शसिंह और चित्रकार सोभासिंह।

लंबे डग भरता चला जा रहा था यायावर पंजाब पब्लिक लाइब्रेरी की ओर।

मन होता है कि लिख दें एक किताब लाइब्रेरी पर, लेकिन शब्दों से कागज का पेट नहीं भरता।

कविता में मोहनसिंह यायावर का गुरु, कहानी में राजेंद्रसिंह बेदी। एक दफा इन दोनों गुरुओं की आपसी तनातनी में बुरा फँसा यायावर। मोहनसिंह ने किसी बात से आगबबूला होकर अपने चौबारे में यायावर को पीटते-पीटते अधमुआ कर डाला और वह बड़ी मुश्किल से घर पहुँच पाया।

लेकिन गुरु-शिष्य संबंध बना रहा, और यायावर की पुस्तक 'मीट माई पीपुल' मोहनसिंह के 'पंज दरिया' प्रकाशन की बजाय राजेंद्रसिंह बेदी के 'संगम' पब्लिशिंग हाउस से ही छपी। पुस्तक का आमुख मुल्कराज आनंद ने लिखा।

संगम पब्लिशिंग हाउस से ही छपी यायावर की लोकयान-संबंधी पुस्तक 'गाए जा, हिंदुस्तान'। इसका आमुख स्वयं राजेंद्रसिंह बेदी ने लिखा। पुस्तक का एक अध्याय यायावार को खासतौर से पसंद था, 'मिल के फँसो मछलियो।'

''हाँ···हाँ, मिल के फँसो मछलियो, मिल के···इससे पहले कि कोई शातिर मछेरा···'' वह मन-ही-मन बुदबुदाता रहता।

सिलाई मशीन चलाते-चलाते कभी असमंजस में न पड़ी देवयानी।

घड़े में पानी, चूल्हे में आग। शब्द रेत के घरौंदे और रंग उड़ते गुब्बारे। रात अमावस की हो या पूनम की। सिलाई, सिलाई, सिलाई···

इधर यायावर कहानी में कहानी, नाटक के बीच नाटक की तलाश करता। उधर देवयानी की सिलाई मशीन ने भूख के खिलाफ मोरचा सँभाल लिया था। सिलाई···सिलाई···सिलाई···कौन सा मौसम आया, कौन सा तीज-त्योहार आया, गया—कुछ होश नहीं।

□

फिर धीरे-धीरे यायावर की पहचान उभरने लगी। वक्त, बेरहम वक्त उससे टकराकर पानी हो गया था।

ऑल इंडिया रेडियो, लाहौर।

'मैं हूँ खानाबदोश'—यायावर की पुस्तक पर आधारित नाट्य रूपांतर, रूपांतरकार स्वयं यायावर।

यायावर की भूमिका में दीनानाथ जुत्शी की जादू भरी आवाज। देवयानी की भूमिका में मिसेज हसीब अहमद—हँसती-हँसती गंभीर आवाज।

रिहर्सल के दौरान यायावर मौजूद रहता। एक दिन वहीं बैठे-बैठे एक

अजीब सा खयाल आया, ''मेरे चेहरे का जंगल कैसा लगता होगा मिसेज हसीब अहमद को?'' उसी झोंक में यायावर ने चेहरे का जंगल साफ कर डाला।

फिर लगा, ''अरे, यह क्या! खुद ही अपनी शख्सियत मिटा डाली। दाढ़ी के बगैर तो मैं 'वह' नहीं। जंगल—नदियों, नालों, ऊबड़-खाबड़ ढूहोंवाला जंगल मेरी पहचान!''

और फिर सरपट मैदान पर उगने लगी जंगली घास। फिर से परिचित रास्तों पर बढ़ी कहानी।

□

कैसा लाहौर था, जनाब, जब मेरी भी तसदीक हुई थी।

देवयानी की निगाहों में जलती-बुझती रात। हड्डियों में लोहे की सी आब। देवयानी नहीं, कोई जादूगरनी थी वह। और सिलाई मशीन में ही था उसका सबसे बड़ा जादू-टोना। मुश्किलों के बीच खुलकर खेलने लगी ढीठ, बेखौफ जिंदगी।

''किकली कलीर दी। पग्ग मेरे वीर दी…'' केतकी की नन्ही-मुन्नी सहेलियाँ हँसते-हँसते गाने लगतीं। और फिर किलकारियाँ। शोर बेलगाम।

''पहले पढ़ो, फिर खेलो, फिर गाओ।'' देवयानी का आदेश…दीवार पर आईना। अलमारी में पुस्तकें। नहीं, पुस्तकें नहीं—नन्ही-मुन्नी कन्याएँ—'घर की चिड़िया' उनकी सही पहचान। कतार-दर-कतार। 'जागो मोहन प्यारे!'…रोज सुबह-सवेरे समवेत स्वर में जगाकर पास बुला लेतीं यायावर को।

□

किस्सा पेशावर का, जब केतकी तीन साल की थी। उसके रगपित्ती निकली।

रोग टूटा तो अलसी के तेल की मालिश करती देवयानी। कितने भोले मन से बोली केतकी, ''किसने निकाली रगपित्ती, माँ?''

''भगवान् ने!''

''जब मैं भगवान् बनूँगी, फोड़े निकालूँगी उसको।''

केतकी की कल्पना, जब वह भगवान् बनेगी तो भगवान् केतकी बन जाएगा।

केतकी भी एक नन्ही हमसफर बन गई। और यात्रा—निरंतर यात्रा को नियति मान लिया उसने…कहानी को मुट्ठी में कैद किए रहती देवयानी—केतकी और यायावर के साथ चलते-चलते।

□

मन होता है, कह दें—लाहौर जिंदाबाद!

शब्दों की परछाइयाँ घेर लेतीं कभी अनारकली में, कभी माल रोड पर।

लॉरेंस की रोबीली प्रतिमा माल रोड पर। उसके नीचे अंकित गुस्ताख सवाल, 'तुम कलम से हुकूमत चाहते हो या तलवार से?'

अनारकली की पैसा बाजार स्ट्रीट में साहिर लुधियानवी का घर। 'पत्थर-गीटे' की लेखिका, सुप्रसिद्ध पंजाबी कवयित्री अमृता प्रीतम का घर अनारकली से सटे हुए धनीराम रोड पर।

कितने घर, कितने चेहरे, कितनी सीढ़ियाँ!

: तीन :

आजादी से दो साल पहले। बारिश की पहली-पहली छींटाकशी। अलविदा, लाहौर, अलविदा!

पहले दो साल तक दिल्ली की एक नीम सरकारी पत्रिका का सहकारी संपादक, फिर एक सरकारी पत्रिका का संपादक। फिर ऑल इंडिया रेडियो की पेशकश : फोक म्यूजिक यूनिट का सहकारी निर्देशक बनने के लिए। यायावर का साफ इनकार।

सरकारी पत्रिका की नौकरी के दौरान कार खरीदी। कार बेचकर जमीन। फिर उसी जमीन पर घर बनवाकर दो कमरे किराए पर चढ़ाए। किराया कौन वसूल करे? देवयानी।

इसी घर से ससुराई गईं—केतकी, चंपा और जूही।

□

जानलेवा एक याद लाहौर की, जब आगबबूला होकर यायावर ने देवयानी की सिलाई मशीन घर के पिछवाड़ेवाली खिड़की से नीचे फेंक दी।

देवयानी चुप। चेहरे पर कसा हुआ तनाव। जैसे मुँह में जबान न हो। चुपचाप नीचे जाकर उठा लाई सिलाई मशीन, जिसकी मरम्मत ने जेब खाली कर डाली।

कौन जाने, किसी खोखली मर्यादा की लीपा-पोती ने पागल कर दिया था?

अपने आप में उलझता था यायावर सोचता। उसने शर्मिंदा होकर माफी माँग ली। बात आई-गई हो गई, पर आज वह कुबड़ी-कुरूप सिलाई मशीन कौन सा जख्म ताजा कर गई कि यायावर को खुद से ही आँखें चुरानी पड़ रही हैं।

□

"देखो फकीरी में मस्ती!" देवयानी कहती, "लिखना! लिखना! लिखना!"

और देवयानी के कंधों पर घर-संसार—सिलाई! सिलाई! सिलाई!

गली में बतखों की कैं-कैं, कैं-कैं। देवयानी ने यायावर के सामने चाय का प्याला ला रखा।

''याद है, देवयानी! लाहौर का वह किस्सा!''

यायावर मानो कैनवस पर तूलिका चलाता रहा, ''हम रेल का पुल पार करके हरनामदास सहराई के घर जा रहे थे, जाने किस उत्सव की खुशी में। तुम्हारा वह लाल दुपट्टा मखमल का, सब्ज कमीज और पीली सलवार। हम सहराई के घर पहुँचकर चाय पी रहे थे। जब उसका पिता बाहर से आया और अलमारी से एक किताब लेकर चला गया।'' थोड़ी देर बाद वापस आकर उसने किताब उसी जगह रखकर सहराई की माँ से कहा, ''इसी का नाम कलियुग! पुलिस के दो सिपाही आ धमके। बोले, 'दाढ़ीवाला लड़की भगाकर लाया है।' मैंने 'मैं हूँ खानाबदोश' में पति-पत्नी और बिटिया की तसवीर दिखाकर उनकी तसल्ली करानी चाही, लेकिन वे पाँच का नोट लेकर ही टले।''

□

अपनी कुल-परंपरा को ऊँचा सिद्ध करते हुए देवयानी ने कहा, ''चौबारे की ईंट मोरी में आ लगी।''

जैसे दादरा या ठुमरी का बोल। जो फैलाया, वही समेटा।

स्टूल सरकाकर पास ही बैठ गई देवयानी। यायावर को भ्रम हुआ, कहीं देवयानी के साथवाली कुरसी पर केतकी...! और तभी देवयानी की नजर उठ गई सामने दीवार पर टँगी नीले फ्रेमवाली तसवीर की ओर। तसवीर में केतकी, जैसे अभी बोल पड़ेगी। आँखें पुरनम।

यायावर की निगाहें देवयानी की निगाहों से मिलीं तो...तो...एक पिघली हुई आँच बह आई आँसुओं की शक्ल में।

और फिर कुछ देर की खामोशी के बाद देवयानी के हाथों में फिर से सिलाई मशीन। यायावर ने अपनी पांडुलिपि में टाँगा, 'फाख्ता की चोंच में गेहूँ का दाना।'

फाख्ता कौन? देवयानी।

□

आजादी के बारह साल बाद यायावर की पाकिस्तान-यात्रा। लाहौर। लाहौर! छाया रहा उसके दिलो-दिमाग में लाहौर। तीन महीने बीत गए। देवयानी के नाम तीन पंक्तियाँ भी न लिखीं।

"उफ, कौन सी भूलभुलैया ने फाँस लिया तुमने मुझे? कभी सोचा है?" देवयानी की आवाज लाचारी से भर्रा आई थी। और यायावर चुप, किसी अपराधी की तरह।

यायावर के सामने चाय का प्याला ठंडा होता रहा।

"मैं न जवाहरलाल नेहरू के नाम पत्र लिखती और न खुलकर अपना रोना रोती, न तुम लौटकर आते!" देवयानी की आवाज में अब भी वही टीस। "आज तक तुम मुझे नहीं समझ सके। अब क्या खाक···"

चार महीने पाँच दिन बाद यायावर के दर्शन हुए।

फिर वही लच्छेदार कसमें कि उसका दिल तो दिल्ली में ही रहा।

"तुम मुझे कभी 'आनंदी' कहते, कभी 'स्नेहमयी' और कभी 'कल्याणी'। मैं समझ गई कि तुम सिर्फ वही हो।" देवयानी की जली-कटी।

: चार :

कंधे पर कैमरा, हाथ में चमड़े का थैला और आँखों पर नजर का चश्मा।

लेकिन कैमरा तो अब हर घड़ी यायावर का साथी नहीं रहा।

भुलाए नहीं भूलता देवयानी का अलबेला बोल, और वह भी स्वप्नमयी के सामने।

"यात्रा तो मालगाड़ी का डिब्बा भी करता रहता है।"

स्वप्नमयी और नागदेव आते, तो घर में एक अजानी सुवास बिखर जाती। जैसे किसी ने सधे हाथों वक्त की गर्द बुहार दी हो। किस्से, किस्से···कितने ही किस्से नए-पुराने। कथा-संसार के आर-पार, देवयानी के होंठों पर फिर से मुसकान झलक उठी। यायावर हँसते-हँसते बेहाल।

☐

दिन ढले अलविदा। गली में बतखों की कैं-कैं, कैं-कैं। कुछ नई, कुछ पुरानी।

"मंदिर के सब देवता चले गए वनवास। जाने दो।"

"हम क्यों अपने बीच बनाएँ चीन की दीवार?" देवयानी ने कहा।

☐

घड़ीसाज गांगुली हड़पकर गया यायावर की कीमती घड़ी।

"मरम्मत की रसीद कहाँ गई, देवयानी?"

"धोबी के घर।"

"तो अब समझो, घड़ी भी चली गई हमेशा-हमेशा के लिए। हाँ-हाँ…"

"घड़ी को जाना ही था!"

□

"कहाँ रह गया नागदेव?" देवयानी ने पूछा।

"दफ्तर में देर हो गई होगी, माँ जी।" कहते-कहते स्वप्नमयी ने देवयानी और यायावर के आगे चाय का प्याला ला रखा। खुद ही रसोई में जाकर बना लाई, जैसे यह घर सदा से उसी का था।

"जहाँ चाह, वहाँ राह। एक केतकी तसवीर में, एक केतकी स्वप्नमयी। ऐसी तो केतकी की सहेली अपराजिता भी नहीं।" देवयानी स्मृतियों के बीहड़ में उलझ गई। और यायावर सोचता, "कौन सा संकेत लाई बतखों की कैं-कैं, कैं? इन लोगों में कल का अपना अतीत क्यों नजर आता है?" केतकी कहा करती थी कि नजदीक से कोई चीज पूरी नहीं दिखती। तो…तो क्या?

नागदेव की पत्नी स्वप्नमयी देवयानी की मुँहबोली बिटिया। मुश्किल से साल-डेढ़ साल का परिचय। और इतनी अटूट अंतरंगता…

चंपा के लिए ब्लाउज हाथ से सीकर उसपर सितारे किसने टाँके? स्वप्नमयी ने। अपनी नई काँचीवरम् साड़ी जूही ने किसे दी? स्वप्नमयी को।

अब इस थमे हुए घर की दीवारों को हर इतवार की शाम रहता है नागदेव और स्वप्नमयी का इंतजार। नागदेव की बातें, जिज्ञासाएँ और निश्छल सवाल अकसर देवयानी के विषाद भरे चेहरे में कोई नई चमक ढूँढ़ लाते।

□

"कोई एक हो तो बताऊँ। कौन-कौन से नए संकट ईजाद नहीं किए इन्होंने? मैं किस-किस को परे धकेलती? पर अपना, बच्चियों का और खुद इनका जीवन दाँव पर था। और एक के बाद एक भँवर…मेरा सारा जीवन तो इसी में बीत गया।" नागदेव ने बात चलाई ही थी कि देवयानी का गुस्सा भड़क उठा।

"एक बार एक हंगेरियन युवती, जो दिल्ली के पॉलीटेक्निक में अध्यापिका थी, यायावर के पीछे पड़ गई। आजादी पाने से लगभग चार बरस पहले की बात होगी। मुझे केतकी को साथ ले जाकर पॉलीटेक्निक के कैंपस में उसके सामने अपना और अपनी बच्ची का वास्ता देकर इल्तजा करनी पड़ी कि वह मुझपर तरस खाए।"

"एक औरत के लिए इससे बढ़कर भी कोई अपमान होगा? इससे बड़ी भी कोई यातना…! इनके साथ भूख, प्यास और बदहाल जिंदगी की तकलीफें

झेलीं। खुद बाहर सड़क पर आकर खड़ी हो गई कि चाहे जो करो, जहाँ भी ले चलो—मुझे मंजूर है। और सिला यह मिला कि···" कहते-कहते देवयानी का चेहरा विद्रूप हो उठा।

यायावर के चेहरे पर जैसे किसी ने राख पोत दी हो। नागदेव को एकटक अपनी ओर देखते देखा तो झेंपकर कहा, "और भी कोई किस्सा हो तो सुना डालो!"

देवयानी बोली, "तो ठीक है। अब लगे हाथ यायावर के कार खरीदने और बेचने का किस्सा भी कह डालूँ। कार का ड्राइवर क्रिश्चियन होने के बावजूद मेरा विश्वासपात्र था। एक दिन ये आधी रात के बाद घर पहुँचे। अगले दिन पूछने पर बहाना बनाया—पहिए में पंक्चर हो गया था, लेकिन ड्राइवर ने सच-सच बता दिया कि दिल्ली छावनी गए थे मिलिट्री स्कूल की एक अध्यापिका के पास। फिर क्या था। मैंने जिद पकड़ ली कि मेरी मौजूदगी में केतकी की कसम खाकर उससे कहो कि अब तुम उससे कभी नहीं मिलोगे।"

"खैर, हम वहाँ पहुँचे। उस औरत के फरिश्तों को भी खबर न होगी इसकी। मुझे देखते ही साँप सूँघ गया। अब तो वह भी बुढ़िया हो गई होगी, लेकिन यायावर ने अभी तक उससे बोलचाल बंद नहीं की।"

"खैर, सवाल बोलचाल बंद करने का नहीं है।" नागदेव ने कहा, "इन्हें अपनी मर्यादा निभाने का तो ध्यान रहता है।"

"तुम्हें नहीं पता, नागदेव!" देवयानी के चेहरे पर अप्रत्याशित हँसी तैर गई, "असल मामला तो यह है कि—भैड़े-भैड़े यार मेरी फतो दे!"

नागदेव के साथ-साथ यायावर को भी हँसी आ गई। साथ ही याद आया यायावर को शांतिनिकेतन का एक अटपटा किस्सा। खुद ही सफाई देते हुए बोला, "याद है, देवयानी? मैं तुम्हें और केतकी को कलकत्ता में छोड़कर और तुम्हारी देख-रेख तेजासिंह कंबोज लेडीज टेलर मास्टर के जिम्मे लगाकर शांतिनिकेतन चला गया चार दिन के लिए। और वहाँ काम ऐसा कि चार सप्ताह बीत गए।···और एक दिन तुमने वहीं पहुँचकर मुझे धर पकड़ा। शांतिनिकेतन को अलविदा कहकर मैं···"

अड़तालीस बरस पुरानी कहानी सुनाते-सुनाते यायावर एकाएक चुप।

और फिर "आँसू के समंदर···हमारी कहानी। फूलों से न पूछो, फूलों की जवानी···"—जोरदार अट्टहास।

देवयानी कुछ बोली नहीं। हँसी भी नहीं। हाँ, चेहरे पर थरथराता रहा—

किसी चिड़िया की तरह अपना घोंसला आप बनाने का सुख। हाँ, बीच-बीच में आँधी के थपेड़े या लू-लपटभरे दुर्दिनों की प्रतिलिपि कोई चाहे तो पढ़ सकता था।

"चलो, शांतिनिकेतन हो आएँ, देवयानी।" यायावर का आग्रह।

"अभी नहीं।"

"तुम्हारी वही 'नहीं, नहीं।' एक त्योहार आए, एक जाए। तुम्हारा मन नहीं ऊबता सिलाई मशीन से। सिलाई! सिलाई! सिलाई!"

"सिलाई की कमाई से ही तो तीनों बच्चियों की शादी हुई।" देवयानी के स्वर में दर्प नहीं, एक अजीब सी आत्मविश्वास भरी तटस्थता।

यायावर चुप।

: पाँच :

घर बनवाया यायावर ने सरकारी कमाई से, लेकिन सात हजार रुपए एक सेठ से लेने पड़े। इस कर्ज की रकम सूद-दर-सूद तिगुनी चुकानी पड़ी।

घर की हालत वही कि राजसिंहासन डाँवाँडोल। देवयानी ने घर बचाया। कैसे? यह बात अब भी अबूझ पहेली है यायावर के लिए। बस, इतना पता है, अपनी अधबूढ़ी हड्डियों को पीस-पीसकर जिंदगी के नक्शे में रंग भरती रही देवयानी।

□

अब तो केतकी की बिटिया स्वीटी भी बी.ए. पास कर गई। जब भी घर में आती, देवयानी के चेहरे पर चंचलता लौट आती।

"कोई गुड़िया कोई चिड़िया। इनकी दुकड़ी-तिकड़ी बम। काम करो ज्यादा और बोलो कम।"

देवयानी गुनगुनाने लगी—

> जाएँ बनजारे नगरी-नगरी जंगल-जंगल,
> शबनम-शबनम सोएँ, जागें जंगल जंगल,
> काजल-काजल टूट के बरसे आँख का पानी,
> गाती रही देवगंधार गंगूबाई हंगल।

जैसे गंगूबाई हंगल का नाम आते ही केतकी की तसवीर बोल उठी।

केतकी ने गंगूबाई हंगल के अनेक रिकॉर्ड जुटाने में लाजवाब शौक का परिचय दिया था। अब यायावर बजाकर चाहत पूरी करता रहता।

"न कविता से पेट भरता है, न कहानी से।" देवयानी कहती तो यायावर

नागदेव को सुनाते हुए चुटकी लेता, ''देवयानी तो उसी दिन मुझे लेखक मानती है, जब रेडियो या टी.वी. पर मेरा प्रोग्राम होता है और चेक उसके हाथ में···?''

पर देवयानी हार नहीं मानती, ''तुम्हारी फाकामस्ती से ही घर चलता तो आज तुम्हारे पास मेरे कफन तक के लिए पैसे न होते।''

यायावर चौंका, जैसे देवयानी नहीं, कोई भय का प्रेत बैठा हो बगलवाली कुरसी पर।

कभी-कभी इतना विद्रूप क्यों हो उठता है देवयानी का चेहरा?

''तुम्हीं ने बताया था न कि अपराजिता के प्रेमी अमरजीत ने आत्महत्या कर ली। क्यों? कोई मामूली पढ़ा-लिखा नहीं था। फर्स्ट क्लास एम.ए., लेकिन नौकरी ढूँढ़ते-ढूँढ़ते चेहरे पर कीलें उग आईं। हिंदी का एम.ए. किसी को आदमी ही नजर नहीं आता था। और साहित्य से···चार पैसे तो क्या, पोस्टेज का खर्च निकलना भी मुश्किल था। क्या खाता खुद? क्या खिलाता अपराजिता को बीवी बनाकर?''

याद आया। उस दिन हँसी-हँसी में देवयानी ने यायावर को 'निखट्टू' कह डाला। तो···तो क्या?

यायावर कुछ बोला नहीं, लेकिन मुट्ठियाँ भिंच गईं। भिंचती चली गईं। कुछ देर बाद चेहरे का तनाव ढीला हुआ तो यायावर बुदबुदाया, ''मैं हूँ अपनी शिकस्त की आवाज।''

इस आवाज का दर्द शायद नागदेव ने भी महसूस किया। तब से कुछ बोला नहीं। स्वप्नमयी ही देवयानी से बातें करती रही, ''रावणहत्था देखा आपने! विचित्र बाजा है। रावण नाम क्यों जुड़ा साथ इसके?''

यायावर बोल उठा, ''केतकी कहा करती थी—बाजों में बाजा रावणहत्था। बाजा तारोंवाला।''

देवयानी गंभीर हो गई, ''सच पूछो तो यायावर की कहानी रावणहत्था से कम नहीं। और मेरी यही कहानी कि सिलाई मशीन को मैंने बुढ़िया होते देखा और उसने मुझे।''

यायावर के होंठों पर फिर शांतिनिकेतन के आलाप। आकाश में घुमड़ते सुरमई बादल। सामने गुलमोहर के आस-पास बैठे परिंदे चहक उठे।

□

यायावर को याद आया मेघदूत। 'आषाढस्य प्रथम दिवसे···?' यायावर की पुस्तक 'धरती गाती है' का मुख-चित्र मास्टर मोशाय नंदलाल बोस द्वारा अंकित—

उसके नीचे प्रथम आषाढ़ की तिथि।

"कहो, कुछ बोलो भी। उखड़ी-उखड़ी मत रहो, देवयानी!"—यायावर के होंठों पर तरल अनुरोध। "आज हमारी शादी का दिन है—ग्यारह आषाढ़। सुन रही हो, देवयानी! जानती हो, शांतिनिकेतन का स्थापना-दिवस अर्थात् पूस में कितने दिन रह गए? पाँच महीने सत्ताईस दिन। अगर जिंदा रहे तो अब के उस शुभ अवसर पर हम शांतिनिकेतन में होंगे।" यायावर ने आखिरी घूँट भरते हुए कहा।

देवयानी हिसाब लगाने लगी—

"आज है १८ नवंबर, १९८६। हमारी शादी की तारीख २९ जून, १९२९। इसका मतलब आज से सत्तावन साल, चार महीने और उन्नीस दिन पहले हमारा गठबंधन हुआ। जैसे कल की बात!"

□

लगातार इलाज और परिचर्या का असर। ब्लड प्रेशर काबू में, लेकिन देवयानी सिलाई मशीन से दूर।

"अभी नहीं चल सकते शांतिनिकेतन, आज ही पत्र लिख दो।"

"वहाँ जाए बगैर पांडुलिपि का विस्तार नहीं हो सकता।"

"साथ में चंपा चले या जूही, एक को तो चलना होगा…"

□

सात पौष का दिन दूर नहीं…शांतिनिकेतन का स्थापना-दिवस।

पर चलने के नाम पर चंपा टाल गई, जूही भी। अपने-अपने घर-संसार, अपनी-अपनी मजबूरियाँ।

□

अपराजिता से उम्मीद थी, पर कल उसका भी पत्र आ गया, "मैं शांतिनिकेतन नहीं चल सकूँगी। शोध-कार्य की व्यस्तता। आप समझ ही सकते हैं।"

यायावर के चेहरे पर गहरी उदासी। जैसे देखते-ही-देखते दस साल बुढ़ा गया हो।

इतने में नागदेव और स्वप्नमयी आ पहुँचे।

नागदेव ने कहा, "ऐसा आनंद बार-बार कहाँ मिलेगा? मैं चलूँगा शांतिनिकेतन आपके साथ।"

"और मैं भी।" स्वप्नमयी झूम उठी।

देवयानी बोली, "जैसे केतकी, वैसी स्वप्नमयी। माँ को तो बिटिया चाहिए।"

"जी, माँजी!" स्वप्नमयी खुशी से झूम उठी। शीशे के बुक-शेल्फ पर हाथी-दाँत के गुलदान में नरगिस के फूल। चतुर्दिक् अध्याय। यायावरी कमरा।

हजारों किताबें, नई-पुरानी और हजारों पत्रिकाएँ ठसाठस। बहुत कुछ दीमक चाट गई।

नई पुस्तकें और पत्रिकाएँ बराबर आती रहती हैं, जिन्हें यायावर रोजाना जेब खर्च से कुछ-न-कुछ बचाते-बचाते फुटपाथ पर भाव-ताव करके खरीद लाता है। इन्हें पुरानी पुस्तकों और पत्रिकाओं में खलत-मलत करके रखना पड़ता है—देवयानी का सेंसर जो ठहरा!

(हैलो गुडमैन द लालटेन)

□

नानाजी दंदे

आप बैठकर आराम से सुनें मेरी छोटी सी बात। मनु की दीदी अनुप्रिया, मेरी नातिन। सात साल तक घर में निरंतर उसकी खिंचाई होती रही। लंबी खिंचाई के फलस्वरूप गरम मोर्चा।

''मम्मी-पापा के सामने गुस्ताखी ठीक नहीं।'' मैंने समझाया।

रंग साँवला, बाल घुँघराले, नक्श तीखे और ऊँचा कद। टी.वी. पर भी आ सकती है।

''अपना नाम कैसे सार्थक करेगी अनुप्रिया?'' मैं सोचता रहता।

आदत में गहरी बगावत। हठधर्मी लाजवाब। सातवीं तक लेडी इर्विन में पढ़ती रही : माध्यम अंग्रेजी। लाख कोशिश करने पर भी चल न सकी।

झक मारकर स्कूल बदलना पड़ा। कहाँ लेडी इर्विन, कहाँ नवहिंद स्कूल, जहाँ उसकी मम्मी ने शिक्षा पाई।

हर वक्त यही सवाल—कहानी चाहिए या तसवीर?

अब उसकी मम्मी कहती, ''नवहिंद भी बुरा नहीं। नवहिंद को प्रणाम।''

एक संकल्प, एक राग, एक कहानी।

भुलाए नहीं भूलती यह बात कि अनुप्रिया को लेडी इर्विन से नवहिंद में लाने का कारण हमारी मजबूरी थी।

ओम् शांति! शांति! शांति!...

शांति की महिमा कौन समझाए और उसकी मम्मी को कौन बताए कि इतना ही काफी है कि बच्चों पर थोड़ा रोब रखा जाए, उनकी पिटाई तो ठीक नहीं।

''बुराई इतिहास लिखती है, अच्छाई चुप रहती है।''

''देखेंगे, सोचेंगे और फिर फैसला करेंगे।''

अनुप्रिया को एक जिद्दी लड़की समझा जाता।

बात असरदार। हाथ जोड़कर बोली, ''हाँ मम्मी, जंगल में मंगल।''

मम्मी के आदेश की अवहेलना, अनुप्रिया की चुस्ती।

मैंने उसे तालस्ताय मार्ग दिखाया और रूसी साहित्यकार की जीवनी पढ़ने को दी।

कहाँ-कहाँ तिलमिलाई अनुप्रिया, कहाँ-कहाँ डगमगाई?

उसे 'जन्मजात मुँहफट' कहना तो ठीक न होगा।

□

लेडी इर्विन क्या बोलती और नवहिंद क्या बताता है?

उसकी मम्मी प्रसन्न थी कि अब अनुप्रिया चल निकली।

पास बैठा मनु भारत के नक्शे में रंग भरता रहता।

जब मैं न होता अपने घर, अनुप्रिया आती और मेरे पढ़ने-लिखने के कागजात उलट-पलटकर डालती।

मैं आकर देखता अपने कमरे की हालत और लाल-पीला होता उसकी नानी पर।

''बच्ची ही तो है अनुप्रिया। कुछ ले गई होगी पढ़ने के लिए। पढ़कर लौटा जाएगी। अरे बाबा, उसके घर जाकर उसे मत डाँटना। उसके मम्मी-पापा नाराज हो गए तो तुम उन्हें मुँह दिखाने लायक भी नहीं रह जाओगे।'' उसकी नानी मुझे समझाती।

आखिर मैं अपना सामान ठीक-ठाक कर लेता और अनुप्रिया को माफ कर देता और सोच लेता कि पढ़ने के लिए ले गई होगी कोई पत्रिका, पढ़कर दे जाएगी। मुझे कौन सा दूध देती थी वह पत्रिका यहाँ पड़ी-पड़ी? मैं बाद में पढ़ लूँगा, जब वापस कर जाएगी।

मैं उसके घर जाता तो अनुप्रिया चुपके से पत्रिका मेरे हाथों में देकर कहती, ''नानाजी, मैं चाय बनाती हूँ आपके लिए। मेरे हाथ की चाय आपको अच्छी लगती है न?''

अचानक मनु सामने आ बैठता। घुटनों पर कुहनियाँ, हथेलियों पर चेहरा।

अनुप्रिया चाय का प्याला लाकर रखती तो मैं उसे 'रानी बिटिया' कह डालता।

''कल मैं आपको चाय पिलाऊँगी तो आप मुझे 'राजा बेटा' कहेंगे न?'' मनु हँस पड़ता।

□

''उड़ती चिड़िया के पंख कौन गिने? मम्मी-पापा। सुन रहे हो न, मनु?''

"क्या हो रहा है कहानी के साथ, दीदी?"

"आगे दौड़ो, पीछे भागो, दीदी!"

"कहा तूफान का डर है, कहा तूफान तो होगा!"

एक बार फिर मैंने उन्हें उलझाना चाहा।

उसकी नानी का कमाल। अनुप्रिया को दे डाला कीमती शॉल, जो मुझे एक पुरस्कार के साथ मिला था। मम्मी-पापा को बताए बगैर अनुप्रिया ने उस शॉल के टुकड़े कर डाले, अपनी सलवार-कमीज के लिए और मनु के कोट-पैंट के लिए।

"याद है न अपनी गोवा-यात्रा, मेरे नन्हे-मुन्ने चित्रकार!" अनुप्रिया बोली।

"याद है न दीदी! समंदर हँसता रहता और लोग आपस में लड़ते रहते। लड़ाई मराठी और कोंकणी की!"

"भाषाएँ क्यों लड़ती हैं, दीदी?"

"अंकल गुलाटी, हमारे हमसफर थे। वंडरफुल कैमरामैन।"

"गोवा का इतिहास : सौ साल के गुलाम ने आजादी की पताका फहराई।" अंकल गुलाटी ने गोवा के अलबम पर लिख डाला।

अखबारवाला 'जनसत्ता' फेंक गया।

पहले पन्ने पर एक बड़ा चित्र, जिसने ध्यान खींचा।

दरियाई घोड़ी : एक दिन के अपने शिशु को तैरना सिखाती हुई।

चित्रों पर नजरें टिकाए मनु बोला, "दरियाई घोड़े की मम्मी।" निशाना ठीक लगा।

□

एक कहानी 'सूर्य मंदिर', दूसरी कहानी 'बच्चे माँ-बाप को कैसे लड़ाते हैं!' और तीसरी कहानी 'मोर की आवाज'। बर्मा से चिड़ियाघर में लाए गए सात मोर मर-खप गए, आठवाँ जो बहुत बूढ़ा था, अब चल दिया यमलोक की ओर।

मनु ने चार बार देखा चिड़ियाघर और अनुप्रिया ने सात बार।

मम्मी-पापा को मुट्ठी में किसने किया? मनु ने।

गोवा के एलबम की पकड़ कितनी मजबूत : मनु और अनुप्रिया के जादू भरे चित्र।

अनुप्रिया खुश। मनु उसका भी जी-हुजूर और मम्मी-पापा का भी।

पीछे मुड़कर जो देखें तो बचपन खड़ा है। शब्द-रचना करता है कवि, धुन बनाता है संगीतकार और गाता है कोई और।

"हम बोलेंगे तो कहोगे कि बेटा, झूठ मत बोलो। न किसी की खिंचाई

करो, न ठुकाई और न हुक्म के गुलाम।''

''अरे पगले, हर किसी का शौक पूरा होना चाहिए।'' अनुप्रिया समझाती।

मनु को रंगीन गुड़िया अच्छी लगती थी।

गुड़िया की शादी दस दिन बाद और चार दिन बाद मनु का जन्मदिन।

□

अपना चेहरा सहलाती हुई उठ बैठी अनुप्रिया।

''तो लाऊँ गोल्ड लीफ चाय, नानाजी?''

''वाह अनुप्रिया! कैसे बूझ ली मेरे मन की बात?'' मैं हँस पड़ा।

उनकी यही शिकायत कि मैं उन्हें अपनी किसी चीज को हाथ नहीं लगाने देता।

□

''मौसम बदल गया। देख रहे हो न, मनु! नानाजी बिलकुल नहीं बदले। फिर भी सीढ़ियाँ चढ़ते-उतरते प्रिय लगते।''

नानाजी के अनेक चक्कर : कभी अपने कमरे में, कभी अनुप्रिया के घर में।

अंकल गुलाटी का कैमरा वक्त पर काम आया। कहाँ सोनीपत के किसी गाँव की धन्नो गूजरी और कहाँ किसी काली हिरनी का काला नन्हा-मुन्ना हिरनोटा। धन्नो गूजरी ने उसे अपना दूध पिलाकर पाल लिया। बेचारे की माँ को धन्नो गूजरी का देवर मारकर खा गया था।

हाय राम! कोई बेदर्द और कोई रहमदिल।

अंकल गुलाटी की कलर फिल्म का कमाल।

''हिरनोटे को छाती का दूध पिलाती धन्नो गूजरी। अब यह तसवीर नानाजी के कमरे में रखी है, दीदी। मैंने उसे देखकर कितनी बढ़िया तसवीर बनाई। तेरी कसम, दीदी! जब यह तसवीर छपेगी, तब मुझे इनाम मिलेगा।''

''नई सूझ-बूझ दिखाई दी तुम्हारी तसवीर में, मनु!'' अनुप्रिया देर तक सराहती रही।

''आज शनिवार है, पापा के दफ्तर में छुट्टी। मम्मी के स्कूल में छुट्टी नहीं है, लेकिन मम्मी ने छुट्टी ले ली। धत्तेरे की!'' मनु हँस पड़ा।

मैंने उसे समझाया कि हर बात के अर्थ बदल जाते हैं हँसने से।

''अरे बुद्धू चित्रकार! नानाजी ठीक कहते हैं। अब इस खुशी में नानाजी की तसवीर बनाओ।'' अनुप्रिया इठलाई।

"कहानी हमारे पीछे चलती है या हम कहानी के?" अनुप्रिया ने पूछा।

"दीदी, इस सवाल का जवाब तो नानाजी के पास भी नहीं होगा।"

□

किसने किसे सराहा? एक मुसाफिर, एक हसीना। अपना-अपना कथादेश।

मम्मी ने उसे आज फिर संदिग्ध दृष्टि से देखा। अनुप्रिया की आँखों में थिरकती शरारत मचल उठी।

सात समंदर, तेरह नदियाँ। अमरकथा की बात आगे आई।

मनु जितना आज्ञाकारी, अनुप्रिया उतनी ही मुँहफट। बहन-भाई का तू-तड़ाक चलता रहता। मन-ही-मन, मुझे खुशी होती। उनकी छोटी-बड़ी शरारतों में मैं अपना बचपन ढूँढ़ता रहता।

अनुप्रिया खिलखिलाकर हँसती तो उसकी आँखें छोटी नजर आने लगतीं। मनु उसकी नकल करने में कोई कसर उठा न रखता; लेकिन उसकी आँखें छोटी नहीं हो पातीं।

मैं इसे अपने जीवन की नई शुरुआत माने बगैर न रहता।

मैं हमेशा अनुप्रिया से चाय की फरमाइश करता।

बच्चों के साथ मुझे बच्चा बनते देखकर उसकी मम्मी मुझे जान-बूझकर 'पिताजी' की बजाय 'अनुप्रिया के नानाजी' कहकर खुशी से उछल पड़ती।

"अनुप्रिया के ही नहीं, नानाजी तो मेरे भी नानाजी हैं!" मनु का कहकहा बुलंद होता और इस खुशी में नमकीन काजू की प्लेट ला रखता मेरे सामने।

□

घोड़े की तरह हिनहिनाया गली में उड़नखटोलेवाला।

"ओम् नमो सिद्धम्!" कहकर अनुप्रिया उड़नखटोले पर जा बैठी।

मनु भी पीछे न रहा। उड़नखटोला! उड़नखटोला!!

मस्ती का अलबेला खेल—उड़नखटोला।

मन-ही-मन मैं भी झूलता रहा उनके साथ उड़नखटोले पर।

कभी दौड़-दौड़कर एक-दूसरे का पीछा करते बहन-भाई, कभी टी.वी. पर फिल्म देखते—आराम से सिर जोड़े।

पापा के माथे पर त्योरियाँ। उनका रोब-दाब मनु पर।

मम्मी आँखों से घूरती। उनका अंकुश अनुप्रिया पर।

मैं मन-ही-मन दुबका सा बैठा रहता। जैसे मम्मी-पापा अनुप्रिया और मनु के साथ-साथ मुझे भी अनुशासन की जंजीर में बाँध रहे हों।

गुरुदेव कह गए—ज्ञान मुक्त हो जहाँ!···मन हो निर्भय जहाँ!···उसी स्वर्ग में तुम भारत को जाग्रत् करो।

□

नाती-नातिन के बचपन में अपना बचपन ढूँढ़ने के प्रयास में मैं सोचता—क्या खोया? क्या पाया?

वापसी-ब-वापसी! कितनी वापसी? मन-ही-मन मेरी जिज्ञासा चलती रहती। ''अरी दीदी, हेकड़ी छोड़।'' मनु की तीखी फटकार।

बच्चों की सूझ-बूझ पर अपना भरोसा मैं जाहिर न होने देता।

कहीं बुढ़ापे तक आते-आते मेरा अर्जित ज्ञान-विवेक मेरे खिलंदड़ेपन को कुचल न डाले। इस चेतना ने मुझे सतर्क कर दिया।

मैं यह भी सोचता रहता कि जैसे अनुप्रिया 'नानाजी दंदे' कहनेवाली अपनी तुतलाहट खो बैठी है, और अब वह 'दंदे' का सही उच्चारण 'गंदे' करने में पूरी तरह समर्थ है, कहीं वैसे ही यह न हो कि मैं अपने बचपन की मासूमियत को यादों की बरात में भी देखने से वंचित हो जाऊँ।

□

''मुलाकात कभी पेड़ों से भी हो सकती है, नानाजी!'' अनुप्रिया के शब्द याद करते-करते मैं अपनी खिड़की में बैठा लिखता रहता और अनुप्रिया की आवाज सुनने का इंतजार करता रहता।

इसे एक साथ अनुपम, अद्‌भुत और विचित्र कहने को मन होता कि जितनी बार मैंने अपने कमरे की किताबों को उलट-पुलट करने पर अनुप्रिया को फटकारा, उतनी ही बार उसके घर जाकर उसे दुलारा और उसके हाथ की चाय पीकर ही अपने को भाग्यशाली माना।

मनु की पहचान हमेशा अलग रही। वह मेरी फटकार से वंचित रहा। इसलिए शायद उसे इकहरा प्यार ही मिलता रहा, अनुप्रिया को मिलनेवाला दुहरा प्यार कभी नहीं मिल पाया।

मम्मी-पापा अनुप्रिया और मनु को बताते रहते कि उनके नाम नानाजी ने रखे। मैं कह छोड़ता कि इसमें मैंने कौन सा तीर मारा! चाय लाओ, चाय!

लेकिन मम्मी-पापा यह भी बता डालते कि नानी उन्हें जितना प्यार करती है, उतना नानाजी नहीं करते।

''कैसे हों पूरे अरमान?'' मैं सोचता।

कैसी मजबूरी? वक्त की हर शै गुलाम!

अनुप्रिया को मनाने का एक ही इलाज था मेरे पास कि उसे बच्चों की कोई पत्रिका या कहानियों की पुस्तक लाकर दूँ।

मम्मी बिगड़ उठती, ''स्कूल का काम बीच में पड़ा रहता है और मनु इधर-उधर की किताबों में समय बरबाद करता रहता है।''

□

कितने अजीब दिन थे, जब अनुप्रिया 'गोरी' को 'दोरी' कहती। 'गंदे' को 'दंदे' और 'गीत' को 'लीत'।

''अनुप्रिया! ओ अनुप्रिया! एक कप गोल्ड लीफ चाय बनाकर लाओ तो, तेरी जय-जयकार!'' मैं कहता।

उसके मम्मी-पापा मेरा समर्थन करते कि बचपन में अनुप्रिया तुतली थी।

'दादा-दादी' को 'लादा-लादी' कहती थी।

दादा-दादी मेरी ताईद करते।

'चमनो धोबिन' को 'तमनो तोबिन' कहकर नाच उठती। चमनो चश्मदीद गवाह।

समुद्र फेन के समान कितना कुछ सूख-साखकर कठोर होता रहा।

किसकी मजाल कि डरा-धमकाकर अनुप्रिया का मुँह बंद कर सके?

उसका साफ इनकार कि वह बचपन में तुतली थी।

''इसी जन्म में आदमी अपने बचपन को इस हद तक भूल जाता है।'' मेरी परेशानी जग-जाहिर।

□

उन दिनों मैंने अनुप्रिया को लोकगीत का बोल सिखाया था—

''दिल्ली है दो काले कोस/वहाँ पड़ी बल्लम की चोट!''

अनुप्रिया की तुतलाहट—

''दिल्ली है दो ताले तोछ/तहाँ गरी दल्लग की तोत!''

फिर मैंने उसे सिखाया था

''हाथी फिरे गाम-गाम/जिसका हाथी उसका नाम!''

अनुप्रिया सुनाती—

''हाथी फिले दाम-दाम/जिछता हाथी उछता नाम!''

कौन सी मुसीबत सिर आ पड़ी?

एक और लोकगीत सिखाने का प्रयास किया था—

''बगला बराती आएँगे/जुगनू मशाल लगाएँगे।''

उसकी अदायगी—

"बगला बलाती आएँदे/दुदनू मछाल लाएँदे।"

□

एक दिन उसने धमकी दी—

"देखिए नानाजी! आप मेरा मजाक उड़ाना नहीं छोड़ेंगे तो मैं आपके साथ कुट्टी कर दूँगी।"

खास खबर यह नहीं कि उसने सचमुच कुट्टी कर दी।

खास खबर यह कि 'हत्या' एक विचार की।

□

'ओम् नमो सिद्धम्' का जाप करते-करते मैं यहीं से शुरू करता अपनी कहानी कि बच्चो! बात सच्ची नहीं, लेकिन तुम सुनोगे तो तुम्हें सच आ जाएगा।

हर फिल्म की अपनी कहानी और निर्देशक की अपनी। हमारा अपना गुड़ियाघर।

"जान के मत अनजान बनो।" चाय की चुस्कियाँ लेते-लेते मैं उन्हें समझाता, "खामोशी भी अंकुश हो सकती है! यह ठीक है आज की दुनिया में कि हर बात सुनने का किसे अवकाश? लेकिन हर बात को सुना-अनसुना करना भी ठीक नहीं।"

□

गली में आया उड़नखटोलेवाला। अनुप्रिया और मनु झूलेंगे। सबने स्वागत किया सिर झुकाकर।

कहानी नहीं, तसवीर।

आड़ी-तिरछी रेखाओं का स्वागत करता उड़नखटोला।

□

मम्मी ने घर-घर लड्डू बाँटे।

अनुप्रिया किसी कॉलेज में प्रवेश पाने के लिए दौड़-धूप कर रही थी। उसे दाखिला मिल गया! बधाई हो, बधाई!

इस खुशी में मेरे सामने चाय के साथ नमकीन काजू।

□

उस दिन मैं आगबबूला हो उठा, जब मैंने देखा कि 'फोकलोर इंटरनेशनल' के आधे से अधिक चित्र फाड़कर ले गई अनुप्रिया।

उसकी नानी यही कहती रही कि अनु को माफ कर दो; लेकिन मैं बराबर

लाल-पीला। उसकी सीढ़ियाँ चढ़कर उसे डाँट पिलाने जा पहुँचा।

"पहचानिए नानाजी, गोल्ड लीफ चाय ही है न?"

वह किसी काम से रसोई में गई और मैंने उसके बुक-शेल्फ में उसके अलबम में चिपकाए हुए 'फोकलोर इंटरनेशनल' से फाड़े गए चित्र देख लिये।

वह काजू की प्लेट लेकर आई और मैं उसपर बरस पड़ा। मुझे लाल-पीला होते देखकर वह रूठ गई और उसने मेरे साथ कुट्टी कर डाली।

मैं तीन सप्ताह तक जाता रहा, अनुप्रिया मुझे देखती और मुँह फेर लेती। मम्मी-पापा ने उसे समझाया कि नानाजी तो तुम्हें हमसे भी ज्यादा प्यार करते हैं। मनु ने भी मेरा पक्ष लिया; लेकिन अनुप्रिया टस-से-मस न हुई।

आखिर मुझे एक तरकीब सूझ गई। मैंने 'फोकलोर इंटरनेशनल' की वह नुची-खिंची प्रति उठाई और उसमें एक चिट रखी, जिसपर बड़े-बड़े अक्षरों में लिखा, "तू जीती, मैं हारा!"

मनु को दिखाकर मैंने फोकलोर एनसाइक्लोपीडिया की प्रति उसके बुक-शेल्फ में रख दी।

मनु ने अनुप्रिया के कान में कह दी सारी बात।

अनुप्रिया ने वह चिट निकालकर उस चिट पर 'तू जीती' काटकर लिख दिया, 'आप जीते!' और 'मैं हारा!' को काटकर लिख दिया, 'मैं हारी!' और इस चिट समेत 'फोकलोर इंटरनेशनल' मेरे हाथ में थमा दिया।

□

मैं बेताज बादशाह! मेरी ओर से चंदन की गुड़िया, मनु के जन्मदिन पर! 'जय अंबे जगदंबे माँ!'''मेरे साथ मिलकर गाओ, मनु!' मैंने कहा।

"सफलता की सीढ़ियाँ चढ़ती जाओ, दीदी! नानाजी का आशीर्वाद!" मनु चहक उठा।

"हाँ, बात तो यही है, मनु!"

□

"अपनी कहानी क्या है, मनु? न जीना अपने बस में, न मरना अपने बस में। कुछ तो पक्के रंग हैं, कुछ कच्चे।"

"रास्ता बुलाता है, मनु! क्या खयाल है? कभी हमारे भी ठाठ थे। अब तो हमारी आँखें आँसुओं से भर उठीं।"

मैंने उनकी 'हाँ' में 'हाँ' मिलाते हुए कहा, "सौ साल पहले का कलकत्ता। गुरुदत्त का 'साहब बीबी गुलाम'। आज उस पुरानी फिल्म का वीडियो कैसेट मिल

जाए, तो घर बैठे टी.वी. पर लगाकर फिल्म देखी जाए।''

''अक्लमंद को इशारा ही काफी है, मनु!''

''दिल खुश हुआ, दीदी! 'साहब बीबी गुलाम' का कैसेट मिल गया।''

□

मम्मी-पापा ने शांति पर जोर दिया।

रगों में दौड़ते खून की आवाज किसने सुनी-अनसुनी कर दी?

''हाँ, मनु! बोलो, क्या कहते हो! पापा अफसर हो गए और मम्मी प्रिंसिपल!''

''पंचतंत्र के चित्र बनाते-बनाते बड़ा होकर मैं अफसर नहीं, कलाकार बनूँगा, दीदी!''

''मेल-मिलाप से हर काम सुलझाना पड़ता है, मनु! इतना तो मैं भी समझ गई कि अभिनेत्री बनने के लिए मुझे बड़ी मेहनत करनी पड़ेगी।''

''अंकल गुलाटी की फोटो छवि : काली हिरनी के दुधमुँहे हिरनोटे को अपनी छाती का दूध पिलाती धन्नो गूजरी, नानाजी के कमरे की शान।''

''इस तसवीर की कहानी कब लिखेंगे, नानाजी?'' अनुप्रिया जाने कितनी बार कह चुकी थी। मनु का भी यही अनुरोध! मेरा यही जवाब कि एक-न-एक दिन कागज पर जरूर उतरेगा मन का गुबार।

''तुम तो मम्मी-पापा के जी-हुजूर हो, मनु।''

''मम्मी-पापा हमेशा सही होते हैं, दीदी!''

''लेकिन मैं पागल नहीं बनना चाहती तेरी तरह।''

मनु हर क्लास में अव्वल आता रहा और मम्मी-पापा को उसने अपनी हर बात पर मुग्ध कर लिया।

अनुप्रिया की जिद कि आज 'पाथेर पांचाली' का वीडियो कैसेट लगाकर सत्यजित राय को प्रणाम किया जाए।

''जरूर दीदी, जरूर।'' मनु का समर्थन।

□

''नानाजी दंदे!...नानाजी दंदे!'' मेरी खिड़की में अनुप्रिया का बोल। खिल-खिलाकर हँसते-हँसते दौड़ जाती! जैसे कल की बात। हाँ-हाँ, कल की बात। आज का इतिहास—नानाजी दंदे!

(हैलो गुडमैन दी लालटेन)

□□□